버블

버블

조은오
장편소설

창비

거리에서는 서로 2미터씩 떨어져서 걷는다. 공동체의 규칙이다. 발걸음 소리마저도 충격을 흡수하는 바닥에 스며들어 거리가 고요하다.

완벽한 정적. 우리는 타인에게 말을 걸지 않는다. 아무와도 가까워지지 않는다. 완벽한 도시는 나를 외롭게 했다.

나는 이 도시를 떠나기로 했다.

도시의 끝, 높은 장벽에 점점 가까워졌다. 낯선 장소이지만 처음 오는 곳은 아니다. 기억나지 않을 만큼 어렸을 때 보호자가 나를 데리고 벽의 반대쪽에서 이곳으로 들어왔다는 걸 알고 있다. 내가 기억하지 못하는 과거가 서린 벽이라니 묘한 인상이었다. 나는 뒤를 돌아서 눈을 떴다. 실외에서 눈을 뜨면 안 되지만, 마지막으로 이 도시 '중앙'을 눈에 담고 싶었다.

나뭇가지에 달린 열매처럼 균일하게 늘어선 동그란 돔이 보였다. 모든 돔 안에는 사람이 있다. 서로를 만나 본 적 없는 사람들이 웅크리고 있다. 모두가 외롭지만 세상에서 가장 안전한 장소. 문득 내가 큰 실수를 하고 있다는 느낌이 들었다. 하지만 나는 내 발로 도시의 경계까지 계속 걸었다.

"07!"

나를 부르는 목소리에 되돌아섰다. 출구 앞에 늘어선 치안 요원들 사이로 익숙한 얼굴이 보였다. 126이 나를 향해 손을 흔들고 있었다.

"후회돼?"

126이 물었다. 나는 대답하지 못했다. 얼마 전 처음 만난, 나와는 다른 세상에서 온 사람. 126을 따라서 도시를 나가기로 결정한 것이 바로 지난주의 일이었다. 이게 과연 잘하는 일일까. 나는 마른침을 삼켰다.

"넘어가기로 결정한 이유를 떠올려 보면 도움이 돼."

126이 단단한 목소리로 말했다. 나는 그의 조언대로 126을 빤히 바라보았다. 그는 내가 밖으로 나가기로 한 이유였다. 나는 결심을 굳혔다.

"다시는 외롭고 싶지 않아. 후회하더라도 나갈 거야."

말을 마치자 내 얼굴에서 시선을 뗀 126이 치안 요원들에게 손짓했다. 치안 요원들이 출입문 옆에 붙은 레버를 잡아 내렸다. 오랫동안 잠들었던 기계의 무거운 철이 바닥을 긁는 소리와 함께 문이 열린다. 어둡다.

"갈까?"

나는 숨을 크게 들이쉬고 어두운 복도로 발을 들였다. 126의 손끝이 손등에 닿았다. 나는 손등에 닿는 온기에 집중하면서 용기를 내어 계속 걸었다. 컴컴한 길은 터널로 이어지고, 점차 밝아지다가 탁 트인 공간에 닿았다. 입술 사이로 떨리는 숨이 새어 나왔다. 나는 외곽에 있었다.

1

"다녀오겠습니다."

나는 텅 빈 집을 돌아보며 말했다. 동그란 '버블'에 둘러싸인 집이 손을 흔드는 듯했다. 마당의 바깥쪽으로 발을 내밀면 길이 신발에 촘촘히 박힌 자석을 당길 것이다. 길은 내가 출근해야 할 장소를 이미 알고 있었다.

"수신함 확인."

[수신함이 비어 있습니다.]

외출 전 습관처럼 디스턴서의 수신함을 확인했지만 역시 아무 것도 없었다. 독립한 후로 보호자에게서 한 번도 연락이 오지 않았다. 디스턴서의 본질이 통신 기기임이 무색할 정도다. 하지만 일 년이나 미련을 갖는 내가 이상한 것이지 보호자는 잘못이 없다. 이곳 중앙에서는 당연한 일이다.

내가 사는 도시 '중앙'은 인간이 개인으로 존재할 때 가장 행복하다고 믿는다. 남에게 자신을 드러내지 않을수록 비난받지 않고, 서로를 잘 모를수록 갈등하지 않는다. 한마디로, 떨어져서 지낼수록 안전하다. 이 믿음을 바탕으로 우리는 수백 년간 살아남고 번성했다.

나는 중앙에서 오랫동안 살았다. 하지만 아직도 보호자가 직접 내 버블에 찾아와 포옹해 주었으면 하는 본능을 억누르기가 어렵다.

[출발하시겠습니까?]

디스턴서가 재촉했다. 출근 시간이 가까워지고 있다. 디스턴서를 주머니에 넣은 뒤 눈을 감았다. 자석이 빼곡히 박힌 신발을 땅에서 뗄 때마다 길에 박힌 전자석들이 반응하면서 내게 방향을 안내한다.

거리에서는 서로에게서 2미터씩 떨어져서 걷는다. 지나치게 가까이 서는 사람이 생기면 디스턴서에서 경고음이 울린다.

본인의 공간을 제외한 공동체의 모든 것은 모두에게 평등해야 하기에 거리에는 아무것도 없다.

공동체 유지에는 노력이 필요하다. 함께 있을 때는 공동체의 구성원으로, 혼자 있을 때는 개인으로 존재하려는 노력. 상대방을 함부로 만지지 않고, 감정을 멋대로 쏟아 내지 않고, 서로의 독립성을 존중해 주는 노력 말이다.

공동체 규칙을 만든 사람들이 인간의 자제력을 믿지 않았던 덕분에, 우리는 서로가 얼마나 공동체에 적합한지 수시로 평가해야 했다. 그래서 내 직장이 만들어졌다. 주민들의 공동체 적합성을 확인하기 위한 2층짜리 건물, 평가원.

발이 이끄는 대로 평가원 건물에 도착했다. 평가원을 감싸는 버블에 가까이 서자 입구에 붙은 센서가 내 목에 걸린 직원증을 감지한다. 직원증이 희미하게 진동한다. 버블이 물결치더니 커튼처럼 걷힌다. 1층 안내 데스크에 가만히 앉아 있을 직원을 말없이 지나쳤다.

나는 이곳에서 중앙의 주민들이 규칙을 잘 지키고 있는지 평가하는 일을 한다. 사무실에 도착해서 자리에 앉자, 사무실을 둘러싼 버블이 물었다.

[근무를 시작하시겠습니까?]

버블은 공동체의 모든 공간을 나누는 데 쓰이는 물체이자 인공지능이다. 영상을 띄우거나 알림을 주기도 한다. 명령을 받으면 완벽하게 투명해지거나 불투명해질 수 있었다.

"시작."

사무실의 벽이 희미하게 진동하더니 주위가 점점 어두워졌다. 아무도 내 사무실을 들여다볼 수 없도록 벽의 투명도를 낮춘 것이다. 방 안에 내가 혼자 있다는 것이 느껴진다. 안전하다. 버블이 마침내 눈을 떠도 좋다고 허락했다.

눈을 감기. 중앙에서 자라는 아이들이 규칙이라는 단어를 이해할 정도로 크면 처음으로 배우는 규칙이다. 다른 사람을 대할 때는 눈을 감을 것. 시야는 우리가 친구와 적을 구별하게 만들었다. 구별할 수 없다면 싸울 수도 없다. 인정하기 싫을 만큼 완벽한 논리였다.

나는 눈을 가볍게 깜빡였다. 흐리던 시야의 초점이 서서히 되돌아왔다. 책상에 손바닥을 올리자 책상에 화면이 떠올랐다. 그 속에는 오늘 평가할 주민들에 대한 파일이 있다.

온실에서 작물을 재배하는 주민, 발전소에서 일하는 주민, 섬유 공장에서 일하는 주민. 중앙의 사람들은 공동체 안에서 성실하게 노동하고 검소하게 생활했다. 나는 아주 편한 일을 하는 편이었다.

[눈을 감아 주세요.]

버블이 말했다. 내가 눈을 감자 첫 번째 주민이 들어와서 자리에 앉았다.

'절대 눈을 뜨지 않을 거야.'

나는 손톱이 손바닥을 파고들도록 주먹을 쥐고 다짐했다. 이야기를 나누다 보면 분명히 두려워질 테고, 눈을 뜨고 싶어질 것이다. 나는 아무리 무서워도 눈을 꾹 감기로 몇 번이나 다짐한 후에야 입을 열 수 있었다.

"직업 번호를 말씀해 주세요."

"중앙 발전소 시설 관리인 249입니다."

"사회적인 교류를 목적으로 하는 모임에 주 몇 회 참여하십니까?"

"0회입니다."

검지로 책상을 톡톡 두드려서 주민에게 1점을 주었다. 1회 이상 참여하면 0점이다. 불가피한 경우가 아니라면 사회적인 만남을 갖지 않아야 한다.

"직업 활동 중에 사적인 대화를 나누는 주민은 몇 명입니까?"

"1명입니다."

1명 이하는 1점, 2명 이상은 0점이다. 이번에도 검지를 톡톡 두드렸다.

"가족 구성원은 몇 명입니까?"

"독립입니다."

나는 주민의 대답이 점점 빨라진다는 걸 눈치챘다. 덜컥 겁이 났다. 주민은 평가를 빨리 끝내 버리고 싶은 걸까? 내가 주민을 불쾌하게 했을지도 모르겠다. 오랫동안 대화를 했으니 말이다.

'표정을 확인할 수 있으면 좋을 텐데.'

눈이 떨렸다. 내 앞에 앉은 사람이 정말 화가 난 건지, 단지 긴장해서 말이 빨라진 건지 알고 싶었다. 눈을 감고 있으니 아무것도 알 수 없었다. 이 상황에 화가 났다면, 나에게 불쾌감을 가졌을까 봐 무서웠다. 그가 어떻게 생긴 사람인지 알고 싶었다. 알고 싶은 마음과 두려운 마음이 마구 뒤섞여서 숨이 가빠졌다. 내가 언제나 지니고 다니는 감정, 만성적인 불안함이었다.

나는 서둘러 그의 독립 여부에 1점, 가족 형태에 1점을 주었다. 평가를 빨리 끝내 버리고 싶었다.

"미취업 당시의 가족과 교류하십니까?"

"네."

"일 년에 몇 번 교류하시나요? 우편과 방문을 모두 포함한 횟수를 알려 주세요."

주민이 음, 하고 목소리를 끌더니 대답했다.

"두 번입니다."

일 년에 가족과 두 번이나 교류를 하다니, 부러운 사람이다. 내게 한 번이라도 연락이 왔다면 기뻐서 펄쩍 뛰었을 텐데.

나는 아직도 보호자가 "독립을 축하한다."라고 말하자마자 돌아선 날을 곱씹고는 했다. 십칠 년 동안 나를 길러 준 사람과의 관계가 끝나는 순간이었다. 목이 메어 올 만큼 짧은 인사였다. 나는 한참 동안 보호자의 뒷모습을 실눈으로 훔쳐보다가, 혼자서 현관문 밖으로 걸어 나와 혼자만의 집으로 독립했다.

보호자는 내가 떠나는 것을 슬퍼하지 않았다. 같이 지내는 동안 매일 잘 자라고 인사를 건네도 대답하지 않았던 것과 같은 이유로. 내가 이상한 것이지 보호자는 잘못이 없다. 중앙에서는 당연한 일이다.

어쨌든 네 번 이하의 교류를 한 주민은 1점을 받는다. 주민은

5점 만점에 5점을 얻었다. 나와 달리 모범적인 중앙 사람이었다.

"어떤 영역에 배정되기를 원하십니까?"

"지금 사는 버블에서 지내고 싶습니다."

책상을 손바닥으로 쓸자 한 지점에서 따뜻한 진동이 울렸다. 그곳에 양손을 올리고 주민의 희망 사항을 작성했다. 중앙 거주, 현재 배정된 버블 희망. 이제 내 역할은 끝이다.

"평가가 완료되었습니다. 곧장 근무지로 복귀해 주세요."

주민이 자리에서 벌떡 일어났다. 그가 문을 향해 황급히 걸어가는 소리가 들렸다. 나는 잽싸게 의자를 뒤로 밀어서 가까운 벽에 손바닥을 대었다.

"출입 허가."

평가실의 버블이 열리자 주민은 아슬아슬하게 그의 머리까지 열린 출입구를 통해서 도망치듯이 사무실을 벗어났다. 나는 숨을 길게 내쉬면서 눈을 떴다.

버블이 바로 지적했다.

[눈을 감아 주세요.]

"지금은 평가 안 하잖아."

나는 삐딱하게 혼잣말하면서 눈을 부릅떴다. 지금은 눈을 맞추지 말아야 할 타인도 없는데, 굳이 눈을 감고 싶지 않았다.

가까워지지 않으면 싸우지 않는다.

전쟁은 물론 작은 다툼조차 일어나지 않고, 주어진 일을 성실히

하면 충분한 식량을 보장받는 평화로운 시기였다.

학교에서는 눈 감기가 그 평화를 위한 규칙이라고 했다. 하지만 나는 평화롭다고 느끼지 않았다. 내게 캄캄함은 평화가 아니라 불안이었다. 나를 키워 준 보호자의 눈동자 색을 몰라야 하는 답답함이었다.

다른 사람들은 모두 잘 지키면서 사는 규칙일 텐데, 왜 나에게만 이렇게 어려운지 모르겠다. 나는 고장 난 사람일까? 때때로 뒷목이 얼어붙을 것처럼 외로웠다.

내가 다시 눈을 감자 두 번째 주민이 들어왔다.

"안녕하세요."

주민이 인사를 건넸다. 나는 대답하지 않았다. 인사를 금지하는 규칙 때문이 아니다. 얼마나 놀랐는지 목에서 소리가 나오지 않았다.

아는 목소리였다.

*

'이 사람이 왜 여기에 있지?'

그는 평가원에 정기적으로 방문하는 사람이었다. 내가 근무하던 동안 티끌만큼도 변하지 않던 평가원의 일상에 처음으로 생긴 변화였고, 처음으로 훔쳐본 사람이기도 했다.

오전 업무를 마치고 소파에 기대어 있던 날이었다. 버블이 물었다.

[휴식하는 동안 편의를 제공해 드릴까요?]

나는 손을 휙 내저어서 버블을 음소거 상태로 바꾸었다. 지긋지긋한 버블의 목소리에 방해받고 싶지 않았다. 나는 평가실 문에 바짝 달라붙었다. 발끝으로 바닥을 두드리며 숫자를 세었다. 하나, 둘, 셋, 넷, 다섯.

평가원의 정문이 흐르듯이 열리면 항상 문틈으로 126이 들어왔다. 곱슬머리를 귀 뒤로 넘기고, 동그란 눈을 차분하게 감은 사람. 중앙의 모두에게 지급되는 푸른 옷이 아닌 다른 옷을 입고 있었다. 그는 보폭이 크다. 열 걸음 만에 안내원들에게 도착해서 항상 똑같이 말했다.

'안녕하세요. 기록 받으러 왔습니다.'

그러면 안내원들은 이미 알고 있다는 듯이 고개를 끄덕이고 그를 건물 안쪽으로 안내했다. 중앙 평가원 건물 안쪽에는 평가실보다 행정실에 가까운 공간들이 있다. 내가 제출한 평가 결과로 다른 업무를 하는 곳.

생각을 멈추고 내 앞에 서 있는 사람에게 집중했다.

"여기에 앉으면 되나요?"

얼핏 성인처럼 들리지만 조금만 생각해 보아도 완전한 어른은 아닌 목소리. 그 사람이다. 이 목소리로 들어 본 말은 '안녕하세요. 기록 받으러 왔습니다.'밖에 없지만 헷갈릴 여지조차 없다.

"네, 앉으세요."

옷감이 의자에 스치는 바스락 소리가 들렸다. 나와 같은 재질의 옷을 입고 있다면 날 수 없는 소리였다.

"안녕하세요."

그가 말했다. 나는 당황해서 말을 멈추었다. 인사를 받아 본 것은 처음이었다. 공동체에서 불법으로 규정한 '영화'를 몰래 볼 때 서로에게 인사를 나누는 장면을 본 적은 있지만, 내게 일어날 일은 아니라고 생각했다.

마음을 다잡았다. 이제 평가를 시작할 시간이었다.

"직업 번호를 말씀해 주세요."

"직업은 나중에 말씀드려도 될까요? 이야기를 나누고 싶어요."

나는 놀라서 얼어붙었다.

"평, 평가자와 담당 주민 간의 사적 대화는…… 금지되어 있습니다."

나는 말을 더듬으면서 경고했다. 그가 안심하라는 듯한 어투로 말했다.

"평가를 받으려고 방문한 것이 아닙니다. 저는 평가자 07님을 만나러 외곽에서 왔어요."

"외곽이요?"

나는 이상할 만큼 침착한 태도로 물었다. 별일이었다. 방금 갑자기 질문을 받아서 놀란 것을 제외하면, 무섭지 않았다. 이미 그가 어떻게 생긴 사람인지 알기 때문일까? 그의 목소리에서 달래는 투가 느껴지기 때문일지도 모르겠다.

"네, 외곽에서요. 들어 본 적 있으시죠? 중앙 도시의 벽을 넘어가면 있는, 넓은 지역이요. 중앙에서 기부받은 물자를 이용해서 산다고 학교에서 배우셨죠? 저는 그곳에서 왔어요."

나는 아랫입술을 잘근 깨물었다. 호기심이 눈알 뒤에서 두근거렸다. 외곽은 중앙의 잉여 물자를 얻어다가 생존하는 곳이다. 이렇게만 말하면 훨씬 편안한 곳처럼 들리지만, 외곽에는 공동체 규칙이 없다. 그곳에서는 아무도 눈을 감지 않는다.

학교에서 배웠던 '갈등'들이 일어나는 곳이었다. 생김새가 다르다는 이유만으로 서로의 국가를 불태우고 싶어 하던 먼 옛날의 인류. 외곽에는 그와 같은 사람들이 살았다.

"평가자 07님에게 제안하고 싶은 것이 있어서 찾아왔어요."

"제가 뭔가 잘못했나요?"

나는 여전히 묘한 침착함을 유지하면서 물었다. 외곽의 사람이 직장까지 나를 찾아오는 건 긍정적인 일 같지 않았다.

"아뇨, 저는 07님께 선택지를 드리러 왔습니다."

"선택지요?"

"네, 선택지요."

그가 친절하게 반복해서 말했다. 나는 잠자코 그의 말이 이어지기를 기다렸다.

"외곽으로 가고 싶지 않으세요?"

그가 물었다. 나는 헛웃음을 지으면서 반사적으로 대답했다.

"제가 왜요?"

"혹시 중앙에서 지내는 동안 외롭거나 무섭지 않으셨어요? 지나가는 사람에게 인사를 하고 싶은 적은 없으셨어요?"

나는 말문이 막혀서 입을 다물었다. 그가 따뜻한 어투로 말을 이었다.

"중앙의 삶이 모든 사람에게 적합할 수는 없는 법이죠. 만약 외곽으로 자리를 옮기고 싶다면 제가 데려가 줄게요. 제가 이 앞 복도를 지나갈 때마다 발소리가 가까워지는 사람이라면 가고 싶지 않을까, 싶었어요."

가슴이 빠르게 두근거리기 시작했다. 내 발소리를 들었다고? 외곽으로 간다고? 머릿속으로 수많은 가정들이 지나갔다. '만약 내가 외곽으로 간다면?'에서 출발한 목록은 '이 사람이 나에게 거짓말을 하는 건 아닐까?'에서 끝을 맺었다.

'얼굴을 보고 싶다.'

불쑥 그런 생각이 들었다. 이 사람이 정말 나를 외곽으로 데려갈 수 있을까? 내가 외롭고 무섭다는 걸 알아내고, 완벽한 중앙 사람이 아니라는 걸 알아준 사람은 처음이었다.

이야기하는 표정을 살펴보면 진심인지 알 수 있을 것 같았다.

아주 잠깐만 눈을 뜨면 깨달을 수 있을 거라는 근거 없는 확신이
들었다.

'괜찮지 않을까?'

비록 안전한 버블 너머로 훔쳐보았다고 해도, 그는 이미 내가
지켜본 적 있는 사람이다. 지금까지 대화를 나누는 동안 무섭지
않았다.

인간이란 남과 가까워지면 필연적으로 싸운다는 것, 나도 알고
있다. 하지만 예외가 있을지도 모르지 않나. 처음으로 나를 무섭게
하지 않은 사람이라면. 조금만 더 가까운 거리에서 보고 싶었다.

'괜찮을지도 몰라.'

나는 떨리는 손을 누르면서 생각했다. 궁금했다. 지루한 내 일상
에 물결을 일으킨 사람을 자세히 보면 어떤 모습일지 궁금했다.

나는 천천히 눈꺼풀을 들어 올렸다.

그와 눈이 마주쳤다.

2

비명이 목구멍에서 터져 나갔다. 그도 눈을 휘둥그레 뜨고 입을 막았다.

"왜 눈을 뜨고 있어요?"

나는 벽에 바짝 달라붙었다.

"내가 너한테 물어봐야지. 중앙에서는 눈을 뜨면 안 되는 거 아니야?"

그가 자리에서 벌떡 일어나면서 되물었다. 부드럽게 흐르는 머리카락과 동그란 눈매, 지금처럼 놀라지 않았다면 눈 위를 반듯하게 덮었을 눈썹이 먼저 눈에 띈다. 그가 내게 말을 놓았다는 사실에 놀랄 틈도 없이 반박이 튀어나왔다.

"나도 알아. 하지만 너도 마찬가지잖아!"

"미안해."

그가 두 손을 들어 올리며 사과했다.

"나도 미안해. 그럼 이제 눈 감아."

떨지 않으려고 주먹을 꽉 쥐면서 명령하자 그가 한순간 망설이더니, 조심스럽게 제안했다.

"그냥 뜨고 있을까?"

"그래도 돼?"

"안 되겠지. 그래도 뜰까?"

[눈을 감아 주세요.]

버블의 목소리가 희미하게 울렸다. 상대를 정신없이 살피느라 거의 들리지 않았다.

나는 그가 본인의 머리카락과 눈동자 색을 부드럽게 보이도록 하는 옷을 골라 입었음을 알아챘다. 동시에 그 또한 나를 보고 내 차림새에 대해서 무언가 생각을 하고 있었음을 알았다. 나는 아무에게도 보이지 않을 거라고 판단해서 옷을 완벽하게 차려입지 않았다.

순식간에 겁이 났다.

"무슨 생각 했어?"

내가 더듬거리며 묻자, 그가 영문을 모르는 표정을 지었다.

"생각?"

"나를 봤잖아. 뭔가 생각을 했지? 내가 옷을 잘못 입었나? 이상하게 생겼어?"

"아무 생각도 안 했어."

"그건 불가능해. 뭔가 생각을 했을 것 아니야."

"중앙에서는 처음 보는 사람을 공격부터 해?"

그가 눈썹을 들어 올리면서 물었다. 그의 말이 맞다. 중앙에서는 눈을 뜨는 순간 상대에 대해서 알게 되는 것들을 경계하고, 두려워한다. 남의 눈에 비치기 시작하는 순간부터 드러나는 모든 것을 약점이라고 여긴다.

"외곽에서는 안 그래?"

"안 그래."

"그럼 뭘 하는데?"

"인사를 하지. 서로 뭐라고 부르면 좋을지 알아내는 거야."

그가 한 손을 내밀었다. 상황을 무마해 보겠다는 속내가 빤히 들여다보였지만 놀라울 만큼 마음이 가벼워졌다. 이건 인사일 뿐이다. 겁먹지 않아도 될 것 같았다.

"안녕. 난 126이야."

그가 말했다. 나는 떨리는 웃음을 터뜨렸다. 조심스레 그의 손을 맞잡고 위아래로 한 번 흔들었다. 나보다 마디 하나가 긴 손가락이 내 손등을 감아쥐었다.

"안녕. 나는 07."

심장이 세차게 뛰었다. 손등에서 126의 체온이 느껴졌다. 어렸을 때 부엌에 서 있는 보호자를 찾아가서 끌어안고는 했다. 키가 작았으니 보호자의 다리에 매달리는 셈이었겠지만, 어쨌든 낡은 앞치마에 뺨이 닿았던 기억이 난다. 보호자의 손에서 옮겨 묻은 축축한 물기와 깔끄러운 천의 짜임이 생생했다. 보호자의 체온이 품에 담기면 마음이 편안해지던 느낌도. 공동체는 접촉을 경계하라고 했지만, 살갗에 닿는 체온에는 말보다 큰 힘이 있었다.

"안녕. 나한테 하고 싶은 말 없어?"

그가 눈을 휘면서 물었다. 나는 당황했다. 내가 입을 열어야 할 차례인가? 평가자로 일하기 위한 대화는 배웠지만 사교적인 대화는 배운 적이 없다.

외곽에서 온 그는 대화가 익숙한 듯했다. 그가 이상하게 느끼지 않도록 대화를 이어가고 싶었다. 공동체 규칙이나 평가 시간 따위는 어느새 머릿속에서 사라지고 없었다.

"인사가 끝나면 뭘 해야 하는데?"

"물어보고 싶은 걸 정하지. 내가 먼저 할까?"

"그래 주면 고마울 거 같아."

나는 물러서면서 말했다. 그가 생각에 잠긴 듯한 소리를 내었다가 떠올랐다는 듯이 나를 똑바로 보았다.

"취미가 뭐야?"

"어…… 영화 보는 거?"

무심코 대답하고 입을 턱 막았다. 영화를 보는 것은 위법이다. 영상 매체를 구하지도 못하는 사람들이 대부분이다. 나는 보호자의 낡은 비디오를 물려받아서 소유하고 있지만, 보는 것까지 허가받은 것은 아니다.

하지만 그는 태연하게 말을 이었다.

"영화 좋아해?"

126은 내 취미를 이상하게 여기지 않았다. 외곽 사람이니까 영화에 대해 이야기하는 일이 이상하지 않은 걸까. 나는 용기를 내어서 대답했다.

"그런 것 같아."

"왜?"

왜? 눈을 감고 거리로 나가면 모든 사람들의 얼굴이 빈칸이다. 빈칸은 나를 답답하게 했다. 영화를 보고 있는 동안만큼은 답답하지 않았다. 시야에 가득한 명백한 감정들. 영화는 명료한 답안지였다. 중앙의 유일한 숨 쉴 틈이었다.

"마음이 편해져서."

"나도 영화를 보면 마음이 편해지던데. 우리 공통점이 있네."

예상하지 못한 대화의 방향 때문에 얼굴이 달아올라서 대답할 타이밍을 놓쳤다. 어색한 침묵이 시작되자마자 그가 다시 입을 연다.

"이번엔 네가 물어볼래?"

"내가?"

"나만 알면 불공평하잖아."

어디서부터 시작해야 할지 몰라서 입이 떨어지지 않았다. 어느 주제를 선택해야 적절한가? 그에 대한 것? 혹은 나에 대해서 이야기를 먼저 하고 질문으로 이어져야 하나? 그가 단답으로 대화를 끝내면 어쩌지? 아, 생각해 보니 내가 방금 지나치게 단답을 했던 건 아닐까. 머릿속이 복잡해서 어지럽다. 하지만 답답하지는 않았다. 마음이 가벼웠다.

"원래 이렇게 대화를 하는 거야? 너무 어려운데."

나도 모르게 웃으면서 도움을 청했다. 그는 기꺼이 마주 웃으면서 대답해 주었다.

"원래는 이렇게 안 하지. 지금은 대화보다는 인터뷰 같기는 해."

"미안해. 내가 이런 걸 할 줄 몰라서."

"미안할 필요 없어."

그가 손을 내저으면서 씨익 웃는다.

"이따가는 내가 인터뷰하지, 뭐. 운이 좋으면 언젠가는 인터뷰가 대화로 변하지 않겠어?"

긴장한 와중에도 웃음이 입술 사이를 비집고 나왔다. 웃자마자 긴장이 풀렸다. 자연스럽게 웃어 본 것은 정말 오랜만이었다.

"자, 심문해 봐."

그는 가만히 서서 내가 입을 열기를 기다렸다. 나는 고심 끝에 질문을 선택했다.

"사적인 정보 교환은 중앙에서 불법인 거 알아?"

그가 당황한 듯이 행동을 멈추었다가 웃음을 터뜨렸다. 입이 벌어지고 웃는 모양이 되자 반듯한 이가 드러났다. 눈이 둥그렇게 휘고 눈썹의 앞쪽이 들려 올라가면서 따라 웃고 싶은 표정이 되었다. 다른 사람의 얼굴을 이렇게 가까이에서 살피는 건 처음이다. 나는 문득 그의 내려간 눈꼬리를 만져 보고 싶다는 생각을 했다.

"알지. 그래도 얘기하자. 궁금한 거 없어?"

"궁금한 거."

속삭이듯이 따라 말했다. 있었다. 궁금한 거.

"외곽은 어때?"

"좋지."

책상마다 버블로 둘러싸여 있던, 미취업 아동을 위한 학교에 다니던 때가 떠올랐다. 그곳에서 외곽의 사진을 처음 보았다. 깨진 보도블록과 비좁은 방에서 모여 사는 가족들, 눈살을 찌푸리게 만드는 식품들이 기억난다.

중앙에 사는 아이라면 모두 외곽을 도와야 한다고 배웠다. 우리와는 다른 규칙을 따르고 우리보다 낙후된 도시에 살더라도, 그들은 같은 인간이었다. 외곽을 도울 만큼 열심히 일하는 것은 안전한 도시에서 풍족하게 사는 중앙의 도덕적인 의무였다.

왜 126은 외곽에서 살고 싶어 할까?

"왜?"

"음, 설명하기는 어려워. 외곽이 더 마음이 편해."

"그래서 외곽에 살고 싶은 거야? 마음이 편해서?"

"영화를 보는 거랑 비슷해. 영화를 보는 게 편안해서 영화를 보는 것처럼, 외곽에 사는 게 편안하니까 외곽에 사는 거지."

그렇다면, 만약 내가 외곽에서 산다면, 매일 마음이 편안할 수 있다는 걸까. 눈을 감고 주민을 평가할 때마다 내가 제대로 하고 있는지 알 수 없어서 느껴지는 불안함, 별이 뜰 시간인데도 바깥을 내다볼 수 없을 때 느끼는 답답함, 옆 칸막이에서 수업을 듣는 친구의 손을 잡아 볼 수 없어서 느꼈던 서러움이 외곽에는 없다는 걸까. 상상만으로도 가슴이 부풀었다.

"나도 너한테 궁금한 거 있는데, 물어봐도 돼?"

"뭔데?"

"지금은 어때? 외곽으로 갈래?"

내 마음을 읽은 듯한 질문이었다. 나는 망설였다. 적어도 머릿속으로는 그랬다. 입이 먼저 움직여서 대답했다.

"갈래."

나와 그는 동시에 놀란 표정이 되었다. 나는 재빨리 말을 바꾸었다.

"아니, 안 가. 못 가지."

"외곽이 낯설어서 거절하는 거라면 이것도 고려해 봐. 외곽은 일 년에 스무 명씩의 중앙 사람들에게 이주 기회를 주고, 외곽에서 적응할 수 있도록 도와줘. 외롭지 않을 기회야. 다른 사람들과 함께 살고 싶지 않아?"

마음이 흔들렸다. 내가 원하는 바였다. 나는 126의 눈을 피했다. 126이 나를 가만히 바라보다가 시선을 떨구며 고개를 끄덕인다. 안심한 것 같기도 하고, 슬퍼하는 것 같기도 했다. 손바닥으로 손톱이 파고들었다.

'외곽이 중앙보다 나을지도 몰라.'

나는 순식간에 떠오른 생각을 향해 고개를 저었다. 중앙은 좋은 곳이고 나는 사는 데에 필요한 모든 걸 가졌다. 안전하고 넉넉한 중앙을 떠날 이유가 없다.

평가 시간이 끝나는 알림음이 울리고, 126은 자리에서 일어났다. 나는 담담하게 버블을 열어 주었다. 126이 버블이 열린 틈으로 사라졌다. 나는 126이 사라진 곳을 잠시 쳐다보다가 내 의자로 돌아왔다.

[눈을 감아 주세요.]

버블이 말했다. 나는 고집스레 눈을 치켜떴다.

[눈을 감아 주세요.]

버블이 완벽하게 똑같은 목소리로 다시 말했다. 126과 함께 있는 동안 느껴졌던 따뜻한 안정감이 떠올랐다. 텅 빈 평가실이 나를 무심하게 마주 보았다.

평가 목적이 아닌 이야기를 나눈 것은 거의 일 년 만이었다. 평가자는 공간을 나눠 쓰며 근무해야 하는 열악한 직종이 아니고,

모든 주민에게 해당하는 의무 사항인 정기 평가도 다른 주민에 비해 실시일 간격이 훨씬 길었다.

오늘은 일상에 발생한 오류였다. 오류를 겪으면서 내가 즐거웠다는 사실은, 또 하나의 오류다. 아마 평생 누구와도 이야기를 나눌 수 없을 것이다.

외로웠다.

'혼자이고 싶지 않아. 하지만 혼자가 아니라면 다른 사람과 싸우겠지.'

나는 필사적으로 눈꺼풀을 내리눌렀다. 눈꺼풀이 부들부들 떨렸다. 평생 내 눈꺼풀을 묶어 놓던 줄이 끊어진 듯했다. 일말의 가능성 때문이었다. 126과 나는 눈을 뜨고 이야기를 나누었지만 싸우지 않았다. 오히려 편안하게 웃었다.

'가깝게 지내면서도 싸우지 않을 수는 없을까?'

순진한 의문이 떠올랐다. 오늘 처음 만난 126이 그리워서 마음이 아팠다. 126을 보고 있으면 불안하지도 답답하지도 않았다.

[눈을 감아 주세요.]

버블이 다시 말했다. 나는 수면으로 박차고 나온 사람처럼 숨을 들이쉬었다. 더는 견딜 수가 없었다. 내게 중앙을 벗어날 방법을 말해 준 사람은 그가 처음이었다. 지금 126을 놓치면, 다시는 자유로워질 수 없을지도 몰랐다. 나는 눈을 번쩍 떴다.

다음 순간 나는 완충재로 가득한 복도를 달리고 있었다. 평가원

정문을 막 빠져나가려는 126 앞에 섰다.

[눈을 감아 주세요.]

"아니야."

내가 무슨 말을 하고 싶어서 그를 잡았는지 명확하지 않았다. 놀란 126이 눈을 뜨고 나를 마주 보았다. 눈이 마주친 순간 모든 것이 명료해졌다.

"나도 갈래."

나는 놀랄 만큼 단단한 목소리로 말했다. 괜찮다는 건 거짓말이다. 평생 혼자이고 싶지 않았다. 기회를 잡아 보고 싶었다.

결심이 약해지기 전에 126에게 말했다.

"외곽으로 갈게. 눈을 뜨고 싶어."

그는 마음을 가다듬듯이 나를 응시하다가 침착한 목소리로 말했다.

"일주일 뒤에도 마음이 변하지 않으면, 중앙 도시에서 나가는 출구에서 만나자. 내가 기다리고 있을게."

나는 절박하고 빠르게 고개를 끄덕였다. 그가 정말 나를 만나러 올지, 내가 마음을 고쳐먹지 않고 중앙을 나갈 수 있을지는 생각하지 않았다. 기회를 잡아야 한다는 마음뿐이었다.

3

오늘은 126에게 외곽 이주를 제안받고 엿새째가 되는 날이다. 지난 닷새간 나는 정신없이 바빴다. 이주에 필요한 서류를 제출하고, 평가원 일을 그만두었다. 신체검사와 가택 점검을 받고, 공동체 대표에게 거주지 이동 신청서를 제출하고, 담당 부서에 나와 관련된 모든 파일 열람을 허락했다.

공동체는 나에 대한 모든 걸 파악하고 싶어 했다. 중앙과 외곽의 구분이 엄격한 만큼 꼼꼼하게. 길고 긴 이주의 준비 과정을 거치면서 나는 끊임없이 고민했다.

'내가 지금 뭘 하고 있는 거지?'

서류를 하나씩 제출할 때마다 겁이 났다. 서류에 서명을 하기 직전에 외곽으로 떠날 생각에 압도되어서 얼어붙기도 했다.

외곽으로 가다니. 역시 바보 같은 생각이었다. 큰 실수였다. 그걸 나도 알고 있었다. 이성이 바짓단을 잡고 매달릴 때마다 망설일 수밖에 없었다.

나는 나를 중앙에 붙드는 이유를 합리적으로 정리해 나갔다. 평가원에 대한 미련, 외곽에서도 열심히 지낸다면 마음에 드는 직업을 가질 수 있을 것이다. 중앙의 안정, 조금 부족하더라도 눈을 뜰 수 있다면 감수할 가치가 있다. 이유가 줄어들수록 결심이 굳어졌다.

이제 가장 큰 이유를 정리하러 가는 길이었다. 나와 멀지 않은 버블에서 살고 있는 나의 보호자. 외곽으로 넘어가면 다시는 만나지 못할 테니, 한 번은 만나고 가야겠다는 것이 내 생각이었다.

나는 결심을 굳히고 방문객을 알리기 위해 보호자의 버블에 손을 얹었다. 기다려도 문이 열리지 않았다. 나는 당황해서 버블에 다시 손을 얹었다. 버블이 열리는 대신 내 디스턴서가 진동했다. 독립한 후로 처음 있는 일이었다. 나는 떨리는 마음으로 디스턴서를 내려다보았다.

[사전에 방문 허락을 받는 것이 원칙입니다.]

짤막한 문장을 한참 내려다보다가 돌아섰다. 집으로 돌아가야 했다. 곧 이주의 마지막 단계를 밟을 시간이었다.

'이주 사유에 대한 면담.'

멍해진 머릿속으로 일정이 떠올랐다. 누군가 나와 이야기를 나누기 위해 오늘 내 집으로 파견될 예정이었다. 내 버블에 타인이 들어오는 것은 처음이었다. 가서 준비를 해야 했다.

머리는 발을 떼라고 하고, 전자석이 내 발을 이끄는데도 다리가 움직이지 않았다. 집이든 외곽이든 가고 싶지 않았다. 아무것도 하고 싶지 않았다.

내 가슴속에는 비어 있는 작은 공간이 있다. 나는 그곳이야말로 내가 중앙에서 적응하지 못하는 원인이라고 여겼다. 그곳이 도려내듯이 아팠다. 모순이 아닐 수 없었다. 비어 있는 곳에서 아픔을 느끼다니.

'집으로 가.'

나는 다리에게 명령했다. 그 순간 이해할 수 없게도, 126의 목소리가 들리는 듯했다.

'내가 기다리고 있을게.'

상상 속 126의 목소리가 귀에 닿는 순간 다리가 움직였다. 그의 약속이 내 등을 단단하게 받쳐 주었다. 126, 나를 도와주겠다고 한 사람. 126의 약속이 나를 나아가게 했다.

발끝에 힘을 주고 걸었다. 외곽으로 향하기로 마음먹은 순간부터 나를 움직이던 힘과 지금이 아니면 안 된다는 의무감이 나를 떠밀었다. 무사히 집에 도착하자 안도의 한숨이 터져 나왔다. 나는 현관문에 기대어 주저앉았다. 앉은 자리에서 버블을 새삼스레 둘러보았다. 내가 얻어 낸 나만의 공간.

공동체의 미취업자는 가사일과 직업 노동을 감당할 능력이 생기면 독립적인 생활 공간을 받는다. 2층 주택, 앞마당과 뒷마당, 주택과 마당을 동그랗게 감싸는 버블. 개인의 버블은 허락을 받은 사람만이 출입할 수 있는 공간이다.

보호자의 뜻에 따라야 했던 전과는 달리 보급품을 모두 내가 원하는 곳에 둘 수 있었다. 완전히 내 공간이라는 느낌이 들 때까지 재배치를 반복했다. 지금 내 버블은 거의 완벽하게 내 취향에 부합했다. 거실 한복판에 자리한 공동체 규칙 액자만 제외하면.

액자를 두는 것은 보호자의 의견이었다. 나는 어렸을 때부터 불안정한 구석이 있었으니 규칙을 가까이 두면 좋지 않겠냐는 이유였다. '불안정한 구석'이라는 말은, 내가 예의 바르게 눈을 감을 줄 모른다는 뜻이었다.

제2인류 공동체 규칙

1. 서로 공유하는 정보의 양을 제한할 것.
1. 최소한의 단위로 버블에 거주할 것.
1. 버블의 밖에서는 눈을 감을 것.

거실 한복판에 놓인 액자는 양심을 콕콕 찔렀다. 보호자의 노력에도 불구하고 나는 툭하면 눈을 뜨는 어른으로 자랐으니. 그래도 보호자를 기억하는 의미에서 없애지 않았다.

집의 2층에는 내가 쓰는 침실과 욕실, 서재, 그리고 손님방이 있었다. 혹시라도 보호자가 지내러 오지 않을까 싶어서 몰래 준비해 둔 공간이다. 보호자는 공동체의 모범적인 일원이니 올 리가 없다는 걸 알면서도.

[방문객이 있습니다.]

버블의 진동이 나를 놀라게 했다. 나는 튕기듯이 현관에서 일어났다. 떨리는 손을 마주 잡고 숨을 가다듬었다. 눈을 감은 채 침착하게 문을 여니 기다리던 방문객이 입을 열었다.

"들어가도 되겠습니까?"

아는 목소리였다. 모든 버블에서 나오는 목소리이자 공동체의 누구라도 단박에 알아듣는 목소리다. 목소리가 가까이에서 나를 향해 들리는 대신 사방에서 울렸다면 버블이 내게 말을 걸었다고 착각했을 것이다.

"이전에 안내받으셨죠? 면담을 위해서 방문했습니다."

공동체 대표가 서류봉투를 들고 내 마당에 서 있었다. 나는 잔뜩 굳은 채로 대표를 이끌고 거실로 들어왔다. 대표는 자리에 앉더니 나지막이 말했다.

"잠시 눈을 떠 주시겠습니까?"

나는 망설였지만, 대표의 부탁이니 못 할 일도 아니라는 생각에 눈꺼풀을 들어 올렸다. 대표도 우아하게 눈을 떴다. 대표는 푸른빛이 도는 까만 머리카락을 동그랗게 올려 묶은 중년이었다. 얼굴에는 세월의 흔적이 별로 없었지만, 침착한 분위기는 대표가 내 보호자와 동년배라는 인상을 주었다. 나는 어쩔 줄 모르고 시선을 피했다.

"외곽으로의 이주를 원하는 분들은 흔치 않아서 제가 이유를 묻는 것이 원칙입니다. 외곽으로 이주하시려는 이유가 있나요?"

나는 다시 망설였다. 무려 대표가 내 공간에 찾아와서 이주 이유를 묻는데 눈을 뜨고 싶어서요,라고 대답하려니 내가 너무 어린 사람처럼 느껴졌기 때문이다. 하지만 다른 이유를 생각해 낼 수가 없었다.

"눈을 뜨고 싶어요."

대표는 아무런 반응도 보이지 않았다.

"이주하시는 분들께는 이 영상을 보여 드려야 합니다. 외곽에 가서도 공동체와 중앙의 기존 규칙을 존중해야 함을 상기해 드리기 위해서입니다. 잠시 보시겠어요?"

내가 고개를 끄덕이자 대표는 서류봉투에서 디스턴서를 꺼냈다. 납작한 디스턴서가 대표의 지문을 인식하자 네모난 화면이 빛을 내더니 홀로그램을 뱉어 냈다. 머리를 말끔하게 넘긴 사람의 상반신이었다. 얼굴이 낯익었다. 그는 두 번째 인류의 번성을 이끈 첫 번째 대통령이었다.

오래전의 대통령이 입을 열었다.

[연합국의 국민 여러분, 안녕하십니까.]

이 행성에 살던 사람들이 '연합국'의 국민으로 살던 이백 년 전은 국민이라고 부르기에도 민망할 정도로 인구가 적던 시절이다. 수백 년간 이어진 전쟁은 다양한 국가로 존재할 명분조차 앗아가서, 모든 인간이 하나의 국가를 이루었다.

[인류의 살아남은 일 퍼센트로서 우리의 미래를 결정하기 위해 오랫동안 이어져 왔던 연구가 마침내 끝났음을 알려드립니다.]

환호하는 목소리가 뒤따랐다. 주민들은 대통령의 근엄한 입매와 짙은 눈썹을 바라보면서 다음 말을 기다렸다. 대통령이 곤란하다는 듯이 아랫입술의 미끈한 안쪽을 깨물었다가 말을 이었다.

[우리는 서로에게서 독립할 것입니다.]

대통령의 연설을 듣던 사람들이 쥐 죽은 듯이 고요해졌다.

[저명한 고고학자들이 옛 도시들의 영역을 탐사한 결과, 이전 인류의 유물을 발견했습니다.]

대통령이 유리로 조심스레 눌러서 보관해 둔 종잇조각을 들어 올렸다. 옛 도시들의 영역에서 발견했다더니 절반 가까이 삭아서 형태를 알아보기 어려웠다.

[오랜 연구 끝에 결론을 내렸습니다. 수 세기 전, 접촉 정도에 따라 단계를 나누어 생존을 도모했다는 흔적입니다. 우리는 이 방법에 다시 희망을 걸어 보기로 했습니다.]

대통령이 종잇조각을 조심스레 내려놓자, 화면이 종잇조각으로 움직였다. 찰나였지만 그 종이가 어떤 표를 나타낸다는 것을 알아차리기에는 충분했다.

[우리는 서로와의 접촉을 최소화해야 합니다. 인류가 서로를 증오하게 만든 모든 요소를 제거해야 합니다. 피부색과 머리카락 색, 출신 지역을 드러내는 목소리, 믿음을 보여 주는 종교 행사, 부를 노출하는 소유물까지 모든 것이 포함됩니다. 다만…….]

아우성에 목소리가 파묻히려고 하자 대통령이 잠시 말을 멈추었다. 군중이 진정한 후에 그는 다시 입을 열었다.

[모든 규제는 거주 공간 밖으로 나왔을 때에만 적용됩니다. 연합국 정부는 모든 가정에 독립된 거주 공간과 공간을 가릴 버블을 제공하겠습니다. 거주 공간에서 우리가 하는 모든 일은 바깥에서 볼 수 없게 될 것입니다.]

대통령이 지친 듯이 손을 올려서 미간을 꾹꾹 눌렀다.

[인류는 너무 오랫동안 싸워 왔습니다. 언젠가는 전쟁으로 멸종하리라고 예상하면서도 싸우는 것을 자제하지 못했지요. 어쩌면 함께 산다는 것 자체가 싸움의 원인 아니었을까요.]

모든 반발이 사그라들었다. 조용해진 장내에 대통령의 무거운 목소리가 퍼졌다.

[다음 달부터 시행될 이 규칙은 우리 모두의 희망입니다.]

희망이라는 단어를 사용했지만, 그의 말투에서는 희망보다 다짐이 더 많이 느껴졌다. 야심차게 내놓은 해결책이라는 뜻이었다. 그의 방식으로 우리가 아직까지 살아 있음을 안다면 죽은 대통령은 즐거워할까? 내가 그 규칙에서 벗어나고자 하는 흔치 않은 이

들 중 하나임을 알면 나를 질책할까?

대표가 디스턴서를 끄고 나를 마주 보았다.

"외곽에서는 아직도 갈등이 잦습니다. 생긴 것, 먹는 것, 입는 것을 비롯해 상상도 하지 못할 만큼 사소한 것들로 싸웁니다. 그 탓에 많은 면에서 열악하고 거칠죠. 따라서 적응하려면 많은 노력이 필요하고, 외곽에서 지낼 수 있다는 인증도 받아야 합니다. 중앙에서 엘리트로 자라신 07님께는 좋은 환경이 아닐 겁니다. 그리고."

대표가 경고하듯이 물었다.

"한번 외곽으로 넘어가면 돌아올 수 없습니다."

시선이 흔들렸다. 내 직업 번호 뒤에 쌓은 성취, 좋은 버블, 팬찮은 취미, 내 보호자. 포기하고 외곽으로 넘어간다면 다시는 되찾지 못할 것이다.

"아직도 외곽으로 가고 싶으십니까?"

나는 침을 꿀꺽 삼켰다. 126도 내게 경고했었다. 하지만 나는 확신이 있다. 다시는 평가원의 하얀 방으로 돌아갈 수 없다. 상대방의 표정을 살피지 못해서 전전긍긍하고 싶지 않다. 게다가 내게는 조력자가 있다. 나는 이주를 제안하던 126의 눈동자를 떠올렸다.

"네, 가겠습니다."

내가 결론을 내리자 대표는 들고 온 서류봉투를 내게 건넸다.

이주 허가서와 외곽 평가원으로 가라는 명령서가 들어 있었다.

"내일이 이주하시는 날이죠?"

대표가 물었다. 내가 그렇다고 대답하자, 대표는 무언가 마음에 들지 않는다는 듯이 입술을 모았다.

"마음을 바꾸실 기회는 아직 있습니다. 내일 장벽 문으로 나가지 않으신다면 이주를 취소하신 것으로 알고 원래대로의 삶을 돌려드릴 수 있습니다."

나는 대표의 말에 지나칠 만큼 크게 흔들렸다. 원래대로의 삶. 나는 대표를 따라 입술을 꾹 모았다가 대답했다.

"마음을 바꾸지는 않을 것 같습니다. 약속을 했거든요."

"약속이요?"

대표가 이해하지 못했는지 되물었다. 나는 자세히 설명하는 대신 어색하게 웃었다.

대표가 서류를 두고 돌아간 후, 나는 내 마음속에서 낯선 구석을 발견했다.

'중앙 도시에서 나가는 출구에서 만나자. 내가 기다리고 있을게.'

126이 나를 기다리고 있다는 이유만으로 나는 마음을 다잡을 수 있었다. 중앙에서 나가기로 한 것은 내 결정이었다. 하지만 내가 결정을 번복하고 도망치지 않을 수 있었던 이유는 126과의 약속이었다.

다음 날 아침, 나는 약속을 지켰다. 그도 마찬가지였다.

4

눈을 뜨는 데에는 부적절할 정도의 즐거움이 있었다. 특히 이런 광경을 볼 수 있다면 말이다. 나는 저 멀리 보이는 외곽의 풍경을 정신없이 눈에 담았다.

알록달록한 건물들 틈의 좁다란 길이 사람으로 가득했다. 그들은 어깨가 부딪힐 정도로 가까이 걷고, 서로 이야기를 나눈다. 생각을 압도할 정도의 소음. 사람의 소리다. 시선들이 얽히는 광경이 못내 불안했다. 외곽의 매일이 이런 기분일 터였다.

어렸을 때, 내게 학습 자료를 주러 온 선생님의 앞에서 불쑥 눈을 뜬 적이 있었다. 나는 가장 먼저 떠오른 생각을 이야기했다.

'선생님은 머리카락이 연한 색이에요. 내 머리카락은 책상처럼 진한 색인데. 우리 다르게 생겼네요.'

선생님은 한 발자국 뒷걸음질을 치더니, 수업을 중단하고 내 보호자를 불렀다. 보호자는 선생님과 버블을 사이에 두고 두런두런 이야기를 나누었다. 나는 그새 뜬 실눈 사이로 보호자의 얼굴이 시드는 모습을 보았다.

나는 그날 저녁, 아무에게도 우리가 '다르게 생겼다는 것'을 말하지 않겠다고 보호자에게 약속했다. 하지만 지금 보니 나와 선생님은 꽤 닮은 편이었다. 외곽에는 훨씬 다양하게 생긴 사람들이 많았다.

건물마다 색이 다르다. 오래된 붉은색, 페인트가 벗겨지는 흰색, 타일이 번갈아 붙은 회색과 흰색. 눈이 아플 정도로 쨍한 노란색과 파란색도 눈에 띈다. 금간 유리가 다닥다닥 붙은 건물도 있다. 중앙에서 보이는 색은 건물의 흰색과 버블 표면의 불투명한 푸른색밖에 없었다.

"지나갑니다."

누군가 내 옆에서 목소리를 높였다. 나는 화들짝 놀라서 몸을 움츠렸다. 똑같은 옷을 입은 두 사람이 가운데에 사람 한 명을 두고 걷고 있었다.

우리와는 반대로, 중앙으로 들어가는 방향이었다. 중간에 서 있는 사람은 푸릇한 중앙의 복장을 입고 있었다. 나는 반가움에 중앙의 옷을 입은 사람의 눈을 찾아 시선을 맞추었다.

눈이 마주치자마자 어깨가 파득 튀었다. 그의 표정에는 서늘함이 느껴질 정도로 분노가 가득했다. 화면 밖에서는 처음 보는 날

것의 감정이었다. 잠시 잊고 있었다. 외곽이 아름다운 풍경으로만
가득하지는 않다는 사실을 말이다.

나는 놀라서 제자리에 얼어붙었다. 그와 함께 걷던 사람들이 나
를 발견하더니 당황한 기색을 보였다. 똑같은 옷을 입은 두 사람
중 한 명이 물었다.

"평가원으로 가시는 거예요?"

"네?"

나는 겁에 질려서 되물었다. 내게 질문한 사람이 주변을 둘러보
다가 126을 발견했다. 그가 126에게 손짓하자 126이 빠르게 다가
와서 나와 그들 사이를 막아섰다.

"저쪽으로 가자."

126이 팔을 뻗어서 나를 잡아끌었다. 나는 맥없이 끌려가면서
그들을 돌아보았다. 중앙 쪽 방향으로 그들이 멀어졌다.

"07!"

126이 목소리를 높여서 말했다.

"내가 방금 뭐라고 했는지 들었어?"

126이 뭐라고 했더라? 나는 뒤를 돌아보다가 흘려보낸 기억을
더듬었다.

"외곽 평가원으로 갈 거라고 했지?"

"맞아. 네가 외곽에서 잘 지낼 수 있을지 확인하러 갈 거야."

126은 어깨를 뒤틀어 가며 사람들 사이를 헤쳤다. 중앙에서는

눈을 감고 발을 앞으로 내밀면, 전자석이 발을 당겨 주었다. 외곽에서는 내가 발의 방향을 직접 정해야 했다. 자꾸 사람들에게 부딪히며 걸음을 서두르게 된다.

머릿속을 압도할 정도로 독특한 향기들이 난다. 건물 안에서부터, 길거리에 놓인 물건들로부터, 지나치는 사람들로부터. 중앙에서는 모든 사람들에게 같은 향기가 났다. 보급품으로 받는 세정제의 희미한 냄새. 건물과 길에 사용하는 세척액에서도 같은 냄새가 났다. 여기선 아니다.

코끝에 부딪히는 낯선 도시의 향기. 기대와 불안이 동시에 가슴속에서 부풀어 올랐다. 종아리가 아프도록 걸은 끝에 126이 한 건물 앞에 멈추었다.

"외곽 평가원에 온 걸 환영해."

외곽 평가원. 너비도 높이도 까마득할 만큼 커다란 건물이다. 창문의 개수로 보아서는 7층인 것 같다. 7층이라니. 중앙의 건물들은 결코 2층보다 높지 않았다.

'대체 어떻게 지은 거지?'

외곽에도 평가원이 있고, 중앙 평가원의 형제 기관이라고 배운 적은 있다. 평가자들과 소수의 직원들만 근무하는 중앙 평가원과는 완전히 다른 규모다.

"생각보다 깨끗하네."

중얼거리지 않을 수 없었다. 외곽으로 오기로 결정하면서 최악을 각오했는데, 오히려 중앙보다 말끔한 건물을 보자 안심과 의문이 동시에 들었다.

"여기는 평가원이니까."

126이 무심하게 대답했다. 충분한 설명은 아니었지만, 곧 이해할 수 있으리라고 생각하기로 했다.

문을 열자 로비에 사람들이 바글바글하다. 세 부류의 사람들이다. 첫 번째는 셔츠와 정장을 입은 사람들. 정장 깃에 금색 라펠 핀을 달았다. 두 번째는 빳빳한 푸른색 근무복을 입은 사람들. 핀이 달린 금속 명찰을 옷에 꽂았다. 세 번째는 무채색의 옷가지마다 작은 금색 마크가 수놓인 사람들. 파란 줄이 달린 이름표를 목에 걸었다.

나는 그들이 모두 이 공간에 소속된 사람들임을 한눈에 알았다. 중앙에서는 외모가 주는 소속감을 경계했지만, 시선 한 번으로 사람을 파악하는 데에는 분명한 장점이 있다.

126은 주로 셔츠와 정장을 입은 무리와 인사를 나누면서 걸었다. 세 부류의 사람들이 자유롭게 뒤섞인 채 서로 인사를 하거나 대화를 나누고 있었다. 대체 무엇에 대해서 이야기를 나누는 걸까? 호기심에 귀를 기울였다.

"지각할까 봐 아침을 굶었어."

"오늘 좀 덥지 않아? 옷을 잘못 입었나 봐."

"여긴 계단이 너무 많다니까. 숙소는 죄다 고층이고."

"이따가 같이 저녁 먹을래? 요 앞에 가 보자."

식사, 입고 있는 옷, 출근길, 저녁 계획. 띄엄띄엄 들은 대화의 단편들이다. 나는 그중 어떤 화제로도 다른 사람들과 이야기를 나눌 자신이 없다.

"07!"

126이 로비의 데스크에서 손을 흔든다. 가라앉은 기분으로 걸음을 서둘렀다. 도착해 보니 126은 머리를 하나로 꽉 당겨 묶은 직원과 인사를 주고받는 중이었다. 126이 용건을 꺼냈다.

"입학생 한 명입니다."

직원이 당황스러운 표정을 지었다.

"이번 달의 입학생은 모두 배정되었는데요?"

"제 이름으로 따로 신청했습니다. 대표 평가자님이 승인해 주셔서요."

"아, 확인했습니다."

직원이 명단을 한 장 넘기더니 표시를 남겼다. 직원은 데스크 뒷방에서 상자 하나를 꺼내 왔다. 직원이 내게 상자를 건네면서 말했다.

*
"우선 옷을 갈아입고 오실래요?"

코앞에 탈의실 문패가 보였다. 옷을 갈아입고 나오자 126이 기다리고 있었다. 나는 바지를 어색하게 문지르면서 입고 온 옷더미를 고쳐 들었다.

126을 따라 계단을 한 층 오르자 소음이 가라앉았다. 126이 복도에서 두 번째 사무실의 문을 열어 주었다. 알록달록하고 조금 어질러진 방이었다. 티끌 하나 없던 내 직장과는 많이 다른 모양새였다. 126이 익숙하게 평가자의 자리에 가서 앉더니 평가 대상자의 자리를 손짓했다.

"거기 앉으면 돼."

"너도 평가자야?"

불신에 가까운 어투였다. 126은 웃으면서 목걸이 형태의 무언가를 건넸다. 목에 거는 형태인 명찰이다. 내 소속은 이미 인쇄되어 있었다. 평가원 소속 예비 주민 07, 평가자 126 담당.

"있지."

내가 운을 떼우자 126이 고개를 들었다.

"왜?"

"외곽에서는 이름을 부르지 않아? 직업 번호 말고."

"맞아. 평가원 구역에서는 아직 직업 번호를 써. 예비 주민 신분을 벗고 공식적으로 외곽 사람이 되면 이름을 쓸 수 있어. 하지만……."

126이 목소리를 낮춰서 속삭였다.

"몰래 부르는 건 괜찮지."

나는 입을 달싹이다가 다물고 말았다. 보호자도 불러 주지 않던 내 이름은 나만의 것이었다. 중앙에서 내 직업 번호 뒤에 쌓아 온 모든 성취를 버리고, 내게 남은 유일한 것이었다. 내 존재 자체였다. 아직은 126에게 내줄 준비가 되지 않았다.

126은 이해한다는 듯이 고개를 끄덕였다.

"나를 믿고 싶어지면 말해 줘. 그때 나도 말해 줄게."

"그래."

"약속하는 거지?"

"약속."

나는 씩 웃었다. 상황에 재미있는 구석이 있었다. 지난주까지만 해도 내가 그에게 중앙의 규칙을 일러 줬었다.

"반대네."

내가 말했다. 126이 책상에 쌓인 서류들을 급히 치우다가 고개를 들어서 내게 되물었다.

"뭐라고?"

"반대야. 지난번에는 반대로 앉아 있었잖아."

126이 재미있다는 듯이 웃었다.

"맞아. 얼마 전에는 네가 평가자였지."

중앙 평가원 소속, 평가자 07. 내가 하던 일이다. 일주일 전까지의 126은 중앙 평가원에 온 방문객이었다.

나는 그가 지나갈 때마다 눈을 크게 뜨고 집중하곤 했다. 그의 눈이 시선을 사로잡았다. 내리깐 속눈썹이 길고 눈꺼풀이 살짝 접혀 있었다. 아마 눈을 뜨면 쌍꺼풀이 생기고 눈매가 동그란 모양일 거라고 짐작했다.

'내 예상이 맞았네.'

126의 눈을 바라보면서 생각했다. 126의 눈은 쌍꺼풀이 가늘고 동글동글했다.

126이 내가 안고 있는 상자를 달라는 듯이 손을 내밀었다. 상자를 건네자, 그가 명찰과 안내문을 꺼내서 건네었다. 글자가 빽빽하게 들어찬 표였다.

"이게 뭐야?"

"시간표야."

126이 손가락으로 첫 번째 칸을 짚었다. 1주. 1주라고 적힌 칸 밑에는 순서대로 2주, 3주, 4주가 이어졌다.

"여기엔 4주 동안 있을 거야. 외곽 거주에 필요한 걸 배우면서."

"여기 교육원이야? 평가원이라고 했잖아."

"맞아. 너는 예비 주민이니까 특수 평가를 받는 거야. 예비 주민 대상 특수 평가는 점수를 매기려고 하는 게 아니라, 네가 얼마나 잘 배우고 있는지 살펴보고 부족한 부분을 보충하려고 하는 거야."

"바로 잘하지 않아도 괜찮다는 거지?"

126이 웃으면서 고개를 끄덕였다. 좋아. 제대로 이해했다. 126은 내가 안도할 틈도 없이 첫 번째 줄의 두 번째 칸을 짚어 주었다. 1주차 월요일.

"월요일에는 다 같이 수업을 들을 거야. 화요일부터 목요일까

지는 나랑 공부를 하고, 금요일에는…… 금요일은 나중에 이야기
하자."

126의 말 중에 걸리는 부분이 있다.

"'다 같이' 수업을 듣는다고?"

"전에 말했지? 스무 명."

스무 명. 스무 명이 함께 수업을 듣는다고. 머리가 어찔했다. 중
앙의 교육원에서는 화면을 통해 교육받았다.

종이를 다시 내려다보았다. 매주 월요일에 공통 수업에서 배우
는 내용은 주로 대화하는 방법이었다. 읽기만 해도 두려움이 스
멀스멀 피어올랐다. 다른 요일에는 평가자와 함께 개별 수업과
평가를 진행한다. 그런데 무언가가 빽빽하게 적혀 있는 다른 칸
들과 다르게, 매주 금요일은 네 글자만 제외하면 비어 있었다.

'현장 학습.'

소름이 쫙 끼쳤다.

"여기 현장 학습이라고……."

"나중에 생각하자."

126이 안심시키듯 웃었다. 전혀 안심이 되지 않았다.

"맨 위에, 보여?"

126의 눈짓을 따라 맨 윗줄을 보았다.

"진단 평가?"

"네가 외곽에 적응하도록 도와줄 거라고 했지? 중앙에서 외곽

으로 오는 사람들은 적응 기간이 필요해. 진단 평가는 네가 앞으로 어떤 도움이 얼마나 필요할지 살펴보는 거야."

나는 허리를 세워 앉았다. 평가는 내 전문 분야다. 어쩌면 아주 어렵지는 않을 수도 있다.

"그리고 맨 아랫줄."

126이 손수 짚어 준 곳에는 졸업 시험이라고 적혀 있었다.

"네가 외곽에서 문제없이 살 수 있는지 판가름하는 거야. 매주 현장 학습일에 평가자가 주는 수행평가 점수랑 졸업 시험의 점수를 합쳐서 최종 점수가 나와. 점수가 높으면 직업교육원에서 많은 선택지를 받을 수 있어."

"점수가 낮으면?"

"선택지가 조금 줄어들지. 중요한 건 이거야. 과락."

126이 작은 글씨로 적힌 설명을 읽어 주었다.

"졸업 시험은 과락 점수가 정해져 있어. 졸업 시험에서 낙제하면 한 번은 재시험을 볼 수 있지만, 재시험에서 또 낙제를 하면 중앙으로 돌아가야 해."

날벼락 같은 소리였다.

"뭐라고?"

기껏 용기를 긁어모아서 중앙에서 나왔는데. 내가 충격받은 목소리로 되묻자 126이 진정하라는 듯이 두 손을 들어 보였다.

"외곽에서는 많은 사람들과 함께 살아야 하잖아."

"그런데?"

"그러니까 중앙보다 갈등 위험이 훨씬 높아. 네가 다른 사람과 어울려 사는 능력이 없으면 모두에게 위험하지 않겠어?"

등받이에 털썩 기대었다. 틀린 말은 아니었다. 아무리 외곽이라도 공동체에게는 여전히 갈등 예방이 최우선 원칙이다. 집단 안에서 타인들과 밤낮으로 치고받을 것이 분명한 사람을 규칙이 약한 곳에서 살게 해 줄 수는 없었다.

"그래서 외곽은 거주할 수 있는 자질을 엄격하게 판단해."

"하지만 중앙에 다시 돌아올 수 없다고 했는데."

"그건 완전히 외곽 사람이 되었을 때의 이야기지."

외곽은 중앙보다 열악한 곳인 만큼 들어오기 쉬울 줄 알았는데.

"너무 걱정하지 마. 규칙을 잘 지키고 성실하게 공부하면 무리 없이 졸업할 수 있을 거야."

"돌려보내질 수도 있다며. 어떻게 걱정을 안 해?"

"내가 최선을 다해서 도와줄게."

126이 결의로 눈을 빛내면서 어깨를 폈다.

"내가 네 담당으로 지원했어. 앞으로도 잘 부탁해."

평생 126의 도움을 받고 싶다는 생각과 적응 기간 따위를 거치지 않고 당장 외곽에 던져지고 싶다는 생각이 머릿속에서 충돌했다. 사람이 두려운 동시에 사람을 만나고 싶어서 안달이 났다.

"외곽의 진단 평가는 수행 평가의 방식으로 이루어져."

126이 평가지를 클립보드에 끼우고 일어서며 말했다.

"갈까?"

나는 숨을 깊게 들이쉬고 자리에서 일어났다.

5

126이 앞장서서 사무실을 나섰다. 복도를 하나 지나서 계단을 두 층 내려가니 건물의 너비만큼 넓고 사람들이 바글바글한 공간이 나왔다. 아마 식사를 하는 장소인 것 같다. 수많은 머리통들이 크고 작은 무리를 지어서 앉아 있었다.

"저기서 음식을 받을 거야."

126이 가리킨 긴 줄의 끝에서는 큰 통에 담긴 음식들을 직원들이 나누어 주고 있다. 사람들은 납작한 판에 음식을 받아서 비어 있는 자리에 뭉쳐 앉았다. 모두가 눈을 뜨고 있다.

겁이 덜컥 났다. 나를 볼 수 있는 사람이 너무 많았다. 눈동자가 저절로 구석 자리를 향했다. 126이 내게 납작한 판을 건넸다.

"우리도 가자."

"지금?"

"응."

"지금?"

나는 믿지 못하고 질문을 되풀이했다.

"아직 아무것도 안 가르쳐 줬잖아."

"엄밀히 말하면 이건 '진단' 평가니까 안 가르쳐 주고 해야지."

반박하려던 입이 딱 붙어 버렸다. 틀린 말은 아니었다. 126은 눈동자를 양쪽으로 한 번씩 움직이며 주변을 살폈다.

"반칙이지만 한 가지만 말해 줄게."

나는 눈을 반짝이면서 그의 말을 기다렸다.

"웃어."

126이 그의 말처럼 싱긋 웃으며 짧게 말했다.

"가 볼까?"

시작 선언이었다. 나는 126이 앞장서기를 기다렸지만 126은 식기를 챙기면서 늑장을 부렸다. 그사이에 우리 뒤에 음식을 받으려는 줄이 더 쌓였다.

벌써 울고 싶었다. 나는 억지로 발을 움직여서 판과 수저를 들고 줄에 끼어 섰다. 앞에 선 사람들은 평가원 주변에 생겼다는 식당에 대해 이야기를 나누고 있었다.

사방에서 대화가 끊이지 않았다. 고개를 숙이고 조용히 서 있는 나를 힐끔 쳐다보는 시선들이 느껴졌다. 손바닥에 땀이 차올라서 판이 미끄러졌다. 온도와 습도가 완벽하게 통제되고 긴장할 상황을 만들지 않는 중앙에서는 겪어 본 적 없는 일이다. 내가 긴장하면 손바닥이 축축해지는 사람이라는 것조차 모르고 살았다.

'정신 차려.'

다짐하듯이 속으로 말했다. 공간의 구석까지 나아가자 줄이 꺾이기 시작했다. 주먹을 움켜쥔 채로 앞 사람들을 집중해서 관찰했다. 앞 사람들은 음식을 덜어 주는 사람들에게 한마디씩 고마움을 표현하면서 판을 내밀고 있었다.

'좋아. 대충 알겠어.'

판을 내밀자 직원이 음식을 덜어 주었다. 묵직하게 더해지는 무게를 버티려고 황급히 손에 힘을 꽉 주었다. 자연스럽게 움직이려고 애쓰면서 '감사합니다.'를 반복했다. 판이 한 칸씩 채워질수록 심장이 세게 뛰었다. 거의 끝났다.

"아, 잠깐만요."

직원 한 명이 뜬금없이 판을 붙잡았다. 나는 시퍼렇게 얼어붙었다. 내가 뭘 잘못했지? 싸우나? 진짜 싸우는 건가? 직원은 음식을 덜어 준 집게로 고르게 담기지 않은 음식을 정리해 주었다.

"흘리겠네."

"감사합니다."

간신히 뱉은 문장은 감사보다는 비명처럼 들렸다. 모든 칸이 채워졌다. 음식을 받는 부분은 끝난 것이다. 비틀거리면서 뒤로 돌았다. 곧장 머릿속이 하얗게 비었다. 내가 어디로 가야 적합한지 판단이 서지 않았다.

내 또래끼리 모인 무리가 먼저 눈에 들어온다. 일반 직원의 차림을 하고 있다. 하지만 중앙에서는 나이가 중요하지 않았다. 학교와 직업교육원을 졸업하는 대로 독립했다. 나이가 비슷하다고 해도 내 무리는 아니었다.

어쩌면 평가자 무리에 들어가는 편이 나을지도 모른다. 그런데 생각해 보니 이제 나는 평가자가 아니다. 진단 평가라는 것이 있는지조차 몰랐으니까.

보다 근본적인 문제가 떠올랐다. 갑자기 무리에 들어가서 인사를 해도 되는 걸까? 그래야 한다고 하더라도, 내가 할 수 있을까?

내가 감사 인사를 너무 작은 소리로 말해서 '맛있게 드세요.'를 돌려 주지 않았던 직원들이 있었다. 해야 하는 말도 명확하지 않은데 소리라도 질러야 한다는 말인가. 몇 번을 반복해서 말해도 내 말을 알아듣지 못하는 사람들에게 둘러싸일지도 모른다.

자리에 멈춰 서고 말았다. 126이 뒤따르는 사람들의 길을 막지 않도록 나를 옆으로 옮겨 주었다. 줄이 멈춘 이유를 궁금해하던 사람들이 내 명찰을 보더니 아무렇지 않게 자리로 향했다.

절박하게 126을 돌아보았지만 126은 아무 말도 않겠다는 듯 고개를 저었다. 126과 함께 앉는다면 어느 무리든지 상관없을 텐데. 126은 절대 먼저 움직이지 않을 기세였다.

나는 최후의 방법을 고려하기 시작했다. 구석에 혼자 앉는 거다. 마음은 편하겠지만, '사람들과 어울려야' 하는 외곽에서 바람직한 모습일 리가 없었다. 그래도 다른 방법을 찾지 못한다면 선택의 여지가 없었다. 마지막으로 집중력을 잔뜩 끌어 올려서 식당을 한 바퀴 훑어보았다.

눈에 걸리는 사람을 발견했다. 어딘가를 뚫어져라 바라보면서 혼자서 식사하는 또래의 여자아이였다. 여자아이는 식당의 반대편에 앉은 평가자를 보고 있다. 방금 들은 말이 떠올랐다.

'스무 명을 선발했다고 했지.'

나는 내 옷을 한 번 살폈다. 무채색의 티셔츠와 바지에 금색 마크가 수놓였다. 실내를 한 번 더 살피자 같은 옷을 입은 사람들이 몇 명 더 눈에 띈다. 모두 내 또래였다. 나는 직감을 믿어 보기로 했다. 망설이는 걸음으로 처음에 발견한 아이에게 향했다.

"안녕하세요."

최선을 다해 예의를 차린 인사였다. 아이는 화들짝 놀라면서 나를 올려다보았다. 반응을 보니 내 짐작이 맞은 모양이다. 중앙에서 온 사람이다. 나처럼 평가를 받고 있었다.

"함께 식사해도 될까요?"

여자아이가 얼떨결에 고개를 끄덕였다. 나는 용기를 긁어모아서 가까운 테이블을 턱짓했다.

"혹시 저쪽 가서 같이 드실래요?"

이쪽을 힐끔대던 남자아이 한 명이 초조한 표정으로 우리를 바

라보았다. 그들의 평가자임이 분명한 사람들이 아닌 척 우리를
살피는 것이 느껴졌다.

여자아이가 망설이는 사이에 남자아이가 다가와서 우리의 앞
자리에 앉았다. 예비 주민. 그의 걸음마다 명찰이 흔들렸지만, 한
단어는 또렷하게 보았다.

"안녕하세요."

용기를 한계까지 쥐어짠 것이 느껴지는 한마디였다. 그의 마음
을 너무나 이해한 나머지 웃음이 나고 말았다. 우리는 서로를 마
주 보면서 삼각형으로 앉았다.

'좋아. 세 명이면 무리라고 할 수 있겠지.'

이제 뭘 해야 하지? 분위기로 판단하자면 대화를 해야 한다. 오
는 길에 귀 기울여 들은 대화들이 떠올랐다. 종류는 다양했지만
원리가 있었다.

'공통 화제에 대해 이야기하고 있었지.'

내 팔이 옆에 앉은 여자아이를 칠까 봐 주의하며 수저를 들다
가 문득 공통점이 떠올랐다. 우리는 같은 상황에 처해 있었다.

"평가를 또 받아야 될 줄은 몰랐어요."

내가 용기를 내어 말하자, 두 사람 모두가 떨리는 웃음을 대답
처럼 터뜨렸다.

"중앙에서는 평가가 참 쉬웠는데 말이죠. 대답하고, 어디로 가
고 싶은지 말하고."

"맞아요. 외곽은 중앙보단 더 깐깐하게 심사하는 것 같아요. 평가자가 저한테서 눈을 떼지를 않네요."

둘 모두 간신히 꺼낸 대답이었다. 이제 내가 뭔가 따라붙는 말을 할 차례다. 주먹을 꽉 쥐고 머리를 굴렸다. 방금 한 이야기에서 그들과 연결할 것, 혹은 나와 연결할 것이 필요하다. 대화의 공통점은 평가. 그건 내 직업이었다.

"그렇죠? 저도 중앙에서 평가자였는데, 여기랑은 하던 일이 너무 달라서 적응이 안 돼요."

나는 두 사람의 눈에서 호기심을 발견했다. 중앙에서는 거울에서만 볼 수 있었던 광경이다.

"평가자요?"

나는 평가자의 일에 대해 짧게 이야기했다. 그리고 초조하게 두 사람을 번갈아 보았다. 이제 대화가 이어져야 했다. 여자아이가 비장하게 입을 열었다.

"저는 작물 생산자로 일했어요."

온실에서 일했다는 뜻이었다. 중앙에는 투명한 온실이 있다. 직업을 선택하기 전에 한 번 방문해 보았는데, 아름다운 장소였다. 층층이 푸릇한 식물들로 가득한 온실을 보자마자 그곳에서 내가 먹는 작물들이 온다는 걸 알았다.

"정확히 말하자면 쌀 부서에서 일했어요. 배급하는 작물들마다 부서가 나누어져 있고, 직원마다 또 구역이 나누어져요. 자기 구역에서만 눈을 뜨고 일하는 거죠. 주변 사람들을 만나지 않아도 되도록, 혼자 모든 일을 할 수 있게 훈련받아요."

"발아부터 포장까지 모두 맡아서 하셨던 거예요?"

"맞아요. 온실과 작업장에 제 구역이 하나씩 있었어요."

나는 직업교육원에서 재배 기술 연구원 역할을 제안받았던 이야기로 대화를 이어갔다. 우리는 한참 온실에 대한 이야기를 나누다가, 남자아이에게도 직업을 물었다. 남자아이는 망설이다가 말했다.

"저는 물자 분배 일을 했어요. 아침에 각 부서에서 물자를 받은 다음에, 각 버블로 운반하는 거죠. 사람들이 다니는 길과 겹치지 않도록 지어진 물자 부서용 도로가 있어요."

"와! 그럼 자동차를 모는 거죠?"

여자아이가 눈을 휘둥그레 뜨고 물었다. 자동차는 자원 소비가 커서 필수적인 부서에만 허락되었다. 주민들은 일하는 곳과 가까운 곳에 거주지를 지정받고 걸어 다녔다.

"혹시, 외곽으로도 물자를 운반해 본 적 있으세요?"

나는 조심스레 물었다. 중앙에서 사용하고 남은 물자는 외곽에 기부된다. 중앙의 학교에서 배운 내용이었다. 기술 부족으로 식량 생산이 어려운 외곽에 꾸준히 기부할 수 있도록, 중앙의 사람들은 필요한 것보다 열심히 일했다.

나는 중앙의 선량한 성실함을 좋아했다. 빠듯한 규칙을 지키고, 열심히 일하고, 생산한 물자들을 기꺼이 나누어 쓰는 마음. 안전한 도시에서 사는 사람들의 마땅한 권리이자 의무였다. 이제는 내가 그들의 덕을 보며 살게 될 것이다.

"가끔이요. 외곽으로 직접 넘어가는 일은 안 해 봤지만, 외곽으로 갈 물자를 모으는 곳까지는 가 봤어요. 벽 너머로 옮기는 일은 외곽 사람들이 와서 하는 모양이더라고요."

남자아이는 이어서 여자아이가 포장한 쌀을 운반했던 일을 이야기해 주었다. 하얗게 반짝이는 쌀이 봉투에 담기고 중앙의 로고가 부착되면, 남자아이는 쌀 봉투를 상자에 담아서 중앙의 곳곳으로 옮겼다. 흥미로운 대화가 이어질수록 납작한 판의 음식들이 서서히 비워졌다.

식사가 끝나고 판을 어디로 정리해야 하는지 찾아야 했다. 우리는 일어나서 다른 사람들의 움직임을 확인했다. 중앙에서 왔다는 점이 유리한 부분도 있었다. 우리는 남의 눈치를 살피는 일에 익숙하지 않았고, 따라서 확신을 가지면 망설이지 않았다.

"저기로 가면 되나 봐요."

여자아이의 말에 따라 우리는 방의 맞은편에서 판을 정리했다. 식당으로 들어왔던 문을 나서니 평가자 세 명이 기다리고 있었다. 126이 잘했다는 듯이 엄지손가락을 올렸고, 나는 의심할 겨를도 없이 환하게 웃었다. 다른 두 사람의 평가자는 별다른 반응을 하지 않았지만, 그들도 126의 반응을 보더니 밝은 표정이 되었다.

문득 우리 셋의 사이에 만질 수 없는 무언가가 느껴졌다. 고작 한 끼의 식사였을 뿐이지만 유대감이 생겼다. 나는 어색하게 그들을 향해 손을 흔들면서 126을 따라 계단을 올랐다. 두 사람은 각자 다른 방향으로 평가자를 따라가면서도 나를 향해 끝까지 손을 흔들어 주었다.

"외롭고 싶지 않아서 외곽으로 왔다고 했지?"

126이 물었다. 나는 고개를 끄덕였다.

"어때? 사람들을 만나 봤잖아. 지금은 외롭지 않아?"

"확실히 외롭지는 않았어. 좋은 사람들인 것 같은데?"

"좋은 사람들인지 겉모습만으로는 알 수 없어."

126이 평가지가 꽂힌 클립보드를 꺼내면서 말했다. 나는 곧장 그를 바라보면서 물었다.

"어떻게 하면 되는데?"

"눈으로 본 걸 넘어서면 되지."

"그건 어떻게 하는지 모르겠는데. 그것도 배울 수 있는 거지?"

"당연하지."

웃으면서 고개를 숙인 126이 평가지의 어딘가에 평가 내용을 기록했다. 좋은 내용일 거라는 확신이 들었다. 나는 중앙에 어울리지 않는 사람이었다. 어쩌면 외곽에는 잘 어울리는 사람일지도 모르겠다. 부풀어 오른 희망이 내 입꼬리를 밀어 올렸다.

6

외곽 평가원의 규칙은 단순했다. 예비 주민 신분에 걸맞은 장소에만 출입할 것. 일곱 시 이후에는 숙소를 나가지 말 것. 또 126이 추가로 말해 준 규칙은 어떻게 해야 할지 모르겠으면 일단 웃을 것. 너무 기본적인 사항들이라서 내가 지내게 될 숙소를 다 구경하기도 전에 설명이 끝났다.

126은 원한다면 숙소에서 함께 지내 주겠다고 제안했다. 숙소로 올라가는 사이에 식당에서 발휘한 용기가 바닥났기 때문에 나는 126의 제안을 수용했다.

거절했어야 했다.

126은 평온하게 일상을 보내다가도 뜬금없이 과제를 주었다. 오늘 아침에는 지나가는 사람을 아무나 붙들고 인사를 해 보라고 했다. 나는 손마디가 허옇게 질리도록 주먹을 쥐고 과제를 해냈다. 인사를 받아 준 사람은 분명히 내가 그를 때리러 왔다고 생각했을 거라는 점만 빼면 나쁘지 않았다.

이제 126은 더 무시무시한 과제를 내줄 준비가 된 모양이었다.

"오늘은 현장 학습을 할 거야."

나는 새로 받아 온 수건을 수납장에 넣다 말고 떨어뜨렸다. 턱도 함께 떨어졌다. 시간표를 확인한 순간부터 금요일이 다가오지 않았으면 했다. 설레는 만큼 걱정될 수밖에 없었다.

"다시 가야겠네."

126이 현관을 눈짓했다. 나는 126을 향해 원망스러운 눈빛을 보냈다. 126이 일부러 나를 괴롭히려고 그런 게 아니라는 건 알지만…… 아니, 혹시 괴롭히는 건가?

지난 월요일에 1주 차 첫 수업을 들었다. 대화의 기초. 구석에서 겁먹은 초식 동물처럼 떠느라 흘려들었다. 장담하건대 아무도 그 수업을 온전히 기억하지 못할 것이다.

내가 가장 어려워하는 부분은 먼저 말을 거는 것이었다. 126은 핑계가 생길 때마다 나를 데스크로 보내기 시작했다. 귓바퀴에 은색 고리를 주렁주렁 달고 있는 덩치 큰 직원은 험악한 인상을 자랑했다. 얼굴만 보고 무서워해서는 안 된다고 배웠지만, 한 팔로 나를 들어서 던질 수 있는 사람을 보면 무릎이 꺾일 수밖에 없었다.

지금으로서는 데스크 직원보다 126의 제안이 더 무서웠다. 나는 반신반의하며 물었다.

"진짜 나가?"

"눈을 뜨고 싶다고 여기 와 놓고, 정작 네가 직접 본 건 없잖아. 계속 공부랑 연습만 하면 재미없으니까 현장 학습을 가 보자는 거야. 이번 주에 배운 걸 써먹어 볼 수 있는 곳으로."

"내가 아직 준비가 안 됐을 수도 있잖아."

"걱정하지 마. 네가 무서워하지 않을 만한 장소부터 갈 거니까."

내가 무서워하지 않을 만한 장소는 여기뿐이다. 간신히 익숙해진 외곽 평가원의 내 숙소. 하지만 언젠가는 밖으로 나가야겠지. 126은 수건을 세탁 바구니에 대충 넣고, 패닉 상태인 나를 끌고 건물을 나섰다.

사람이 어마어마하게 많았다. 평가원도 기겁할 정도로 인구 밀도가 높았는데 실외는 더하다. 126은 사람들이 걷는 방향을 살피는 방법을 가르쳐 주었다. 항상 오른쪽으로 붙어서 걷고, 곳곳에 매달린 부식된 전등에 초록색 불이 들어오면 길을 건너라고 했다. 발이 당겨질 때 걷기만 하면 되었던 중앙의 규칙에 비해서 확연히 복잡했다.

사람이 너무 많아서 눈이 핑핑 돈다. 길을 살피면서 걷기도 어려운데 어찌나 대화가 많이 이루어지는지 귀가 아플 지경이다. 무섭지만 나쁘지 않다. 살아 있는 기분이다.

"어디 가는데?"

"놀러."

126은 씩 웃으며 정면을 가리켰다. 용도를 알 수 없는 커다란 건물이었다. 각 층의 높이가 어마어마하고 사람들이 끊임없이 오갔다. 건물 안에 들어가서야 126이 나를 어디로 데려온 것인지 알 수 있었다. 영화관이었다. 나는 나도 모르게 기대에 차서 주먹을 움켜쥐었다.

"현장 학습 장소가 영화관이야?"

"영화를 보는 게 취미라고 했잖아?"

"그래서 이번 주 내내 영화를 본 거야?"

지난 며칠 동안 126은 영화를 보고 장면을 분석하거나, 영화 속 인물의 대화를 예시로 이해시키는 방법을 자주 썼다. 내 취향을 맞춰 주고 있는 줄은 몰랐다. 따뜻한 물 같은 고마움이 느껴졌다.

"고마워."

"별것 아니야."

126이 고개를 끄덕이자 머리카락 한 줌이 이마를 타고 흘러내렸다. 나는 지나치게 오랜 시간 동안 그의 이마에 닿은 머리카락의 곡선을 응시했다. 126은 내 시선을 의식했는지 머리카락을 손가락으로 대충 빗어 넘겼다. 나는 뒤늦게 시선을 돌렸다.

"제일 먼저 할 일은 표를 받아 오는 거야."

"좋아."

나는 비장하게 고개를 끄덕였다. 126은 웃음을 참는 표정으로 매표소 앞까지 같이 걸어가 주었다. 직원이 환하게 웃으면서 인사를 건넸다.

"안녕하세요."

인사라니. 만약 중앙에 영화관이 있었다면 '어떤 영화의 표를 드릴까요?'부터 물었을 것이다. 본론만 추려 낸 명확한 지시. 하지만 여기는 중앙이 아니었다.

내가 힘겹게 표를 달라는 쪽으로 대화를 이끌자 직원이 영화 제목을 물었다. 영화관의 운영 방식을 모른다는 점이 뒤늦게 떠올랐다. 보고 싶은 영화를 아무거나 이야기하면 되는 건가? 결국 떠오르는 제목을 골라잡아 외쳤다.

다행히 직원이 활짝 웃었다. 하지만 그 뒤로 직원은 내게 원하는 자리를 묻고, 또 뭔가를 묻고, 묻고, 물었다. 내가 뭐라고 대답했는지 기억도 나지 않았지만 어느새 손에 표가 들려 있었다. 나는 얼이 빠진 채로 126에게 돌아갔다.

"표 받았어."

126이 평가지에 무언가를 입력하다 말고 내려놓았다.

"어땠어?"

"내가 물어봐야지. 나 잘한 거야? 뭐라고 썼어?"

126이 씩 웃으면서 클립보드의 앞면을 몸에 눌러서 숨겼다.

"비밀이야. 그래도 잘했어."

"다행이다."

긴장한 뒷목이 욱신거렸다. 너무 늦은 질문이었지만, 126에게 물었다.

"여기서는 보고 싶은 걸 언제든지 볼 수 있는 거야?"

"맞아. 옛날에는 새로 만들어진 영화만 볼 수 있었다던데, 우리는 창작을 하지 않으니까 옛날에 찍어 놓은 영화들 중에서 요청하는 걸 틀어 줘. 이건 유명한 거니까, 거의 항상 요청하는 사람이 있을 거야."

상영관 11, 2인 좌석. 무빙워크와 에스컬레이터를 지나서 도착한 11번 상영관은 수많은 작은 방들이 완만한 경사로 연결되어 있는 한쪽 벽과, 이층집보다 큰 스크린이 설치된 반대쪽 벽으로 이루어져 있었다.

"왜 이걸 골랐어? 이 영화 좋아해?"

"좋아해. 백 번은 봤어."

"정말?"

126이 눈을 휘둥그레 떴다.

"정말. 그래서 이 영화표를 달라고 했나 봐."

"'했나 봐'라니. 네가 받아 온 거잖아?"

"내가 받긴 했지. 근데 왜 이걸 요청했는지는 기억이 안 나."

"기억이 안 난다고?"

"그럴 수도 있지! 긴장했단 말이야!"

126이 와르르 웃었다. 126의 입매에 시선이 짧게 이끌렸다. 우리는 상영관의 2인 좌석 중 하나에 들어가서 문을 잠그고 앉았다. 정면의 투명한 버블을 통해서 스크린이 보이고, 방 안의 버블이 작동해 영상의 소리를 재생하는 듯했다. 주변에 앉아 있는 사람들의 소리는 들리지 않았다.

"있지, 외곽에서 이런 건 어떻게 지은 거야?"

"평가원 구역이잖아."

126은 짧게 대답을 마쳤지만, 내가 더 설명하라는 표정으로 쳐다보자 스크린 쪽으로 고개를 돌리며 설명을 덧붙여 주었다.

"이 주변은 중앙에서 온 사람들이 적응할 수 있게 수준을 맞춰 준 거랬어."

"난 외곽이 진짜 엄청 가난한 줄 알았어. 맨날 굶을 정도로."

손을 내려다보면서 중얼거렸다. 애초에 외곽에 오겠다고 결정한 이유 중에 하나가 126의 말 때문이기는 했다. 누군가 마음에 든다고 하는 장소라면 살 만한 곳일 거라고 판단했었다.

'그 정도로 가난한 건 정말 아닌가 보네. 다행이다.'

영화가 시작하는 소리가 들렸다. 동시에 정면의 버블에 안내창이 떠올랐다. 외곽의 버블은 안내창의 내용을 읽어 주지 않았다. 내가 눈으로 읽어야 한다는 뜻이었다.

[함께 감상하시겠습니까?]

126이 안내창의 내용을 보고 내게 눈짓했다. 나는 당황해서 어깨를 으쓱였다. 126은 잠시 고민하더니, 함께 감상하겠다고 응답했다.

"함께 감상하기로 하면 어떻게 되는데?"

뒤늦게 물었다. 126은 쉿, 하고 입에 손가락을 대었다. 동시에 주변에 앉은 사람들의 목소리가 들려오기 시작했다.

"안녕하세요!"

"안녕하세요."

"다들 몇 번이나 보셨어요?"

측면의 버블이 반짝이더니 격자 같은 그래픽을 보여 주었다. 방금 이야기한 사람이 앉아 있는 칸을 표시하는 그래픽이었다. 다른 칸이 반짝이더니 누군가 대답했다.

"전 오늘 처음 봐요!"

"정말요? 부럽네요. 처음 보면 더 재밌을 텐데."

"반전 같은 게 있나요?"

"말하면 안 되죠! 스포일러잖아요!"

사람들이 웃는 소리가 왁자지껄 이어졌다. 나도 자연스레 따라 웃었다. 126이 우리 버블의 음성 입력을 끄더니, 내게 물었다.

"어때? 얼굴은 안 보여도 진짜 사람을 앞에 두고 말하는 게 아니니까 좀 더 편하지 않아?"

"조금. 영화를 보는 내내 이야기를 할 수 있는 거야?"

"방해받기 싫으면 꺼도 돼. 다른 사람들이랑 감상을 얘기하고 싶거나, 다른 사람들이랑 같이 반응을 하고 싶으면 켜면 되고."

"해 볼래."

주먹을 꽉 쥐고 말했다.

"해 볼래?"

126이 되물었다. 나는 천천히 고개를 끄덕였다. 다른 사람들은 여전히 영화를 몇 번 보았냐 하는 이야기를 이어 가고 있었다.

이번 주에 배운 내용이었다. 화제를 선정하는 방법. 공통 주제, 즉 영화에 대해서 이야기를 나누면 된다. 막상 이야기를 나누려고 하자 머리가 하얗게 비었다. 어떻게 이야기를 시작해야 하지?

다행히 126이 도움의 손길을 건넸다.

"제 일행은 백 번 봤대요."

격자들이 일제히 번쩍이더니 우와, 하는 탄성이 여러 사람들의 목소리로 들려왔다. 나는 사람들을 앞에 둔 것도 아니면서 얼굴이 새빨갛게 달아오르고 말았다. 칸 하나가 번쩍이더니 준비할 새도 없이 질문이 들어왔다.

"어디가 그렇게 재밌었어요?"

"잠깐만요!"

다급한 외침과 함께 영화를 처음 본다던 사람의 격자가 꺼졌다. 내용을 미리 듣지 않으려고 소리를 꺼 버린 모양이었다. 조심스럽게 대답을 구성해서 이야기했다.

"주인공이 거짓말을 못하는 게 좋아요."

126이 의미심장한 표정을 지었다.

"왜?"

속삭여 묻자 126은 고개를 저었다. 여전히 석연치 않은 표정이었다. 너무 중앙 사람 같은 대답이었을까? 다른 사람들보다 말투가 뻣뻣했나? 아는 체하는 것처럼 보였을까? 문장 두 개를 끝내는 동안 세 가지 불안이 일어났다.

다행히 웃음소리가 들려왔다.

"맞아요. 자기들끼리 기 싸움하고 거짓말하면 보기만 해도 피곤하잖아요."

"저도 이십 번 넘게 봤어요."

동조하는 목소리들이 이어졌다. 126은 그새 클립보드에 무언가를 기록하고 있었다. 영화가 본격적으로 시작하며 스크린이 환해지자 사람들은 즐겁게 보라는 말을 한마디씩 남긴 채 고요해졌다.

영화가 상영되는 두 시간 동안 측면의 칸들은 끊임없이 반짝거렸다. 우스운 장면에서는 사방에서 들리는 웃음소리에 덩달아 웃음을 터뜨렸다. 마지막 장면에서는 누군가 훌쩍이는 소리가 들렸다. 백 번을 보면서 감정이 무뎌진 장면이었는데도 눈물이 핑 돌았다.

상영관을 나오는 걸음이 가벼웠다. 126도 기분이 좋아 보였다. 몰래 눈물을 닦더니, 감명을 깊게 받은 모양이었다. 126을 팔꿈치로 톡톡 찔렀다.

"너 울었지?"

"안 울었어."

126이 우는 얼굴은 본 적이 없었다. 얼굴을 들이대자 126은 기어이 시선을 피했다.

"울 수도 있지! 나도 좀 울 뻔했어."

"안 울었어!"

외곽 사람들이 왜 굳이 영화관에 오는지 알 것 같다. 영화관까지 오면서 기대하고, 같이 보는 동안 경험을 공유하고, 끝나면 영화를 공통 화제 삼아 대화할 수 있다. 수고스럽지만 기꺼운 경험이다.

126은 바로 옆에 딸린 찻집에 들르자고 제안했다. 자리에 앉으니 좌석 사이 거리가 너무 가까워 옆자리의 대화가 고스란히 들렸다. 내가 옆자리에서 멀어지는 방향으로 의자를 끌자, 126이 탁자를 꾹 누르더니 버블을 활성화했다.

"폐쇄."

126이 명령했다. 우리 테이블을 둘러싼 버블이 불투명하게 닫혔다. 마음이 편안해졌다. 영화관에서 이야기를 할 때도, 실제로 그 사람들과 함께 있었다면 긴장해서 한 마디도 못 했을 것이 뻔했다.

"자, 그럼 대화 좀 해 볼까?"

126이 클립보드를 꺼내면서 말했다. 아까는 처음 보는 사람들과의 대화를 열심히 기록했으니, 이제 자기와도 이야기를 해 보라는 뜻이었다. 내가 화제를 던져서 대화를 잇는 것이 적절한 때였다.

이야기를 나눌 때는 두 사람 모두가 흥미로워할 만한 화제를 선택하는 것이 옳다고 배웠다. 지금의 공통 화제는 영화로 두면 좋겠다는 판단이 섰다.

"너는 영화 자주 봐?"

126이 칭찬처럼 고개를 끄덕였다.

"영화관에는 자주 안 오고, 집에서 봐."

"왜? 영화관은 싫어해?"

"사람이 너무 많은 곳은 싫더라고. 이상하지?"

"난 사람 많으면 무서워하잖아. 너 정도는 이상해 보이지도 않아."

"그렇겠네."

126이 피식 웃었다. 직원이 버블을 똑똑 두드렸다. 내가 버블을 열자 직원은 잔이 놓인 쟁반을 넘겨주었다.

"맛있게 드세요."

직원이 활짝 웃었다. 나는 당황해서 얼음처럼 굳고, 126이 감사합니다, 하고 말을 받았다. 멈추었던 것이 민망해서 얼굴에 피가 몰렸다. 나는 얼른 버블을 닫아 버렸다.

"넌 영화 자주 봐?"

126이 내게 잔을 건네면서 물었다. 이번에는 내가 대답하는 역할이었다.

"음, 자주 보긴 했지. 몰래."

"그래?"

126이 의외라는 표정으로 되물었다. 근거를 말해 보라는 뜻이다.

"중앙에선 영화를 못 봐."

우리가 보는 영화는 모두 과거의 산물이었다. 당연히 권장되는 취미는 아니었다. 126이 고개를 끄덕이며 물었다.

"넌 어떻게 본 건데?"

"보호자한테 비디오가 있었어. 네 개."

"네 개."

126이 확인하듯이 읊조렸다.

"좀 많긴 하지? 어떻게 숨기셨나 몰라."

외곽에서 중앙으로 넘어오는 길에 가져왔겠지. 보호자가 숨겨 놓은 물건들은 중앙에서 구할 수 없는 것이었기 때문에 보호자가 외곽에서 왔을지도 모른다고 의심하게 되었다. 내가 의심을 시작하고 얼마 지나지 않아서, 보호자는 우리가 외곽에서 왔다고 말해 주었다.

126이 조심스레 물었다.

"원래 '보호자'라고 불러?"

나는 고개를 끄덕였다. 보호자에게도 이름이 있지만, 그렇게 불러 본 기억은 없다. 중앙은 이름을 믿지 않았다. 개인의 존재보다는 공동체에 제공하는 기능이 중요했다. 나는 직업을 부여받을 때까지 '07 미취업'이라고만 불렸다. 처음부터 중앙에서 태어난 아이들은 이름을 짓지 않는다고 들었다. 나는 기억도 나지 않는 시절 외곽에서 받은 이름이 있지만 사용하지 않았다.

보호자를 떠올리니 불쑥 보호자가 보고 싶어졌다.

'내가 영화관에 왔다고 말하면 보호자는 어떤 표정을 지을까?'

신경도 쓰지 않으려나. 괜한 서운함이 들었다. 126이 고개를 기울여서 눈을 맞추었다. 나는 억지로 웃으면서 화제로 돌아갔다.

"미안. 어쨌든, 나는 영화를 네 편 봤어."

"일부러 안 웃어도 돼."

126이 대답했다. 나는 눈썹을 찡그렸다.

"웃으라며."

"내가?"

"네가 그랬잖아. 외곽에서 제일 중요한 규칙이라고. 일반적인 대화 상황에선 항상 웃는 게 예의라며?"

"우리가 일반적인 사이는 아니지?"

126이 내 대답을 기대하는 것처럼 물어보았다.

"그런가?"

나는 혼란스러워져서 되물었다. 126은 외곽에 오래 살면서 여러 관계를 형성했겠지만, 내가 가진 관계라고는 126밖에 없었다. 뭐가 일반적이고 뭐가 아닌지 판단할 도리가 없었다. 126도 맹점을 이제야 발견한 듯했다.

"널 오래 보진 않았지만 내가 가진 관계들 중에서는 깊은 편이야. 너랑 친한 편이라는 뜻이야."

"나도 너랑 친한 거 같아. 아마도?"

내가 반신반의하며 말끝을 올리자, 126이 푸스스 웃었다.

"지금 정하자. 난 너랑 친해. 넌?"

"나도 너랑 친해."

다짐하듯이 고개를 끄덕였다. 고개를 마주 끄덕이는 126의 감정은 배우들의 감정만큼이나 파악하기가 쉬웠다. 즐거움이었다.

*

우리는 쟁반을 반납하고 거리로 나왔다. 사람들이 바글바글한 거리로 나오자마자 긴장으로 등이 굳어졌다. 돌아가는 길도 쉽지 않아 보였다. 126은 내 긴장을 풀어 주려고 말을 걸었다.

"처음으로 현장 학습 나온 소감은 어때?"

나는 영화관을 돌아보며 묘하게 강렬하고 생생했던 감정들을 되짚었다. 외곽에 오고 싶었던 이유를 충족한 느낌이었다. 답답하지 않았다. 마음에 든다고 대답하려는데, 길 건너편에서 익숙한 목소리가 끼어들었다.

"126!"

살짝 고개를 돌려서 인파 너머로 길 건너편을 살폈다.

"126 평가자님!"

126에게는 또래 집단이 있다. 평가자들 중에서도 젊은 축에 속하는 사람들로, 126에 말에 따르면 본인을 제외하면 대부분 신입이다. 126은 나처럼 일찍 직업을 얻었다. 그래서인지 그가 겉도는 느낌이 있었지만, 그의 동료들은 개의치 않았다. 내가 수업을 들으러 가거나 126이 시키는 과제를 하려고 126에게서 떨어져 나오면 으레 그들이 다가와서 126에게 말을 걸고는 했다. 그들 중 한 사람이 손을 번쩍 들고 이쪽을 향해 흔들고 있었다.

"저기 네 친구들 같은데."

"친구들?"

마주 보고 있던 126의 표정이 가라앉는 모습이 보였다. 내가 가리키는 곳을 쳐다보지도 않고 입술 사이로 짧은 한숨을 쉬었다.

항상 나와 지내야 했으니 친구들을 만나면 반가워할 줄 알았는데. 가설을 수정하며 126의 얼굴을 찬찬히 뜯어봤다. 이건 절대로 반가움이 아니었다.

"친구 아니야?"

"나이가 비슷하긴 하지. 친구는 아니고, 동료."

"몰랐네."

126은 보통 하루 종일 나와 함께 있거나 나를 평가한 자료를 정리했다. 평가자들은 저녁 시간을 자유롭게 사용할 수 있지만

126은 방을 잘 나서지 않았다. 내가 식당으로 내려가자고 따로 말하지 않으면 식사는 방으로 전달되었다. 지금 생각해 보니 사람을 아주 좋아하지는 않는 모양이었다.

"차라리 잘됐네. 실전이야. 잘 봐."

126이 내게만 들리는 목소리로 빠르게 말하더니 뒤로 휙 돌아섰다. 어느새 친절한 미소를 내걸고 있었다. 동료들이 반갑게 다가와서 126의 어깨를 두드렸다.

"오랜만에 뵙네요!"

"여기엔 어쩐 일이세요?"

"현장 학습 나왔어요."

126이 뻣뻣하게 말하자 동료들의 시선이 내게 확 쏠렸다. 반사적으로 뒷걸음질을 쳤다. 그들은 평가자의 목소리를 꺼내서 내게 인사를 건넸다. 126을 대할 때보다 말투가 조심스러웠다.

"아, 이번에 맡은 분이시군요."

"안녕하세요."

"안녕하세요. 평가자 118입니다."

118이 나머지 세 사람의 번호를 알려 주었다. 세 사람이 순서대로 손을 흔들었다. 번호가 복잡해서 외우지는 못했지만 모두 아는 얼굴들이었다. 그들 중 한 명이 나를 정중히 가리켰다.

"126 평가자님이 평소에는 칼같이 집에 가시더니 요새는 평가원에서 지내더라고요. 어떤 분을 맡은 건지 궁금했어요."

"정말요?"

반신반의하며 126을 쳐다보았다. 126은 시선을 피했다.

"식사하러도 잘 안 나오시거든요. 대체 평가원 밥을 무슨 맛으로 드시는 건지 모르겠다니까요."

"아, 다른 평가자님들은 보통 밖에서 드시나요?"

"진단 평가를 해야 하는 게 아니면 밖으로 나가죠."

몰랐다. 126이 평가원에 오래 머무는 편이었구나. 동료들 중 한 명이 말을 이어받았다. 흥미롭다는 표정을 하고 있었다.

"1주 차이신데 굉장히 적응도 빠르고 대화도 잘하시네요."

"평가자님이 잘 도와주셔서 그렇죠."

"긴급 구출이라고 하셨죠?"

"네."

126이 대답을 채어 갔다. 나는 '긴급 구출'이 나를 가리키는 말이라는 것을 뒤늦게 깨달았다. 하지만 내 의지로 열악한 외곽을 선택했으니 구출이라고 볼 수 없지 않을까? 끼어들어서 의문을 제기할 자신은 없었다.

"어쩐지 스물한 명이더라니. 긴급 구출이 발생해서 스무 명이 초과되면 제가 한 명을 더 맡아야 하거든요. 평가자님이 판단하셔서 모셔온 건가요?"

"네, 대표 평가자님께도 보고드렸어요."

"다른 사람들이 그런 돌발 행동을 했다면 큰일 났을 텐데."

126이 억지웃음을 짓는 것 같았다. 한 명이 126을 향해 고개를 까딱였다.

"126 평가자님은 워낙 대표 평가자님과 통하는 면이 있으니까요."

"특혜를 주신 건 아닙니다."

"그래도 이번 구출로 업무 시간을 많이 채우셨죠?"

126이 입을 살짝 벌린 채 멈추었다. 대답을 해야 하는데 할 말을 찾지 못하는 표정이다.

"본격적으로 승진 준비를 하시는 건가요?"

"아뇨, 생각 없습니다."

126은 고개를 살래살래 저으면서 또 억지로 웃었다.

"설마요. 대표 평가자님이 126을 마음에 들어 하시는 것만 봐도 알죠."

모두 126을 칭찬하는 말만 하고 있는데, 126의 표정이 시들어 갔다.

'속뜻.'

이번 주에 배운 내용이다. 말에는 겉뜻과 속뜻이 있다. 두 가지는 일치하지 않을 수도 있다. 지금은 일치하지 않는 거겠지. 속뜻이 126을 속상하게 하고 있었다. 나는 눈을 가늘게 뜨면서 아쉬움을 삭였다. 내가 읽어 낼 수 있다면 126을 도와줄 텐데. 아직 능숙하지 못했다.

그래도 지난주에 배운 대화의 기초는 확실히 안다. 대화의 종결은 어느 한쪽이 대화를 멈추고자 하는 기색을 보일 때 이루어진다. 126은 확실히 대화를 멈추고 싶어 했다. 주먹을 꽉 쥐고 있는 126을 팔꿈치로 툭 쳤다. 126이 왜 그러느냐는 듯이 내려다보았고, 나는 126을 향해 입모양으로 말했다.

'싫다고 해.'

126이 고개를 저었다.

'말하기 싫으면 싫다고 해.'

답답해져서 말했지만 126은 또 고개를 저었다. 나한테는 대화의 종결을 가르쳐 줬으면서, 정작 자기는 못하는 게 이상했다. 126은 꾹 눌러 참는 듯한 표정으로 동료들을 향해서 억지로 웃기만 했다.

'솔직하게 말하면 될 텐데.'

그게 외곽의 핵심 아니었나? 기껏 눈을 뜨고 지내는데. 어쨌든 126이 대놓고 말하지 않겠다면 내가 할 수 있는 일이 있었다. 마침 내게 돌아서는 평가자 한 명이 있었다.

"그럼 07님은……."

나는 그의 눈을 피하고 숨을 크게 들이쉬면서 뒤로 물러섰다. 중앙 사람에게 익숙한 평가자들은 이내 고개를 끄덕였다.

"저희가 대화를 너무 오래 했죠? 힘드셨겠네요."

기세를 몰아서 126의 어깨 뒤로 얼굴을 숨겼다.

"너 괜찮아?"

126에게 대답하지 않았다. 평가자들은 즉시 작별 인사를 건네고 멀어졌다.

"괜찮아? 무슨 일 있어?"

"무슨 일은 너한테 있지."

멀쩡한 표정으로 고개를 들자 126이 당황해서 되물었다.

"뭐야?"

"뭐긴. 대화의 종결은 어느 쪽이든 할 수 있다며. 왜 넌 그렇게 안 해?"

질문하기에 앞서서 동료들의 뒤통수가 점처럼 작아진 모습을 확인했다.

"저 사람들 별로지?"

126이 눈을 휘둥그레 떴다. 나는 실수했나 싶어서 괜히 팔꿈치를 만지작댔다.

"네 기분이 안 좋아 보여서. 평가자들은 다 좋은 사람인 줄 알았는데."

126은 눈을 그대로 뜨고 나를 가만히 보다가 갑자기 웃음을 터뜨렸다.

"뭐야?"

당황해서 되물었다. 아까와 달리 이번에는 진짜 웃음이었다. 억지웃음처럼 갑자기 뺨이 떨리거나 입가가 흔들리지 않았다.

126은 주변 사람들이 돌아볼 정도로 소리 내어 웃었다. 속이 시원해 보였다.

"미안. 너무 웃었네."

126이 아직도 웃음이 남은 목소리로 사과했다.

"괜찮아."

"네 말이 맞아. 모든 사람이 좋은 사람은 아니니까, 믿고 싶다고 해서 믿어 버리지는 마. 외곽은 다 그렇지만 저 사람들은 특히……."

126이 설명할 방법을 찾는지 손가락을 꼼지락거렸다.

"방금 무슨 이야기를 한 것 같아?"

126이 일을 열심히 한다는 이야기. 곧 대표 평가자가 될 거라는 예상. 속뜻은 잘 모르지만, 표면적으로는 나도 읽을 수 있을 만큼 명백했다.

"칭찬?"

내가 반신반의하며 대답하자 126이 단박에 고개를 저었다.

"아냐. 칭찬하는 것처럼 들리긴 했지만."

그는 방금 나누었던 대화를 화자별로 나누어서 설명해 주었다. 업무만 끝나면 도망가던 사람이 무슨 바람이 불어서 평가원에 붙어 있느냐는 놀림, 대표 평가자가 126에게 좋은 인상을 가졌기 때문에 그가 멋대로 굴어도 괜찮은 거라는 비난이다. 이 기세를 몰아서 대표 평가자 자리라도 꿰차려고 하느냐는 견제까지. 나는 입을 딱 벌리고 제자리에 멈춰 버렸다.

"그런 뜻이었다고?"

"외곽은 위선적이야. 표면적으로는 항상 서로에게 친절해야 하니까, 좋은 말 뒤에 의도를 숨겨."

"넌 그게 싫어?"

126이 잠깐 생각하다가 고개를 끄덕였다.

"싫은 것 같아. 너도 나중엔 싫어할 수도 있어. 외곽은 중앙이랑은 다른 의미로 솔직하지 못하거든. 곧 너도 이해하겠지만, 사람들과 가까운 척을 하더라도 정말 가까워지지는 않는 편이 나을 때도 있더라고."

"뭔지 알 것 같아. '항상 웃기' 말하는 거지?"

126이 한숨을 내쉬면서 어깨를 으쓱였다.

"피곤하지만 서로 편한 방법이야."

어려운 말이었다. 126이 이미 피곤하다고 느끼는데 '서로' 편한 방법이라고 할 수 있나? 아직은 내가 이해하지 못하는 부분이겠지. 아마 곧 이해할 수 있을 것이다.

당장 이해하고 싶은 점도 있었다. 걷던 방향을 틀어서 그에게 바짝 다가섰다.

"질문 하나 해도 돼?"

"당연하지."

126이 도로를 살피면서 대답했다.

"긴급 구출이 뭐야?"

"긴급 구출은."

126이 대답하다 말고 정면을 가리켰다. 길을 건너자는 뜻이었다. 도로 한복판에서 그가 다시 입을 열었다.

"원래대로라면 평가원에서 스무 명을 고른다고 말했었지? 그거랑 별개로 평가자 개인에게 주는 권한이야. 보통은 외곽에 얼마나 잘 적응할 수 있을지 꼼꼼하게 따지고 이주를 제안하거든. 너는 그런 과정 없이 내가 독단적으로 데려왔으니까, 다른 평가자들 입장에서는 곱게 보이지 않을 수도 있어."

"다른 동기들은 문서로 이주를 제안받았다고 들었어. 이주 의사가 있다고 답신했더니 평가자가 파견되어서 데리러 왔대."

"맞아. 아무래도 일을 하다 보면 어쩔 수 없이 다른 사람들을 만나야 하는, 중앙에서도 외곽 가까이에 사는 사람들이 많이 넘어오지. 너는 관리직이었잖아. 평가자들은 네가 다른 사람들보다 외곽 적응이 느릴 거라고 생각해."

"하긴. 다들 신체 노동 분야에서 일했더라고. 95는 분배반이었고, 60은 온실에서 일했대. 다른 애들은 어디더라, 종이 공장이라던가? 어쨌든 힘든 일이 많았어."

내가 말하자 126이 걸음이 멈췄다.

"그걸 다 어떻게 알았어?"

"다 같이 수업을 듣잖아. 어떻게 왔는지 얘기하다가 들었지."

"너희끼리 이야기를 해?"

"가끔?"

나는 126의 갑작스러운 반응을 이해하지 못해서 변명처럼 대답했다. 126은 당황한 기색을 숨기려고 하는지 고개를 살짝 틀었다. 나는 126의 눈치를 슬쩍 살피면서 말을 이었다.

"어쨌든, 날 데려오기로 결정한 게 너라는 말이구나. 나는 원래올 예정이 없었는데, 뒤늦게 내가 추가된 거야. 그래서 이번 달에 들어온 입학생이 스무 명이 아니라 스물한 명인 거지?"

나는 흘러가려는 핵심을 꽉 붙잡았다. 126은 다가오는 차를 손을 들어 막으면서 고개를 끄덕였다.

"왜 나를 데려와야 한다고 생각했는데?"

"솔직히 말하면, 아직 잘 모르겠어."

"모른다고?"

"너랑 마주쳤을 때…… 그냥 널 데려와야 한다는 생각이 들었어. 확실히 알게 되면 너한테도 말해 줄게."

내가 뚜렷한 이유를 대지 못하면서도 본능적으로 외곽으로 가야 한다고 생각한 것과 비슷한 기분일까? 묻고 싶은 말이 많았다. 하지만 나는 126에게 질문을 쏟아 내는 대신 앞장서서 길을 건너기 시작했다.

7

"좋은 아침입니다. 저는 평가자 51입니다."

이번 주의 강사가 벌써 교단에 서 있다. 나이가 지긋한 평가자 51이다. 그는 소매를 걷고 안경을 쓴 채로 출석을 부르고 있었다.

"수업 시작했어?"

"아직! 인사하고 있어."

뛰어오느라고 헉헉거리며 대답했다. 졸지에 함께 뛴 126이 엄지를 치켜들었다. 세이프, 대충 그런 뜻이었다.

"열심히 배우고 와."

"이따 봐."

나는 엄지를 마주 들고 열린 문을 지나 잽싸게 강의실에 들어갔다. 평가자 51이 내가 들어오는 것을 눈치챘는지 말을 반복했다.

"친교와 정서 표현 수업 시작하겠습니다. 짝이 필요해요. 꼭 두 명씩 짝지어서 앉으세요."

평가자 51은 우리의 직업 번호가 적힌 명단을 흘끔 확인했다.

"아, 이번 달에는 긴급 구출이 있군요. 홀수죠?"

51이 자연스럽게 맨 앞자리에 앉은 세 명을 짝지어 주었다.

'어디에 앉아야 하지?'

고민은 짧았다. 다행히 나를 향해 손을 흔드는 사람이 있어서였다. 지난주에 다른 평가자의 수업 시간에도 같이 앉았던 사람이었다. 잽싸게 그의 옆에 앉으면서 생각했다.

'이 사람 직업 번호가 뭐였더라?'

식당에서 명찰을 봤었는데. 다행히 그가 먼저 자기소개를 했다.

"95입니다. 기억하세요?"

"당연하죠. 안녕하세요."

뭐라고 더 말해야 하나 싶은 찰나, 평가자 51이 질문을 던졌다. 나는 가슴을 쓸어내리며 간신히 웃었다.

"지난 시간에 무엇을 배우셨나요?"

웅얼거리는 대답 소리가 하나로 뭉쳤다.

"맞습니다. 대화의 기초를 배웠죠. 오늘은 뭘 배우게 될지, 영상을 보고 생각해 봅시다."

51이 강의실 정면의 버블을 꾹 눌렀다. 버블이 반짝이더니 방의 불을 끄고 영상을 재생했다. 여러 가지 장면을 모은 영상이었다. 장면마다 두 명, 혹은 여러 명의 사람이 나와서 대화를 나누었다.

오늘 대체 뭘 배운다는 거지? 심각하게 생각했지만 감이 잡히지 않았다.

불이 켜지자 51이 물었다.

"오늘 어떤 공부를 할 것 같나요?"

95가 손을 번쩍 들었다. 의외였다. 식당과 지난주의 강의실에서 보여 주던 수줍은 모습이 없었다. 자신감이 생겼다기보다는 51의 질문에 빠져서 주변을 잊은 듯했다. 공부를 좋아하는구나. 95가 낯설어 보였다.

"손 드신 분이 대답해 보세요."

"인사하는 법을 배울 것 같습니다."

95가 말을 마치자 아, 하는 깨달음의 소리들이 들렸다. 그렇구나. 다양한 방식을 통해 인사를 나누는 방법들이었다.

중앙에서는 인사를 하지 않았다. 직장 동료와는 물론이고, 이웃이나 학교 친구와도 인사하지 않았다. 보호자와 함께 사는 아이들에게만 짧은 인사를 허락했지만, '다녀왔습니다.' 혹은 '다녀오겠습니다.'처럼 출입을 알리는 정도로만 제한했다.

버블에서 나온 영상의 장면마다 표현이 다 달랐다. 대체 이걸 어떻게 알아들어야 하는 거지? 모두 비슷한 혼란을 느끼는 모양이었다.

"좋습니다. 오늘은 다양한 인사 방법에 대해 배우려고 합니다. 인사는 친분을 형성하기에 가장 좋은 방법이죠. 인사법을 배운 후에는, 감정을 표현하는 방법과 대화에 숨은 감정을 알아보는 방법을 공부하겠습니다."

51이 화면을 끄고 교단에 놓인 교재를 들어서 우리에게 보여주었다.

"교재의 목차에서 '2주 차'를 찾아서 펴세요."

교재를 펴자마자 한숨이 나왔다. 오늘도 배울 양이 만만치 않았다. 95를 곁눈질로 살폈다가 입이 딱 벌어졌다. 95는 기대가 되어서 견딜 수 없다는 듯이 입술로 웃음을 누르고 있었다. 나도 기대가 되기는 한다만 활짝 웃을 정도는 아닌데. 불길함이 뒷목을 스쳐 지나갔다.

'짝을 잘못 골랐나?'

짧은 의심은 수업이 끝날 쯤에 확신으로 바뀌었다.

'잘못 골랐다.'

95에게 묻지 않을 수가 없었다.

"안 힘드세요?"

95가 영문을 모르겠다는 표정을 지었다. 평생 영화를 보고 평가원에서 일했으니 어렵지 않을 줄 알았는데. 수업은 즐거운 만큼 어려웠고, 책상에 엎드리고 싶을 정도로 피곤했다. 진심 어린 칭찬이 흘러나왔다.

"진짜 잘하시네요."

"아니에요."

95가 멋쩍게 말했다. 나는 발끈해서 그의 겸손에 반항했다.

"아니긴요."

95는 십여 가지의 인사법을 순식간에 분류하더니 원리를 뽑아냈다. 대화를 시작하는 표현은 모두 인사말의 기능을 할 수 있다는 걸, 난 95에게 들어서 처음 알았다. 감정 카드를 골라서 표현해 보는 활동에서 그는 비언어적 표현, 반언어적 표현, 언어적 표현을 잘 구분했다. 나는 비언어와 반언어를 헷갈려하느라고 바빴다.

"어떻게 이렇게 잘하세요?"

"딱히 잘하는 건 아닌걸요. 07님이야말로 잘하시던데요?"

나는 몸을 기울여서 빗금이 좍좍 그어진 퀴즈 화면을 슬쩍 가렸다. 졸업 시험을 어쩌면 좋지.

"말이라도 감사해요."

"진심이에요. 지난주 금요일에 영화관에서 티켓 받으시는 걸 봤거든요."

"그걸 보셨어요?"

"네. 능숙하시던데요?"

나는 그 말에 활짝 웃어 버렸다. 칭찬을 받으니 표정 관리가 되지 않았다. 고마웠다. 감정을 표현하는 방법을 얼른 떠올렸다. 표정, 억양, 언어로.

"고마워요."

"봐요, 잘하시네요."

95가 덩달아 활짝 웃었다. 내 표정이 이상했다는 건 나도 아는데. 95는 친절한 사람이었다.

"95님도 영화관으로 현장 학습을 가셨어요?"

"저희는 그 옆에 있는 찻집을 목표로 갔어요."

"저도 거기 갔어요!"

"아, 정말요? 찻집이 되게 예쁘지 않았어요?"

"맞아요!"

기쁘게 동의했다. 사실 찻집의 자세한 모습까지는 기억나지 않았다. 계속 버블을 닫고 있었으니까. 하지만 공통 화제를 찾은 점이 뿌듯해서 찻집이 예쁜 셈 치기로 했다. 95도 신이 난 듯했다.

"중앙은 전부 칙칙한 파란색이잖아요. 채도 높은 색이 그렇게 많을 줄은 몰랐어요. 외곽은 다 이럴까요? 제한 구역도 봤으면 좋았을 텐데."

"제한 구역이요?"

호기심이 고개를 들었다. 95가 손가락으로 동그라미를 그렸다.

"이곳에는 저희가 넘어갈 수 없는 선이 그어져 있어요. 제가 찾아봤는데, 선의 안쪽을 평가원 구역이라고 부른대요. 우리를 위한 특수 구역이죠. 평가원을 졸업하기 전엔 밖으로 나갈 수 없어요. 그래서 바깥 부분은 제한 구역이라고 불러요."

평가원의 규칙이 말하는 '예비 주민 신분에 걸맞은' 장소가 평가원 구역을 뜻하는 모양이지. 그 규칙이 제한 구역에 나가지 말라는 뜻이라는 걸 이제야 알았다.

"밖에는 뭐가 있는데요?"

"모르죠. 저도 아직 졸업하기 전인 걸요."

95가 아쉽다는 듯이 말을 맺고, 바로 덧붙였다.

"중앙에서는 보고 싶은 게 많으면 안 되는데, 외곽에는 구경거리가 많아서 좋아요."

"저도요!"

나는 신기함을 감추지 못하고 대답했다. 나와 완벽하게 똑같은 생각을 하는 사람은 처음 보았다. 아, 126을 제외한다면 두 번째일까. 왜인지 95와 실제보다 더 가까이 앉은 듯한 기분이 들었다.

"특별히 보고 싶은 건 없으세요?"

나는 95에게 물었다. 내게는 있었기 때문이다.

"음……."

95가 잠시 고민했다.

"밤하늘이요."

나는 눈을 휘둥그레 떴다. 똑같았다. 어떻게 이렇게 똑같을 수가 있을까? 같은 곳에서 살았다는 이유만으로? 95가 내게 줄을 묶고 끌어당기는 기분이었다. 나는 기꺼이 끌려갈 의향이 있었다.

"저도요!"

95도 기쁘게 탄성을 내었다.

"밤이면 집을 둘러싼 버블이 닫혀 버리잖아요. 밖으로 나갈 수도 없고 볼 수도 없게요. 그래서 항상, 밤에 하늘이 어두워진 모습이 궁금했거든요."

나는 고개를 절레절레 저으면서 웃었다. 나도 그랬다. 영화에서 나오는 밤하늘은 지나치게 아름다웠다. 파랗지 않고 까만 하늘에 하얀 형광등 같은 별이 뜨는 모습이라니. 외곽에 온다면 꼭 보고 싶었다.

대화를 계속 잇고 싶었는데 51이 박수를 쳐서 주의를 집중시켰다.

"자, 정리해 볼까요?"

정면의 버블에서 핵심 내용이 나왔다.

"오늘 수업을 얼마나 이해하셨나요? 손가락의 개수로 나타내 봅시다."

95는 다섯 손가락을 다 펼쳤다. 나는 손을 드는 대신에 앞사람의 등 뒤로 숨었다. 아직 자신이 없었다. 지난주에는 대화의 기초를 연습하러 영화관에 갔다. 이번에는 126이 어느 장소를 준비했을까? 걱정과 기대가 동시에 들었다.

"알고 계시겠지만, 다다음 주인 4주 차에는 앞선 세 주의 학습 내용을 응용해야 합니다. 난도가 높고, 졸업 시험에 가장 중요한 주예요. 그러니 오늘 배운 내용도 꼭 복습하시기 바랍니다."

찌릿한 후회가 들었다. 더 열심히 들을걸. 최선을 다해서 듣긴 했지만, 그래도 더 열심히 들을걸. 다가오는 졸업 시험 때문에 걱정이 이만저만이 아니다. 나는 95처럼 수업을 잘 따라가지도 못하니 더욱 걱정이다.

"2주 차 수업을 마치겠습니다."

51이 고개를 살짝 숙였다. 책상의 버블을 끄고 교실에서 나오자 126이 기다리고 있었다.

"열심히 들었어?"

"열심히는 들었어."

126이 괜찮다는 표정으로 웃어 주었다. 무언가 말을 덧붙이려던 126을 마침 강의실에서 나오던 평가자 51이 눈짓으로 불렀다. 복도의 반대편에 서서 기다리는데 마지막으로 교실을 나서던 95가 나를 발견하고 다가왔다.

"뭐 하세요?"

"우리 평가자가 이야기 중이라서 기다리려고요."

"저도요."

95가 강의실 안쪽을 고갯짓했다. 그가 평가자 51이 담당하는 주민인 모양이었다. 평가자 51은 대표 평가자라고 들었는데, 95가 유난히 뛰어난 학생인 것과 관련이 있을까?

"무슨 이야기를 하고 있을까요?"

내가 멍하니 묻자 95가 장난스럽게 웃으며 대답했다.

"말해 줄까요?"

"들었어요?"

나는 부적절할 만큼 빠르게 눈을 빛내고 말았다. 내가 모르는 126이 무슨 이야기를 하고 있을지 궁금했다. 95가 목소리를 낮추며 내게 몸을 기울였다.

"제 평가자가 07님을 칭찬하고 있었어요. 진단 평가를 할 때, 식당에서 저랑 60을 찾아내셨잖아요?"

"그렇게 거창한 일은 아니었는데요."

60은 나와 함께 식사했던 평가원 동기들 중 온실에서 일했다는 여자아이였다. 나는 멋쩍게 뒷목을 쓰다듬었다.

"그때 식사 중이던 사람들은 대부분 시험을 돕는 직원이라는 거, 알고 계셨어요?"

"정말요?"

나는 눈을 휘둥그레 떴다.

"누구와 같이 앉든지 대화를 잘 받아 주도록 설계되어 있는 공간이었대요."

"뭔가 배신감이 드는데요?"

내가 중얼거리자 95가 킥킥 웃었다.

"보통은 평가자 복장을 입은 사람에게 도움을 청하거나 구석에 혼자 앉아 버린대요. 자기와 같은 처지의 사람을 알아보려면 관찰력이 필요하고, 중앙에서는 관찰력을 기르기가 어려우니까, 07님이 독특한 경우라고 하시더라고요."

"정말 꼼꼼하게 보고 계셨네요."

나는 새삼 51을 다시 보게 되었다. 51보다 서른 살은 어릴 텐데 같은 일을 해내는 126도 말이다.

"아, 07님이 '특수한 경우'인데도 뛰어나다는 말도 들었어요. 그게 무슨 뜻인지 아세요?"

썩 듣기 좋은 말은 아니었다. 내가 긴급 구출이라는 이야기를 하는 거겠지. 내가 대답하려는 찰나, 126과 51이 강의실에서 나왔다. 두 사람은 대화가 한창이던 것이 분명한 우리의 자세를 보더니 무언가를 빠르게 생각하는 표정이 되었다.

나는 오늘 배운 대로 51에게 고개를 숙여서 인사를 건넸다. 51이 반듯하게 인사를 받아 주더니 반대 방향으로 사라졌다. 발걸음을 돌리기 전 51은 95를 향해 고개를 까닥였는데, 95도 마찬가지로 답했다. 뒤늦게나마 그 고갯짓이 '이야기를 마치고 곧 다시 만나자.'라는 뜻이라는 걸 깨달았다. 바로 함의를 알아차린 95가 대단하게만 보였다.

95가 126을 향해 고개를 꾸벅 숙였다. 126도 95를 뒤늦게 발견하고 고개를 숙였다. 이번에는 인사를 의미하는 고갯짓이었다. 나는 바짝 긴장했다. 95와 126의 접점인 내가 두 사람을 서로에게 소개해야 하는 상황이었다.

'소개는 어떻게 하더라?'

지난주에 배운 내용이라서 가물가물했다. 95가 슬쩍 속삭였다.

"어떻게 아는 사이인지 말해야 해요."

아, 그렇지. 어느 쪽을 먼저 소개해야 하지? 우선은 나와의 관계를 기준으로 생각했다. 126은 나를 가르치는 사람이다. 95와는 동등한 사이다. 그러면 95를 먼저 소개하는 것이 맞았다. 자신 있게 126쪽으로 돌아서다가 굳었다.

하지만 126은 친구에 가깝고, 95는 공적인 관계에 가깝다. 126을 먼저 소개해야 할지도 모른다. 머리가 하얗게 비어 버렸다. 126이 헛기침을 하면서 자기 자신을 가리켰다. 고맙다는 눈빛을 보내면서 95를 향해 발을 틀었다.

"이쪽은 제 평가자예요. 직업 번호는 126이고요."

거기까지 말하고 나자 덧붙일 말이 없었다. 126에 대해서 또 뭘 알려 줄 수 있지? 키가 크다고? 95도 눈을 멀쩡하게 뜨고 있으니 쓸모없는 말이다. 영화를 좋아한다고? 그걸 95가 알아서 뭐 하지?

결국 망설이다가 말을 멈춰 버렸다. 126이 자연스럽게 95에게 악수를 청했다. 95는 조금 삐걱대면서 악수를 받았다. 126이 95를 눈짓했다. 잽싸게 95에 대한 정보들을 끄집어냈다.

"이분은 나랑 같이 수업 들으시는 분이야. 직업 번호는 95. 어, 나랑 똑같이 지난주에 들어오셨대. 대화를 엄청 잘하셔. 오늘 칭찬도 받으셨어. 그리고 저번에 영화관에서 우리를 보셨대."

떠오르는 순서대로 던져 버린 감이 없잖아 있었다. 하지만 이미 입에서 나왔으니 늦었다. 발화는 순간적이라고 배웠다. 126은 내 어색한 소개를 95를 향한 인사말로 이어받았다.

"처음 뵙겠습니다. 두 분이 친하게 지내신다니 잘됐네요. 혹시 목요일에 실습을 함께하는 것에 대해 어떻게 생각하세요?"

"목요일에요?"

95가 고개를 한쪽으로 기울이며 되물었다.

"금요일이면 현장 학습을 나가니까요. 그날 겪어 볼 일을 중심으로 목요일에 사전 실습을 해 보려고 합니다. 방금 95님의 평가자께 여쭤보았는데, 95님이 동의하시면 하겠다고 하시더라고요."

"아, 실습이요."

95가 활짝 웃었다. 126과 웃는 모양이 비슷했다. 두 사람 다 웃을 때 입매가 시원하게 올라갔다. 둘이 마주 보고 서 있으니 거울 같았다.

"좋죠! 재미있겠는데요. 07님은 어떠세요?"

"어, 좋아요."

얼떨결에 대답했다. 내가 왜 좋다고 말했지? 126과 하는 연습도 충분히 어려웠다. 그래도 방금과 마찬가지였다. 발화는 순간적. 입에서 나왔으니 늦었다.

95가 오늘 배운 원리에 완벽하게 맞추어서 작별 인사를 건넸다. 나는 엉터리로 인사를 받아 준 후 멍하게 서 있었다. 126이 웃음을 참는 목소리로 물었다.

"지금 후회하고 있지?"

"너 때문이잖아!"

울상을 짓자 126이 웃음을 터뜨렸다.

"도움이 될 거 같아서 그랬지."

방으로 올라가는 길에 계속 뭐라고 쏘아붙였지만, 126이 계속 웃기만 해서 보람이 없었다. 숙소의 책상에 교재를 내려놓으며 생각해 보니 고마운 일이었다. 제대로 공부하려면 95 같은 친구가 필요했다. 이유 없는 서운함이 들었지만, 착각이라고 여기기로 했다.

8

　판과 수저를 들고 줄에 끼어 섰다. 사방에서 대화가 끊이지 않
았다. 나는 정면을 바라보면서 조용히 기다렸다. 아무도 나를 쳐
다보지 않았다. 나는 평가원의 식당 풍경에 스며든 사람이 된 것
이다.

　방의 구석까지 나아가자 줄이 꺾이기 시작했다. 이제 얼굴이 익
숙한 식당의 직원들에게 판을 내밀면서 인사를 건넸다.

　"안녕하세요."

　"오늘은 혼자 오셨네요? 항상 평가자와 같이 오시더니."

　직원이 음식을 덜어 주면서 물었다. 나는 손에 힘을 주어서 묵
직하게 더해지는 음식의 무게를 견뎠다.

　"평가자 회식이 있다고 해서요."

　"아이고, 다들 혼자 식사하시겠네요?"

안쓰럽다는 듯한 직원의 말에 나는 활짝 웃으면서 대답했다.

"아뇨. 저희는 저희끼리 먹으려고요."

판을 가득 채우고 뒤로 돌았다. 나는 이제 내가 어디로 가야 하는지 알았다.

"07!"

95가 손을 흔들었다. 그의 주변으로 60을 비롯한 동기들이 모두 앉아 있었다. 종종 두세 명씩 모여서 식사를 한 적은 있지만, 스물한 명 전부가 함께 앉아 보는 것은 처음이었다. 평가자들이 모여서 점심을 먹으러 나간 덕분에 우리도 재미있는 기회를 잡았다.

내가 앉아 있는 사람들의 얼굴을 빠르게 살피자 모두가 밝은 표정으로 나를 마주 보았다. 나는 나도 모르게 웃으면서 나와 가장 많은 식사를 함께한 95의 옆자리에 앉았다.

"안녕. 다들 표정이 좋네?"

우리는 말을 놓기로 했다. 우리는 모두 동갑이고, 비슷한 또래 사이에는 경어를 사용하지 않는다고 배웠기 때문이다. 동기들이 모두 기대가 가득한 표정으로 웃었다.

"당연하지. 금요일이잖아."

95가 대답했다. 오늘은 2주 차 현장 학습을 나가는 날이다. 지난 주에는 너무 긴장한 나머지 모두가 꽁꽁 얼어 있었다. 이번 주의 현장 학습은 비로소 즐길 수 있으리라는 뜻이었다. 규칙을 벗어난 우리가 드디어 규칙 없는 외곽을 경험하는 날이었다. 모든 규칙에 반항해 보고 싶던 나이로 돌아간 기분이었다.

"너는 어디로 가?"

95의 맞은편에 앉은 60이 물었다. 나는 126이 어제 일러 준 대로 대답했다.

"비밀이래. 너는?"

"난 시청."

"95, 너는?"

"그냥 '밖'에 간다고만 하셨어."

95는 어깨를 으쓱였다. 추상적인 말이었지만, 걱정은 되지 않았다.

'대표 평가자 나름의 생각이 있겠지.'

나는 자연스럽게 생각했다가 깨달았다. 대표 평가자에 대해 알고 있는 사실들이 내게 신뢰를 불러일으켰다. 신기한 느낌이었다. 대표 평가자를 완벽하게 아는 것이 아닌데도 믿음이 생기다니.

"시청에서 무슨 공부를 한대?"

"모르지. 중앙에서는 시청에 가 본 적이 없어서."

"가 본 적 없어?"

나는 놀람을 감추지 못하고 물었다. 시청에서 이루어지는 특수 주민 평가를 위해 출장을 간 적이 있었다. 특수 주민은 유난히 평가를 싫어하고 태도가 거친 사람이었다. 시청에는 꽤 많은 직원들이 있었다. 내가 필요를 느끼지 못할 뿐, 주민들이 시청을 이용하면서 살고 있다고 생각했다.

나는 본능적으로 입을 닫고 대화에서 벗어났다. 우리는 모두 같은 테두리 안에 묶인 사람들이었다. 나만 어딘가 다르다는 인상을 주고 싶지 않았다.

"너는?"

60이 둘러앉은 다른 동기들에게 물었다. 모두 고개를 저었다.

"시청까지 걸어가기는 어렵지. 나도 시청에 가려면 자동차를 한참 몰아야 해. 시청은 중앙에서도 아주 안쪽에 있잖아."

95가 말했다. 나는 묘한 느낌을 받았다. 모두가 공유하는 기분을 내가 느끼지 못하고 있다는 직감이 들었다. 126이 이야기해 주기는 했었다. 나는 동기들과 다른 점이 있다고.

"너희 어디에 살았어?"

나는 조심스레 물었다. 동기들이 각자 살던 버블의 번호를 말해 주었다. 모두 외곽의 벽에 가깝고 중앙의 행정 시설들에서 멀리 떨어진 버블이었다.

내가 알기로는, 학교에서 공동체 규칙을 잘 익히고 준수할수록 높은 직업 점수를 받았다. 호기심 가득한 아이였던 내가 높은 점수를 얻은 것은 오로지 보호자의 덕이었다. 보호자는 내가 졸업하는 날까지도 매일 나를 붙잡고 절대 눈을 뜨지 말라고 당부했다. 선생님의 머리색을 언급했던 날 이후 나는 단 한 번도 눈을 떴다고 지적받지 않았다.

직업 점수가 높으면 관리직에 가까운 직업을 선택지로 제공받았다. 높은 점수로만 들어갈 수 있는 좋은 직업을 가지면 나처럼 직장을 코앞에 둔 버블에서 살 수 있었다.

나는 어깨를 수그리고 그들의 이야기를 주의 깊게 듣기 시작했다. 동기들은 내가 모르는 중앙의 모습을 이야기하고 있었다. 행정 시설이 밀집된 안쪽이 아니라, 내가 외곽으로 올 때 처음으로 스쳐 지나온 바깥쪽을.

95는 벽을 코앞에 둔 버블에 살았다. 그곳에는 치안 요원들이 골목마다 배치되어 있었다. 아침에 일찍 일어나서 물자가 쌓여 있는 창고까지 한 시간 정도 걸어가야 했고, 업무는 해가 진 후에 끝났다.

60은 95와 멀지 않은 버블에 살았다. 내 버블에 더 가까운 온실까지 출근을 하려면 삼십 분을 걸어와야 했다. 업무는 오후에 끝났다. 60은 가끔 실눈을 뜨고 동료와 인사를 나누다가 치안 요원에게 제재를 받았다고 했다.

"07!"

126의 목소리가 물속에 잠긴 것처럼 먹먹하게 들렸다. 나는 깨어나듯이 정신을 차렸다. 126이 식당 건너편에서 손을 흔들고 있었다. 나는 동기들의 대화를 방해하지 않으려고 작게 인사를 남기고 자리를 벗어났다.

사실 계속 듣고 싶은 이야기는 아니었다. 들을수록 내가 동기들과 결을 달리하는 사람이었다는 것이 느껴졌다. 나는 그들의 직업에 대해 알고 있는데, 나를 제외한 동기들은 중앙에 그만큼 다양한 직업이 존재하는 것조차 모르고 있었다.

아마 내가 관리직인 평가자로 근무하면서 민감한 개인 정보에 접근할 기회가 많았기 때문이겠지. 어쨌든, 마음을 준 사람들과 내가 다르다는 느낌은 유쾌하지 않았다.

"밥은 맛있게 먹었어?"

"응. 친구들이랑 같이 먹었어."

"친구들이라고 부르기로 했어?"

126이 눈썹을 들썩이면서 물었다. 나는 126이 첫 번째 현장 학습날 했던 말을 떠올렸다. 평가자들 가운데에도 126과 나이가 비슷한 사람들이 있지만, 친구가 아니라 동료라고 했다.

나는 평가원에서 함께 공부하는 사람들이 마음에 든다. 공통점이 많지는 않지만 같은 상황을 헤쳐 나가며 서로 의지하다 보니 정이 들었다. 친구라고 부를 수 있을 것 같았다.

"어느 정도?"

"잘됐네."

126이 웃으면서 말했다. 하지만 그의 말이 진심이 아니라는 느낌을 받았다. 목소리와 말투는 밝았지만 표정이 어색했다. 열심히 공부한 보람이 있었다.

나는 무심코 126의 시선을 따라서 식당 안을 들여다보았다. 한

테이블에 모여서 떠들썩하게 식사를 이어가는 동기들을 향한 직원들의 눈빛이 보였다. 나는 그들의 눈빛에서 이유 모를 당황을 읽었다.

"너, 저번에 우리가 이야기를 나눴다고 했을 때도 반응이 조금 이상했는데. 우리끼리 친하게 지내면 안 돼?"

"아니. 안 될 이유는 없지. 중앙에서 온 사람들이 이렇게까지 친하게 지내는 건 처음이라서, 다들 낯설어하는 거 같아."

"친하게 지내면 좋은 거지 뭐. 95 덕분에 다들 적응을 잘 하고 있거든."

126의 눈빛이 조금 가라앉았다. 나는 움찔 어깨를 떨었다.

"95? 그 사람이 왜?"

"95랑은 다들 친해."

"왜? 95가 친구 사귀는 걸 좋아해?"

"아마도. 네가 95를 내 실습 친구로 만들어 줘서 그런 거 아닐까? 나랑 연습을 많이 하면서 친구 사귀는 방법을 배웠잖아. 사교를 능숙하게 하더라고. 모두가 95랑 친하니까 95를 통해서 서로서로 친해지는 거 같아."

월요일 이후로 95는 내 실습 친구가 되었다. 화요일과 수요일에는 각자 작성해 본 대화 대본을 교환하거나 실제로 대화를 나누었다. 목요일에는 우리의 평가자들이 마련해 준 빈 강의실에서 인사와 대화를 연습했다.

95와 친해지면서 공부에 속도가 붙었다. 95가 내 수준에 맞게 설명하는 법을 아는 덕분이었다. 126은 뛰어난 평가자다. 하지만 중앙의 상황을 예시로 들어 설명하거나 내 이해가 엇나가는 부분을 완벽히 알 수는 없었다. 126은 우리가 하는 공부를 또래 학습이라고 불렀다. 결과적으로 오늘의 현장 학습이 겁나지 않는 것은 95의 공이 컸다.

이유를 들은 126의 표정은 밝지 않았다. 95가 뛰어난 학생이라면 좋은 일이 아닌가? 그의 표정이 어두워진 이유를 따져 묻고 싶었지만, 집요하게 구는 것은 예의가 아니라고 배웠다. 나는 화제를 바꾸기로 결정했다.

"오늘 어디로 간다고 했지?"

126의 분위기가 조금 가벼워졌다. 확실히는 모르겠지만, '괜찮겠지'라고 생각하는 표정이었다.

"준비하고 나가자. 저번보다 오래 걸어야 해."

9

126이 나를 이끌고 도착한 곳은 평가원 구역 내부 도서관이었다. 126은 나를 방생하겠다고 선언했다.

"그래도 돼? 현장 학습 때는 나를……."

나는 눈썹을 들썩이며 시간을 끌었다. 126이 항상 하듯이 어깨를 으쓱했다. 그에게 옳은 습관인데, 온갖 의미를 다 가진다. 모르겠어, 아마도, 그럴까, 뭐더라, 난 안 도와줄 거야 등등.

음, 생각해 보니 딱히 좋은 의미는 없었다. 내가 찾고 있던 단어에도 잘 어울렸다.

"나를 힘들게 해야 하는 거 아니었어?"

126이 소리 내어 웃었다. 입이 보기 좋게 벌어지면서 눈이 휘었다. 126은 내가 원하는 곳으로 가라고 말했다.

나는 어디로 가야 할지 몰라서 굳었다가, 입구의 층별 안내도를 확인했다. 자료실과 회의실로 이루어진 넓은 건물이었다. 발을 당겨 주지 않는 바닥이 낯설었다. 무사히 조용한 자료실에 들어서니 모두가 눈을 내리깔고 있고 종이 냄새가 났다.

중앙에 돌아온 듯했다. 나는 126이 중앙과 비슷한 환경을 만들어 주려고 나를 도서관에 데려왔음을 알았다. 오늘은 126이 내게 주는 선물 격의 휴일이었다. 내가 자신의 목적을 눈치챘음을 안 126이 어깨를 으쓱였다. 나는 미소로 감사 인사를 대신했다.

나는 하루 종일 자료실에 앉아서 중앙에서 즐겨 읽던 책에 빠져들거나, 126을 지켜보거나, 조용한 분위기를 즐겼다. 아직은 중앙에서와 같은 무소음 원칙이 편안하게 느껴졌다.

도서관이 닫는 시간이 되어서야 126이 고개를 들었다. 나도 읽던 책을 덮었다. 126이 앞장서서 도서관을 나섰다. 나는 126을 따라 나오다가 누군가와 장렬하게 부딪히며 자리에 주저앉았다.

머리가 홱 꺾이더니 시야가 돌았다. 누군가와 부딪혀 본 것은 처음이었다. 내가 걷는 속도와 남이 걷는 속도가 맞물리면 온몸을 욱신거리게 할 수 있다는 것을 배웠다. 하지만 배운 점을 곱씹기보다는 벌떡 일어나서 사과해야 한다는 정도는 알고 있었다.

"죄송합니다!"

익숙한 얼굴이 보였다. 이번 주에 강의를 했던 대표 평가자 51이었다. 비뚤어진 안경이 콧대를 눌러서 아파 보였다. 51은 자기 안경을 고쳐 쓰는 대신 일어나려고 애쓰는 내 손을 잡아당겨 주었다.

"아, 안녕하세요."

51은 내 인사를 받는 대신 눈썹을 구겼다. 험악한 인상이 아닌데도 표정이 바뀌자마자 다리가 풀릴 것 같았다.

"죄송합니다. 다친 곳은 없으세요?"

"괜찮아요."

내가 따라오지 않는다는 것을 알았는지 허둥지둥 돌아오던 126과 눈이 마주쳤다. 그 순간, 51이 중얼거렸다. 속삭임처럼 작은 목소리였지만 똑똑히 들었다.

"긴급 구출이라더니."

나는 말을 잃고 51을 빤히 쳐다보았다. 51은 126을 가만히 바라보았다. 126이 다급한 표정으로 달려와서 51과 내 사이를 가로막았다.

"대표 평가자님."

나는 126을 쳐다보지 않을 수 없었다.

"제가 126의 능력을 믿는 거, 알고 계시죠?"

"항상 감사하게 생각합니다."

"주의합시다. 큰 관점을 잃지 않으시길 바라요."

51은 안경을 고쳐 쓰더니 우리에게 고개를 숙여 보이고 길 반대편으로 사라졌다. 우리도 평가원 방향으로 천천히 걷기 시작했다.

나는 126이 51에게 보였던 태도를 곰곰이 되짚었다. 126이 누군가의 눈치를 살피는 모습은 처음 보았다. 두 사람의 직업과 사용한 단어들을 생각해 볼 때, 짐작 가는 관계가 있었다.

"상사, 맞지?"

"맞지."

126이 걸음을 멈추더니 허리를 숙여서 내 팔꿈치를 탁탁 털어주었다. 언제 벽에 스쳤는지 벽돌 가루가 묻어 있었다.

"상사는 뭐가 달라?"

"나보다 사무실이 넓지. 음, 안내 사항을 전달하는 일도 하고, 평가자 회의 진행도 하고. 평가원에서 전체 회의를 하면 평가자를 대표하는 역할도 하고. 중요한 결정에 저 사람 입김이 많이 들어가지."

"힘들겠네. 앞으로는 네가 그걸 해?"

126이 떨떠름한 표정을 지었다. 내키지 않는 기색이었다.

"넌 별로 하고 싶지 않구나?"

"응."

기분이 확연히 나빠 보였다. 126은 건물 번호를 확인하고 모퉁이를 돌았다.

"일만 잘한다고 해서 유지할 수 있는 자리가 아니야. 직급이 높아지면 일도 늘고, 눈치도 봐야 하고. 지금도 신경 쓸 사람이 너무 많은데."

126이 털어놓았다. 나는 다음에 따라올 말을 기다렸지만, 126은 지나치는 건물을 돌아보면서 딴청을 피웠다. 빨간 벽돌 건물로 이루어진 한 블록을 지난 후에야 대화가 재개되었다.

"중앙에는 상사가 없어?"

"난 애초에 만나는 사람이 없었는걸. 내가 평가한 주민들 빼면."

"맞다. 물어보고 싶었는데."

126이 마침 기억났다는 듯이 손바닥을 마주쳤다.

"넌 왜 평가자가 됐어?"

나는 발꿈치를 튕겨 계속 걸었다. 평가자가 되기로 한 게 오래전 일도 아닌데, 까마득한 느낌이 들었다.

"직업교육원에서 배정받은 것들 중에서 제일 마음에 들었어."

126은 중앙의 직업교육원에 흥미를 보였다. 걸음이 점점 빨라지는 것만 봐도 알았다. 따라가기가 점점 힘들어졌다.

"배정? 어떤 걸 배정받았는데?"

"일단 평가자. 재배 기술 연구랑 인적 사항 관리도 배웠어. 마지막은…… 도서관 시설 관리. 다 배워 본 다음에 고를 수 있어."

"와. 너랑 되게 잘 어울리는 일만 배웠네."

"그렇지?"

학교를 졸업한 학생들은 직업교육원에서 적성과 흥미, 공동체의 필요를 고려한 선택지를 제공받는다. 학생들은 각 직업에 대한 골자를 배워 본 후에 가장 마음에 드는 직업을 고를 수 있다. 나는 재배 기술 연구원과 평가자 가운데에서 고민하다가 평가자를 선택했다.

"왜?"

126이 숨 고를 틈도 없이 물었다. 나는 결국 126의 소매를 붙잡아야 했다.

"조금만 천천히 가면 말해 주고. 아니면 숨 쉬어야 돼서 말 못 해."

126은 제자리에 우뚝 멈춰 서더니 멋쩍게 웃었다.

"미안."

깊은 숨을 쉬어서 간신히 호흡을 안정시켰다.

"규칙은 질서를 지켜 주잖아. 내가 규칙을 잘 지키는 사람은 아니었지만 중요하다는 건 알고 있었어. 내 보호자가 규칙을 유난히 중시하셨거든."

긴 호흡에 숨이 가빴다. 길의 가장자리로 빠져서 걸음을 늦추고 크게 숨을 들이쉬었다.

"공동체의 질서 유지에 기여하고 싶었어. 너도 알겠지만 나는 중앙에 잘 맞는 사람이 아니었잖아. 내가 규칙을 자주 어기면서 방해하는 만큼, 보상하고 싶다는 마음도 있었고. 그래서 평가자를 골랐어."

"멋지네. 네 일에 확신이 있어 보여."

"그런 편이지."

말하다 보니 걸리는 부분이 있었다. 물어볼까 말까 망설이며 엉뚱한 방향으로 걸어가려는 나를 126이 황급히 붙잡았다. 소매가 잡히자마자 질문이 튀어나왔다.

"너도 평가자잖아. 정기 평가는 안 맡아?"

"나는 특수 평가 담당이라 자주는 안 해. 내가 맡을 사람이 없거나 정기 평가 시즌이면 가끔 가서 도와. 월말에 몰리거든."

"넌 특수 평가가 더 좋지?"

126이 고개를 갸웃했다.

"왜 그렇게 생각했어?"

"잘하잖아."

126이 얼굴을 붉히면서 뒷목을 괜히 쓰다듬었다. 칭찬에 약하구나.

"중앙에선 일을 잘하는지 누가 판단해? 건물을 나눠 주려면 평가를 해야 하잖아."

말을 돌리려는 의도가 뻔했지만 속아 주기로 했다.

"아마 내가 평가한 내용이랑 그 사람 직업 활동 같은 걸 종합적으로 고려하지 않겠어? 평가 결과가 어디로 가는지는 안 알려 주더라고."

"음, 그럼 좋은 집을 위해서 말을 잘 듣거나 남을 견제할 필요는 없었구나."

"그렇지. 중앙은 평등하니까. 대표랑 치안 요원들 말만 잘 들으면 돼."

"멋진 구석이 있네."

동의한다. 나는 중앙의 모두가 평등하다고 배웠다. 공동체에 기여하는 정도에 따라 버블을 나누어 주기는 하지만, 모두 같은 종류의 보급품을 쓰고 같은 음식을 먹었다. 지루한 동등함이 주는 편리함도 있다고 생각했다.

"여기 와서 보니까 누군가의 상사가 되는 것도 재미있을 거 같아."

"잘됐네. 넌 외곽에서도 잘할 거야."

126은 기분이 조금 나아 보였지만, 51을 만난 일로 여전히 속상한 기색이었다. 126이 진심으로 속상해하는 모습은 처음 보았다. 조바심이 났다. 126의 눈썹이 조금만 이지러져도 내 속이 상한다는 걸 깨달았다. 아직 연습은 부족하지만 농담이라는 걸 시도해 보기 좋은 타이밍이었다.

"있지, 대표 평가자 자리가 정 싫으면 나한테 맡겨도 돼."

"너한테?"

126이 눈꼬리를 휘면서 다정한 미소를 지었다. 내 입꼬리도 덩달아 솟았다.

"왜? 난 뭐든지 잘해. 외곽 평가자도 잘할걸?"

감정 교본을 틈틈이 외워 둬서 다행이었다. 오른쪽 맨 아래 칸, 자신감 넘치는 표정. 세부 사항을 얼른 기억해 냈다. 턱을 슬쩍 치켜들고 평소보다 높은 목소리, 올린 눈썹과 내려다보는 방향의 시선, 비스듬하게 웃는 입. 내 어색한 표정 연기를 보고 126이 킥킥대기 시작했다. 126이 웃음 사이로 물었다.

"외곽에서도 평가자가 되고 싶어?"

"생각 안 해 봤는데. 네 상사가 되는 거라면 괜찮겠어. 그럼 넌 앞으로 누굴 먼저 소개할지 고민할 필요도 없어. 내가 무조건 마지막이겠지? 내가 너한테 제일 높은 사람이 될 거니까."

조잘조잘 말을 늘릴수록 126의 웃음이 번졌다. 126이 장난스러운 눈빛으로 공손하게 손을 모았다.

"좋은 상사가 되어 주실 건가요, 대표 평가자 07님?"

"아마도요?"

126이 손을 입가에 대고 나를 향해 고개를 숙였다.

"그럼 제 사무실은 구석에 배정해 주세요. 아무도 안 만나게요."

"어…… 그건 특혜 같은데."

"제가 얼마나 일을 잘하는데요. 제 담당 주민이 인정했다니까요?"

"그래? 그럼 생각해 보겠네."

도로를 향해서 이만 가 보라는 고갯짓을 했다. 126이 마침내 웃음을 터뜨렸다. 눈썹의 앞머리가 들려 올라가며 따라 웃고 싶은 표정이 되었다. 이번에는 참지 않고 126을 따라서 눈물이 날 때까지 웃었다. 항상 웃기. 생각보다 쉬운 규칙이었다. 고개를 젖히자 벽돌 건물들의 어깨 너머로 발돋움한 평가원이 보였다. 오늘따라 유난히 집에 돌아온 기분이었다.

10

"실례합니다."

지나가는 사람을 톡톡 두드렸지만 그는 대답하지 않았다. 내 나름대로 큰 용기를 낸 거였는데. 그는 정면을 보고 자기 일행과 대화를 계속했다. 내가 다시 말을 걸려고 하자, 행인 대신 126이 고개를 절레절레 저으면서 대답했다.

"진짜 사람이 아니야."

126은 왼쪽 벽에 기대어 서 있었다.

"완전 진짜 같은데."

나는 행인을 콕콕 찔러 보면서 말했다. 126이 장난스러운 눈빛을 하더니 어깨로 벽을 밀치고 이쪽으로 걸어왔다.

"뭐해?"

"헷갈리지 말라고."

126이 갑자기 행인을 향해 팔을 내밀었다. 126의 팔은 행인의 상체를 뚫고 지나갔지만, 행인은 태연하게 대화를 계속했다. 나만 놀라서 비명을 질렀다.

"야!"

"영상이니까 괜찮아. 길 찾는 연습을 하려고 틀어 놓은 거라니까."

"실제랑 비슷하게 연습을 시키려면 물어볼 수도 있게 해 줘야지."

불만스럽게 중얼거리자, 126이 웃음 섞인 목소리로 말했다.

"안 돼. 네가 혼자 찾을 줄도 알아야 하잖아."

나는 한숨을 푹 쉬고 정면으로 걷기 시작했다. 정말 외곽의 거리를 걷고 있는 것처럼 주변의 풍경이 이동했다. 하지만 실제로는 커다란 방에서 제자리걸음을 하는 중이다.

여기는 강의실 위층에 위치한 시뮬레이션실이다. 이번 주에 들은 강의가 떠올랐다. 외곽 영역의 구조를 익히고, 각 시설을 이용하는 방법을 배웠다. 강사가 커다란 지도 여러 개를 강의실 바닥에 깔고 책상을 치워 두었다. 스물한 명이 죄다 쪼그려 앉아 지도를 살펴보고, 지도에서 발견한 각 시설의 이용 방법을 펜으로 적었다. 우선은 평가원 구역만을 알아보고 있지만, 졸업 후에 직업 교육원에서는 제한 구역에 대해서도 배울 거라고 했다.

"무작정 걷지 말라니까. 방향을 찾아야지."

"일단 그냥 걸어 보면 안 될까?"

"안 돼."

126이 미소를 지으면서 내 손에 들린 종이를 가리켰다. 어제 공부한 자료였다.

126은 길을 찾는 법이 가장 중요하다고 생각하는 모양이었다. 수요일인 오늘은 시뮬레이션실에서 로드뷰를 켜 놓고 길 찾기를 연습하고 있다. 126이 도움을 건네듯이 물었다.

"어제 배운 거 생각해 봐. 방향은 어떻게 찾는다고 했지?"

평가원 구역은 가로로 50줄, 세로로 10줄의 건물들이 줄 세워진 계획도시다. 100-01번의 평가원부터, 150-10번의 상업 구역까지. 길을 건너면 주소의 앞 번호가, 길을 따라가면 뒤 번호가 늘어난다. 발을 이끌어 주는 자석이 없어도 건물의 주소를 안다면 정확한 위치를 짚어서 찾아갈 수 있었다.

"주변 건물의 번호 분포를 보고 찾으라고 했어."

"맞아. 일단 영화관 찾기 해 볼래?"

"먼저 뒤 번호가 8번인 건물을 찾아야 돼."

"정말?"

"어…… 아니. 먼저 앞 번호가 116인 곳으로 가야 돼."

126이 출발하자는 손짓을 했다. 나는 마지못해 낯선 길을 앞장서서 걸었다. 116번 대로에 가까워지자 슬슬 익숙한 풍경이 보이기 시작했다.

"우리 여기 와 보지 않았어?"

"글쎄."

126이 눈을 피하면서 어깨를 으쓱했다. 와 봤으면서. 내가 아는 장소들을 준비해 둔 것이 분명했다. 킥킥 웃으면서 여덟 번째 건물 앞에 섰다. 영화관의 입구가 우리를 내려다보았다.

"116-08이 영화관이었나? 몰랐네."

126이 능청스럽게 웃으면서 말했다. 내가 영화관을 오가는 가상 행인들을 찔러 보는 사이에, 126은 클립보드를 들어 평가 결과를 작성했다.

작성을 마친 126이 두 번째 종이를 건넸다. 137-02번 건물. 여기는 도서관이라는 강한 직감이 들었다. 은근한 투로 126을 떠보았다.

"책 읽으러 가는 거야?"

"글쎄."

126은 또 어깨만 으쓱했다. 나는 모르는 척 앞장섰다. 주변 건물들을 샅샅이 살펴 가며 도서관 앞에 도착했을 때는 다리가 아파 오기 시작했다. 126은 클립보드에서 세 번째 종이를 꺼내서 내게 건네고, 내가 보내는 원망스러운 눈초리는 모르는 척했다.

그래도 이번에는 이동 거리가 가까웠다. 149-08번. 가로 150번이나 세로 10번이 넘으면 평가원 구역을 벗어나게 될 테니까, 이 주소가 거의 마지막 행선지겠지. 게다가 지금껏 가 봤던 장소들 가운데에는 평가원에서 가장 먼 곳이었다. 기대감이 피로를 이기며 다시 걷기 시작했다. 앞선 연습들 덕분에 수월했다.

"다 왔다!"

149-08번 건물이 보이자마자 외쳤다. 149-08은 작은 가게였다. 흰 벽돌로 쌓인 낡은 건물의 모퉁이에 위치해 있었다. 가게를 확인하고 150번 쪽으로 길을 건너가자 노란색 페인트로 그어진 선과 가까웠다.

'여기부터는 제한 구역이구나.'

우리는 평가원 구역의 끝과 제한 구역의 시작이 만나는 지점에 서 있었다. 가로로 150번, 세로로 10번 거리 너머는 불투명한 회색으로만 보였다. 예비 주민들의 출입이 금지된 곳이었다.

"저기는 뭐가 있어?"

"사람들 사는 곳이랑, 사는 데 필요한 시설 같은 거."

"있잖아, 제한 구역은 어떻게 생겼는지 알려 주면 안 돼?"

나는 은근하게 물었다.

"로드뷰 작동 중지. 평가자 126."

126이 고개를 저으며 명령했다. 동시에 버블이 영상 재생을 멈추었다. 불투명한 제한 구역과 낡은 건물이 녹듯이 사라졌다. 벽의 아래쪽만 연두색으로 칠해진 시뮬레이션실이 나타났다.

"발 조심해. 흔들릴 거야."

126이 바닥을 가리켰다. 바닥이 덜컹이더니 작동을 멈추었다. 아주 작은 철판들이 움직임을 멈추고 서로 연결되었다. 이제 내가 앞으로 나아가려고 해도 제자리걸음을 하지 않는다는 뜻 같았다.

"와."

"멋지지?"

내가 감탄하자 126이 씩 웃었다. 외곽은 내가 알고 있던 것처럼 심각하게 열악하지는 않은 모양이었다. 물론 평가원 밖의 모습은 내가 교육원에서 배운 그대로 깨진 아스팔트와 소음이 가득했지만, 평가원만큼은 중앙 못지않게 발전한 모습이었다.

문을 열고 나오자 차례를 기다리던 사람들이 일어났다. 정장을 입은 한 명, 금색 평가원 마크가 새겨진 옷을 입은 한 명. 평가자가 문을 닫으면서 명령하는 소리가 들렸다.

"로드뷰 작동 시작. 평가자 23."

바닥이 흔들리는 소리와 겁먹은 비명 소리가 겹쳤다. 웃음을 참으려고 고개를 돌렸다가 비슷한 표정을 한 126과 눈이 마주쳤다. 결국 웃음을 터뜨리자 지나가던 사람들이 놀라서 이쪽을 돌아보았다. 126은 시치미를 뚝 떼었다.

"아니, 왜 웃고 그러세요. 남을 비웃으면 안 되죠."

"너도 웃었잖아!"

126이 웃음을 감쪽같이 거두었다.

"내가 언제?"

"와, 평가자 말고 배우를 하지 그러세요?"

"그것도 좋은 생각이네. 난 뭐든지 잘해. 배우도 잘할걸?"

126은 거만한 표정을 지으려고 노력했지만, 힘껏 만들어 낸 표정은 거만하기보다는 새침해 보였다. 우리는 낄낄대면서 방으로 돌아왔다. 126과 있으면 편안했다. 이제는 내게도 친구라고 부를 만한 사람들이 있지만, 126과는 달랐다. 아직 내 지식으로는 설명할 수 없는 차이였다.

지난 주말 내내 126과 실없는 농담을 주고받으면서 종일 게으르게 보냈다. 126은 사람을 싫어하고 나는 사람을 무서워하는데 왜 대화가 끊이지 않는지 모를 일이었다. 사람에 대해 통계를 내기에는 경험이 부족하지만, 126이 보통 사람들과 다르게 특별하다는 건 확실해졌다.

내가 쓰는 침실에 들어가서 털썩 드러누웠다. 내내 혹사당한 다리가 불만스럽게 욱신거렸다. 밖에서 무언가 우당탕 엎어지는 소리가 들리지 않았다면 그대로 잠이 들었을 것이다.

"또 뭐 엎었어?"

"필통…… 잠깐만."

대답이 띄엄띄엄 들렸다. 무슨 일이 있나? 거실로 나가 보니 126이 본인의 바지 주머니를 황급히 더듬고 있었다. 나와 눈이 마주치자마자 126이 물었다.

"지금 몇 시지?"

시계를 찾는 모양새였다. 거실에 시계가 멀쩡하게 달려 있는데.

정말 당황했나 보다.

"두 시 오십오 분."

나는 거실 시계를 가리키며 말했다. 126이 시계를 올려다보더니 벌떡 일어났다.

"왜 그래?"

"세 시에 평가자 전체 회의가 있는데 까먹었어."

"갑자기? 지금까지는 그런 거 안 했잖아?"

"한 달에 한 번이라서. 나 외투 어디다가 벗었더라?"

"입고 있잖아."

웃음을 꾹 누르면서 126을 가리켰다. 126이 어리둥절한 얼굴로 자기 상체를 내려다보았다. 126은 외투를 발견하더니 두 눈을 꽉 감았다가 떴다. 정신을 차리려고 노력할 때 습관처럼 하는 행동이었다.

"정신이 하나도 없네."

"진정해. 또 뭐 필요해?"

"어…… 내 클립보드."

아까 부엌 탁자 위 물병 옆에 내려놓는 걸 봤다. 내가 부엌에서 클립보드를 챙겨서 거실로 돌아오자 126은 분주하게 돌아다니면서 종이 뭉치 몇 개를 끌어안고 있었다. 그대로 나가려나 했더니 이번에는 펜을 찾아서 책상을 뒤졌다. 조금 전 필통을 엎는 바람에 쉽지 않아 보였다.

"나 좀 늦게 올 거야. 혼자 밥 먹을 수 있어?"

"늦게 온다고?"

126의 코앞에 놓인 펜을 집어서 클립보드에 꽂아 주었다. 126이 헛웃음을 지으면서 클립보드를 고쳐 들었다.

"고마워. 회의 끝나고 다 같이 저녁 먹으러 갈 거 같아."

"다른 평가자들이랑?"

"응. 대표 평가자님도 같이."

"재밌겠다. 그치?"

126이 가방에 물건들을 쓸어 담다 말고 멈칫했다.

"재밌을 거 같아?"

"나라면 재미없겠지. 평가자는 여덟 명이나 되는데, 사람이 너무 많으면 무섭잖아. 근데 너한테는 재밌는 일일 것 같아서."

126이 눈썹을 팍 구겼다.

"아닐걸. 저번에 나한테 시비 걸던 사람들도 다 오거든. 대표 평가자 후임 얘기라도 나왔다가는 난장판이 될 거야. 왜 재밌을 거라고 생각했어?"

"별거 아니야. 얼른 가."

입이 근질근질했지만 손을 흔들었다. 126은 문손잡이를 돌리다 말고 놓아 버렸다.

"하고 싶은 말 있는 거 아니야?"

"시간 없어."

시계는 벌써 세 시 일 분 전을 가리켰다. 126은 단호하게 가방을 내려놓았다.

"안 돼. 말하고 싶으면 해야지."

"지각하면 어떡해?"

"일하다가 늦었다고 변명하지 뭐. 이참에 점수 좀 잃어서 대표 평가자를 못 하게 되면 더 좋고."

그러니까 앉아 봐. 126이 생략한 말이 소파를 가리키는 손짓에 녹아 있었다. 나는 126의 등에 대고 하고 싶었던 말들을 차근차근 되짚었다. 느껴진 기분들이 너무 복잡해서 정리가 쉽지 않았다.

"말해 볼래?"

"나 그냥 말한다? 좀 두서없을 수도 있어. 말이 잘 정리가 안 돼."

"괜찮아."

"네가 안 나갔으면 좋겠다는 기분이 들었어."

"왜 그렇게 생각했어?"

소파의 천을 만지작대면서 되짚어 보았다.

"난 대화하기에 재밌는 사람이 아니잖아. 너는 계속 나랑만 있으니까 심심했겠지? 오늘 나가서 일반적인 사람들이랑 너무 재밌게 놀고 오면 나랑 있는 게 싫어지지 않겠어? 그게 서운하고 걱정이 돼."

126이 당황한 것처럼 보였다. 괜한 얘기였나? 하지만 126이 말해 보라고 했는데. 어쨌든 이미 말을 시작했으니 끝을 맺어야지.

"근데 네가 즐거웠으면 좋겠어. 그럼 잘 갔다 오라고 해야 하잖아? 그래도 안 갔으면 좋겠어. 음, 결론이 치졸해서 미안해."

"그 짧은 새에 생각을 많이 했네."

126이 시선을 피하면서 소파에 푹 파묻혔다. 얼굴을 양손으로 가리고 있었지만 뺨이 붉어진 것 같았다.

"하나 물어볼 게 있는데."

126이 얼굴을 가린 채로 물었다.

"물어봐."

"너랑 점심 같이 먹는 친구들 있잖아. 걔들이랑 나랑 다르다고 생각해?"

"다르지."

"왜?"

"나는 중앙에서 살 때, 싸우지 않으려면 가까워지지 말아야 한다고 배웠어. 가까워지지 않으려면 서로 쳐다보지 말아야 한다고 말이야. 눈을 뜨고 서로를 쳐다보면 필연적으로 불안해지고 싸운다고 했어."

126이 고개를 끄덕였다.

"하지만 처음으로 너를 봤을 때, 불안하거나 답답하지 않았어. 내가 이야기를 나누는 사람을 직접 쳐다볼 수 있다는 게 얼마나 따뜻한지 느꼈어. 이상하지? 눈을 뜨고 남을 봤는데 오히려 안심했다는 게."

나는 126과 처음 눈이 마주쳤던 순간을 떠올렸다. 나는 126의 눈에 빠져들었다. 완전히 까만색이 아니라 옅은 황금색 기운이 감도는 눈동자. 목소리와 잘 어울리는 외모였다. 126이 미소를 짓는 동시에 심장 박동이 빨라졌지만 불쾌하지 않았다.

"지금도 너를 쳐다보면 마음이 편안해. 다른 친구들이랑은 대화가 멈추면 무섭기도 하거든? 그런데 너랑 있을 때는 자연스러워. 뭐랄까, 모든 게 제자리를 찾는 기분이야. 넌 다른 사람들이랑은 달라."

126이 마침내 얼굴에서 손을 떼었다. 얼마나 치열하게 고민했는지, 얼굴이 새빨갛게 달아올라 있었다. 나는 머쓱해져서 괜히 뒷목만 쓰다듬었다.

"너무 복잡한가? 내가 뭘 느끼는지 정확히 모르겠어서 그래."

"아니. 명확하네."

대체 어디가? 내가 방금 한 말에 명확한 구석이라고는 하나도 없었다. 온갖 감정들이 뒤섞여 돌아가는 복합적인 기분이었는데, 126의 눈에는 명확한 수준인 모양이었다. 126은 고민하듯이 입술에 손을 대고 있다가 떼었다.

"내 생각엔 너 혼자서도 알아낼 수 있을 거 같아."

"진짜?"

목소리가 확 높아졌다. 어깨에 힘이 들어가고 기대감이 치솟았다. 126이 가방을 무릎에 끌어 올리고 뒤지면서 대답했다.

"진짜."

"와."

나는 나지막이 감탄했다. 126은 섣불리 나를 내버려 두지 않는다. 내가 원하는 방향으로 공부하면 말리지 않지만 절대 눈을 떼지도 않는다. 애초에 내가 길 찾기를 이해하지 못했다면 시뮬레이션실에서 혼자 걷지 못하게 했을 것이다. 그는 신중한 사람이었다.

126은 내가 스스로 감정을 찾아낼 수 있다고 했다. 126이 그렇게 판단했다면, 난 정말 할 수 있는 게 분명하다. 오랜만에 자부심이 느껴졌다.

"남의 감정 표현을 분석하는 거, 배웠지?"

"배웠어."

"남 일이라고 생각하고 분석해 봐. 네 감정이라고 특별히 어려울 건 없어."

"어렵겠는데. 진짜 내가 할 수 있는 거 맞지?"

126이 곤란하다는 듯이 시선을 피했다.

"어쩔 수 없어. 이건 내가 가르쳐 주면 안 돼."

"왜?"

"내가 알려 주면 반칙이거든."

무슨 뜻이지. 내가 눈을 가늘게 떴지만 126은 설명을 보태는 대신 가방을 닫고 일어났다. 복도에 서서 문을 닫다가 "안 갈 수는

없어."라고 미안해하며 말했을 뿐이다. 126의 걸음 소리가 멀어지
더니 사라졌다.

벌떡 일어나서 방으로 들어갔다. 강의 교재를 들고 나와서 책상
에 탕 내려놓았다.

'까짓것, 126이 할 수 있댔어.'

여태 감정 찾기 연습을 할 때는 화면을 보거나 감정을 표현하
는 지문을 읽었다. 중요한 표현에 함께 형광펜을 긋고, 특징적인
부분을 바탕으로 무슨 감정일지 짐작했다. 내 나름의 결론을 내
리고 나면 126과 같이 감정 교본을 뒤적이면서 정답을 찾았다.

'일단 써 보면 되겠지?'

126에게 방금 말했던 그대로. 객관적인 시선을 가질 수 있을 것
이다. 책상에 의자를 바짝 붙여 앉았다. 의자가 바닥에 끌리는 소
리가 비장했다. 나는 어질러진 책상에서 펜을 찾아 쥐고, 거침없
이 쓰기 시작했다.

11

"여기가 맞는 것 같은데."

126의 저녁 회식이 끝나는 시간에 맞추어서 무작정 내려왔는데 길을 잃었다. 126이 건물의 출구에서 기다리겠다고 했다. 126의 말대로라면 이쯤에서 출구가 보여야 하는데 벽밖에 없었다.

내가 쩔쩔매는 모습을 지켜보고 있었는지, 안내 데스크의 직원이 다가왔다. 평가원에 온 첫날 만났던 직원이다. 밤이어서 그런지 당겨 묶은 머리카락이 느슨해져 있었다.

"일곱 시부터 통금인 것 모르시나요? 뭐 찾으세요?"

"출구요."

"출구요?"

직원이 한쪽 눈을 가늘게 뜨며 되물었다. 차가운 목소리였다. 순식간에 등이 서늘해졌다. 직원이 이어서 물었다.

"담당 평가자는 어디 계세요?"

"평가자와 출구에서 만나기로 했어요. 여기…… 평가자가 써 준 특별 시간 외 외출 허가증입니다. 혹시 어느 쪽으로 가야 하는지 아세요?"

"아, 그러셨군요."

직원이 턱을 살짝 들면서 알겠다는 표정을 지었다. 나는 마음을 가라앉혔다.

"이 길로 쭉 내려가서서 액자가 보이면 오른쪽으로 튼 다음 왼쪽에 있는 문을 열어 보세요."

"감사합니다!"

진심으로 막막하던 차여서 직원의 도움이 눈물 나게 고마웠다. 허리를 냉큼 숙이자 직원이 예의 바르게 허리를 마주 숙였다. 하나로 묶은 머리카락이 어깨로 흘러내렸다.

푸른색 복도를 잽싸게 빠져나왔다. 직원이 알려 준 대로 걸어서 문을 어깨로 밀어서 열었다. 정면에 이어진 짧은 현관의 끝에서 126을 찾았다.

"길 잃어버렸어?"

걱정스럽게 묻는 126은 양손에 종이컵을 하나씩 들고 있다. 플라스틱으로 뚜껑이 덮인 일회용 컵이다. 내 시선이 꽂힌 곳을 느낀 126이 하나를 내게 내밀었다.

"이게 뭔데?"

"받아 보면 알지."

둥그런 컵을 감싸 들자 온기가 훅 퍼졌다. 뚜껑의 작은 틈으로 설탕에 졸인 과일 냄새가 났다. 영화관 옆 찻집을 방문했을 때 마셨던 차와 같은 종류였다.

"손 시릴까 봐 산 건데, 많이 식었어."

"미안. 길을 잃어버렸어."

"내가 사과하려던 건데."

126이 중얼거리며 비켜선다. 126에게 가려져 있던 야외의 모습이 드러났다. 가장 먼저 보이는 건 강의실만큼 넓은 공간, 그리고 카펫처럼 두껍게 덮인 흙이다.

"흙이 있어!"

놀란 나머지 지나치게 높은 목소리로 감탄했다.

"처음 봐?"

126이 놀라면서 묻는다.

"당연하지. 중앙은 다 포장되어 있잖아."

"너희 집에 마당 있었잖아?"

"잔디 모형이야. 아무리 중앙이라도 집마다 흙을 깔아 줄 순 없지."

조심스레 흙을 모아서 쥐어 본다. 축축한 감촉이 신기하다. 식물이 자랄 수 있는 흙은 아주 귀하다. 작물이 해를 받게 하려고 버블을 투명하게 해 둔 재배 시설을 본 적은 있다. 그날을 빼면 처음

본다. 밟으면 발이 푹 빠지려나? 다행히 납작한 돌로 깔린 길이
있다.

"나무랑 벤치 하나밖에 없는데, 그렇게 마음에 들어? 별로 넓지
도 않잖아."

"넌 별로야?"

"아니, 아니야."

126이 손에 쥔 컵으로 시선을 떨어뜨리면서 중얼거린다.

"이렇게 좋아할 줄 알았으면 진작 데려올 걸 그랬네."

"내일도 오면 되지."

돌길에 조심스레 올라서면서 말했다. 나는 발이 흙에 닿지 않도
록 조심스레 돌만을 밟으며 벤치로 다가갔다. 중앙에 놓인 벤치
의 오른쪽에는 126보다 훨씬 큰 나무 한 그루가 있고 나무등치 주
변에 하얀 꽃을 피운 관목들이 옹기종기 모여 있었다. 다듬지 않
았는지 가지가 삐죽삐죽하지만 꽃이 워낙 흐드러지게 피어서 눈
에 띄지 않았다. 가끔 숙소의 창문으로 들어오던 향기가 여기서
나는 거였구나.

공원 전체가 커다란 리드 돔으로 덮여 있다는 걸 뒤늦게 눈치
챘다. 내 방에서 평가원의 뒤뜰을 내다보면 반구 형태의 구조물
이 보이는데, 지금 그 안에 들어와 있는 모양이다. 올려다본 천장
이 불투명한 푸른색이었다.

"회의는 잘 했어?"

"지루했어."

"밥은? 뭐 먹었는데?"

"주변에서 적당히 먹었어. 맛있긴 했는데 체한 거 같아."

126이 질린 표정을 지었다.

"수고했어. 힘들었겠다."

"이제 괜찮아."

열 걸음 만에 벤치에 도착했다. 나는 나무와 가까운 쪽에, 126은 나무와 먼 쪽에 걸터앉았다. 자리를 잡은 126은 컵을 쥔 양손을 무릎에 얹으며 천장을 바라봤다.

"벌써 삼 주나 됐네."

"그러게."

나도 126을 따라 컵을 내려놓았다.

"넌 곧 졸업하겠어."

"낙제할 수도 있지."

"네가 왜 낙제를 해? 넌 잘하고 있어. 빈말 아니야."

"고마워."

고개를 뒤로 쭉 젖혔다. 126은 내가 할 수 있는 일을 정확히 알고 있다. 126이 괜찮다고 말한다면, 난 정말 합격할 수 있을 것이다. 졸업 시험의 존재를 알고부터 끊임없이 거슬리던 불안이 떨어져 나갔다.

126은 잠시 조용히 있다가 다리를 움직여서 내 무릎을 툭 쳤다.

"있잖아, 물어보고 싶던 게 있어."

"왜?"

"넌 어떻게 여기까지 왔어?"

"직원이 데려다줬는데."

발끝을 까닥거리면서 대답하자 126이 눈을 휘면서 웃었다.

"여기 말고. 외곽에. 넌 중앙에서 가진 것도 많았잖아."

"뭐, 괜찮았지."

나도 궁금했던 부분이다. 어떻게 다 버렸을까? 잘하고 있던 평가자 자리도 버리고, 세상에서 가장 아끼는 내 집도 버리고. 음, 하고 목을 울리면서 대답을 생각할 시간을 벌었다.

"중앙에서 자라는 게 쉽지 않았어. 중앙의 아이들은 보호자와도 관계를 형성하지 않아야 하는데, 함께 있는 사람을 사랑하지 않기란 어려웠거든. 다른 사람들은 문제가 없는 것 같았는데 왜 나만 유난했는지 모르겠어. 어쨌든, 나는 보호자를 사랑했어."

126이 발끝을 내려다보면서 입을 달싹였다. 하지만 목소리가 나오지는 않았기 때문에 나는 말을 이어 갔다.

"매일 보호자의 눈을 쳐다보고 싶었어. 나를 대하는 눈에 사랑이 있다는 걸 확인받고 싶었거든. 확신이 없어서 항상 불안했으니까. 지금 생각해 보면 그게 내 결핍이 되었나 봐. 나는 마주 보는 사람이 나에게 진심이라고 믿고 싶어서 외곽으로 온 것 같아."

대답을 들은 126이 컵을 꽉 쥐었다.

"그런 이유는 아니기를 바랐는데."

"왜?"

"네가 믿고 싶다는 이유만으로 다른 사람을 믿지 않았으면 좋겠어. 상처받을 거야."

평가원에 다니면서 웬만한 대화는 이해하게 되었지만, 126이 하는 말은 가끔 이해하기 힘들었다. 대충 대답을 만들어 내면서 컵을 유심히 살폈다.

"괜찮아. 너한테 잘 배우고 있으니까. 잘 판단할 수 있게 되겠지."

처음 보는 구조다. 뚜껑의 뚫린 부분으로 마시는 거겠지? 아니면 뚫린 부분은 열을 빼내는 곳이고 뚜껑을 열어서 마시는 건가? 중앙의 컵은 컵의 역할을 할 수 있는 구조로만 되어 있었다. 가구당 불투명한 플라스틱 컵 하나씩. 낯선 외곽은 컵조차도 나를 고심하게 만들었다.

'어떻게든 되겠지.'

컵을 조심히 들어서 입술에 대었다. 따뜻한 김이 올라와서 아랫입술을 적셨다. 세게 기울이면 입이 데이겠지? 잔뜩 긴장한 채로 컵을 살살 기울여서 아랫니 너머로 차가 흐르게 했다. 맛있었다.

"난 중앙으로 가려고 했어."

화들짝 놀라서 움찔하는 바람에 차가 입안으로 왈칵 쏟아졌다. 결국 입술을 데었다. 잘 마실 수 있었는데. 아쉬웠지만 잽싸게 고개를 앞으로 빼서 차가 흐르지 않게 받았다. 컵을 내려놓고 126을 향해 고개를 돌렸다.

"왜?"

지나치게 심각한 목소리가 나왔다. 126의 대화 기술은 흠잡을 곳이 없다. 나처럼 실력이 부족한 것도 아닌데 왜 중앙으로 가려고 하지? 외곽이 역시 너무 열악한가? 126은 내 심각한 표정을 보고 부연 설명을 해 주었다.

"외곽이 가짜라고 생각해서."

"눈을 뜰 수 있잖아. 얘기도 할 수 있고."

"눈을 뜨고 얘기를 나눈다고 해서 항상 진심인 건 아니야. 저번에 동료들이랑 이야기한 거 생각나?"

알쏭달쏭한 이야기였다. 적어도 내가 지금까지 겪어 본 바로는, 눈을 들여다보고 있으면 감정이 보였다. 지금 126의 표정처럼. 126은 불안해 보였다. 무언가를 되짚는 것처럼 눈동자가 바빴다.

"외면에 신경을 너무 많이 써. 보이는 게 다지. 항상 남한테 잘 보여야 하니까 억지로 웃어야 해. 그러다 보면 남들도 나한테 억지로 웃고 있을 거라는 생각이 들어. 결국 매일 속는 기분이더라고. 서로에 대해 모르는 건 중앙과 다를 바가 없지 않나, 싶었어."

"그래서 중앙으로 가려고 했어?"

"맞아. 적어도 중앙에서는 사람들한테 치이지 않아도 되잖아. 이런 이유로 중앙으로 가는 사람들이 없지는 않다고 들었어. 난 외곽을 떠나는 걸 감수할 자신이 없었지만."

별안간 심장이 쿵쿵 뛰었다. 126이 중앙으로 가 버리면 난 어떡하지? 혼자 지낼 수 있도록 공부하고는 있지만, 126이 떠난다고 생각하자 걷잡을 수 없는 불안이 느껴졌다. 벤치를 움켜쥐고 물어보았다.

"지금도 중앙으로 가고 싶어?"

"아니. 네 덕분이야."

126이 갑자기 내게로 고개를 돌렸다. 가까운 거리에서 듣는 칭찬이 뒷목을 뜨겁게 했다. 바로 옆에 붙어 있으니 작은 동작 하나하나에 신경이 쓰였다.

"이제는 속는 것 같지가 않아. 적어도 가끔은."

"가끔?"

열이 오르는 기분이었다. 손바닥이 간지럽고 발끝이 말려들었다. 빈 입을 달싹였다. 뱃속이 간지럽게 울리더니 어깨가 움찔거렸다.

이건 오늘 오후 동안 내가 종이에 써 보았던 감정이다. 머릿속을 헤집는 감정을 잡아다가 감정 교본에 이리저리 대 보았더니, 정체를 알아낼 수 있었다. 정체를 알고 나니 한결 강해졌다.

"이런 기분이 처음이라서 정확히 뭘 느끼는 건지는 모르겠어. 근데 적어도 너랑 있으면 불편하거나 답답하지는 않아. 항상 고맙다고 생각하고 있어."

126이 멋쩍게 미소 지으면서 말을 이었다.

"아마도, 자기랑 비슷한 사람이랑 같이 있기 때문이 아닐까? 사람을 믿고 싶은 사람들끼리 서로를 믿는 거라고 생각해."

말을 마친 126이 민망해하며 턱을 받친 손에 얼굴을 푹 파묻자 머리카락이 풀썩 가라앉았다. 126이 말을 마치자마자 얼굴이 확 달아올랐다. 나도 진심을 말해 주고 싶었다. 감정을 표현할 때는 눈을 맞추라고 배웠다. 나는 고개를 빼어서 126의 눈을 쳐다보았다.

"너는 나를 믿어?"

"난 너를 믿어."

"나는? 널 믿어도 돼?"

"모르겠어. 난 아직 너한테 완전히 솔직하진 않아."

126이 눈을 피했다. 나는 수긍했다.

"괜찮아. 아직은 내가 이해할 수 있는 말에 한계가 있지? 내가 더 열심히 배울게."

재빨리 덧붙였다.

"나도 널 믿을 수 있게."

126이 입꼬리를 끌어당겨서 씩 웃었다. 126의 손에 눌린 쪽의 입꼬리는 볼로 파고들고, 반대편 입꼬리는 미처 다 올라가지 못했다. 평소의 시원한 웃음에 비하면 형편없었다. 설명할 수 없는 쓸쓸함도 느껴졌다. 하지만 지금까지 본 126의 미소 가운데 가장 진짜 같았다. 126이 찌그러진 입모양 그대로 물었다.

"나이 물어봐도 돼?"

"열여덟."

"나도 열여덟."

126의 대답에 입꼬리가 툭툭 당겨졌다. 동갑이래. 공통점이 하나 늘어났다. 괜히 신이 나서 비죽 웃었다.

"아, 맞다."

126은 벤치의 뒤편으로 돌아서 돌길을 걸어가더니, 출입문 근처의 버블에 손바닥을 올렸다. 불투명한 돔이 웅, 하고 살아나면서 126에게 반응했다.

"작동 중지."

126이 명령했다. 돔이 항변하듯이 진동을 강하게 했다가 별안간 고요해졌다. 정적과 동시에 눈앞이 캄캄해졌다. 서늘한 공기가 사방에서 밀려들었다.

나는 어깨를 움츠렸다. 어둠 속에서 눈을 깜박이고 있자니 겁이 덜컥 났다. 중앙으로 돌아온 듯했다. 손톱이 손바닥으로 파고들었다. 다행히 곳곳에서 작은 조명 같은 빛이 보이기 시작했다.

'저게 뭐지?'

심장 박동이 점점 빨라졌다. 짐작되는 게 있었다. 발치로 시선을 내렸다가 숨을 고르고 다시 위를 올려다보았다. 밤하늘이다. 새카맣게 짙은 밤하늘이 눈앞에 펼쳐졌다. 별이 쏟아질 듯이 많았다. 겁이 덜컥 났지만 실외의 자유로움이 무서움을 압도했다.

밤하늘이 추락해서 내 머리 위로 부서질 것 같았다. 동시에 두

발이 땅에서 떠올라서 날아가 버릴 것 같았다. 금방이라도 하늘과 충돌할 것 같은 아찔함에 나도 모르게 어깨를 떨었다. 공기가 가볍고 깨끗한 밤이었다. 이렇게 별이 많은 줄은 몰랐는데. 영화 속에서 간혹 스쳐 지나간 밤하늘은 칙칙한 검은색뿐이었다.

"환경이 회복되어서 그래."

126이 어느새 바로 뒤에 있었다. 버블의 조명이 꺼지는 바람에 얼굴이 잘 보이지는 않았다. 벤치 뒤에 선 126은 팔꿈치를 쭉 편 채로 벤치의 등받이에 양 손바닥을 올리고, 고개를 틀어서 나를 내려다보고 있었다. 눈이 마주친 것 같다. 착각인가?

"안녕."

126이 멋쩍게 인사를 건넸다. 착각이 아니었다. 내가 하늘을 보느라 허리를 세우고 있어서 다행이었다. 방금처럼 편안하게 기대어 있었다면 126의 팔에 뺨이 닿을 만큼 가까웠다. 126이 내 뺨이 얼마나 뜨거운지 알아채지 못했으면 했다.

주머니에서 종잇조각이 바스락거렸다. 방금 감정 교본을 뒤져서 찾아낸 단어가 적혀 있었다. 내가 126에게 가진 마음을 정의해 주는 조각이었다. 이제 나는 내게 126이 특별하다는 걸 알았다. 그를 믿었다.

나는 조용히, 하지만 굳게 결심을 마쳤다. 오늘은 내가 외곽에 처음 왔던 날 126에게 했던 약속을 지키는 날이었다.

"안녕."

나는 목소리가 들려오는 위치를 향해 인사를 되돌려 주었다.

"내 이름은 이온영이야."

입술 사이로 심장이 새어 나갈 것 같았다. 별안간 귀가 트인 듯이 사방의 소리가 크게 들렸다. 온몸의 감각이 곤두서서 그의 대답을 기다리고 있었다.

126은 한동안 말이 없었다. 입속으로 내 이름을 굴려 보는지, 숨소리만 작게 들려왔다.

"안녕."

126이 마침내 말했다. 나는 아랫입술을 깨문 채로 기다렸다.

"내 이름은 박한결이야."

126이, 한결이 말했다. 순식간에 그의 이름이 가슴 깊은 곳으로 가라앉아서 뿌리를 내렸다.

버블로 둘러싸인 장소가 아닌데도 내 방 같은 안정감이 든다. 캄캄해서 한결의 표정을 확인할 수가 없는데도. 별일이다. 아마 상대가 한결이기 때문일 것이다. 언제부터였는지는 몰라도 한결의 곁은 내게 편안한 공간이었다. 동그랗고 투명한 우리만의 공간, 나와 한결의 버블.

12

'비가 온다는 말은 없었는데.'

구름이 꾸물꾸물 몰리더니 정원 위로 비가 쏟아졌다. 한결이 화들짝 놀라서 리드를 활성화했지만 이미 머리카락이 얼굴에 달라붙을 정도로 젖은 뒤였다. 밤하늘 구경을 그만두는 수밖에 없었다.

"아, 컵 놓고 왔다."

평가원으로 돌아가는 문을 열던 한결이 자기 손을 내려다보았다. 벤치에 놓인 컵이 여기서도 보였다.

"갖고 올게. 조금만 기다려 봐."

한결은 나를 복도로 들여보내 놓고 돌길을 되돌아갔다. 잠자코 기다릴까 하다가, 길을 익혀 둬야겠다는 생각이 들었다. 데스크에서 여기까지 오는 길만 외워도 혼자 올 수 있을 것이다.

복도를 되짚어서 천천히 걸었다. 등 뒤에 문을 두고 짧은 복도를 걷다가 앞에서 한 번 틀고, 앞으로 죽 걸어간다. 단번에 안내 데스크가 보였다. 주먹을 꽉 쥐면서 혼자 환호했다.

'역시 외우는 건 잘하는 거 같아.'

우쭐해서 보폭을 키우며 계단참으로 향했다. 그때 심상찮은 분위기가 느껴졌다. 천천히 고개를 돌려서 로비를 보았다. 나를 향한 시선이 있었다.

푸른 직원복을 입은 사람이 세 명 서 있었다. 머리가 느슨히 묶인 안내 데스크의 직원, 카트를 끌던 숙소 관리 직원, 퇴근하는 길인지 큰 가방을 메고 있는 6층 데스크 직원. 세 명 모두 싸늘하게 나를 겨누어 보고 있었다.

'뭐지?'

발이 저절로 뒷걸음질을 쳤다. 내가 복도로 들어서자 6층 데스크 직원이 내 쪽으로 발을 틀었다. 어깨가 움찔 튀었다.

뒷걸음치던 발이 뜨뜻한 무언가에 부딪혔다. 헉 소리를 내며 돌아본 곳에는 한결이 서 있었다. 한결은 손바닥으로 얼굴에 흐르는 빗물을 쓸어내리는 중이었다. 평소와 다를 바 없는 표정이었다.

방금 겪은 상황을 어떻게든 설명해야 한다는 생각이 들었다. 하지만 다시 돌아본 로비는 평온했다.

6층 데스크 직원이 가방을 고쳐 메고 우리에게 손을 흔들며 정문을 나섰다. 숙소 관리 직원은 체중을 실어서 카트를 다시 밀고 있었다. 내가 말을 잇지 못하자 안내 데스크의 직원이 친절하게 웃으면서 한결에게 말했다.

"평가자님. 출입증 보여 주시겠습니까?"

"죄송합니다."

한결은 재킷 주머니에서 라펠 핀을 꺼냈다. 핀이 출입증이었구나. 저게 없어서 나를 경계한 건가? 나는 미심쩍게 핀을 뜯어보았다.

"담당 주민과 항상 함께 다녀 주세요."

한결은 별일 아니라는 듯이 알겠다고만 말했다. 모두가 평소와 똑같은데 나만 이상하게 느꼈을까? 분명히 6층 데스크 직원이 내게 달려들 것 같았는데. 카트가 끌리는 끽끽 소리가 멈추었던 것 같은데.

'착각이 아니야.'

분명히 세 사람 모두 나를 매섭게 쏘아보았다. 눈빛이 시사하는 바가 명확했다. 내가 있으면 안 될 곳에 있는 느낌. 한결이 춥다고 재촉해서 걷기 시작했지만, 끽끽거리며 멀어지는 카트 소리에 묘하게 소름이 끼쳤다.

직원들의 눈빛이 내 뒤통수를 따라오는 기분이었다. 익숙했다. 마치 치안 요원들이 중앙에서 주민들을 살피는 눈빛과 같았다.

나는 평생 중앙에서 살았다. 세상의 모든 것이 비밀이던 도시. 이제 비밀은 질색이었다. 외곽을 의심하고 싶지 않았다.

"무슨 생각을 그렇게 해?"

한결이 숙소의 현관문을 닫는 소리에 또 놀랐다. 어느샌가 복도를 지나서 숙소로 들어왔다. 추운 곳에 오래 있어서인지 지나치게 예민해져 있다.

"별거 아니야."

외투를 개어서 빨래 바구니에 내려놓으며 생각했다. 내일 관리 직원이 방문하면 겁먹지 않고 바구니를 내밀 수 있을까? 고개를 획획 저었다. 직원들 생각은 그만하자.

한결이 수건을 건네면서 눈을 가늘게 떴다. 내게 무슨 이상이 있는지 살펴보는 표정이다. 나를 꿰뚫어 보는 눈빛이었다. 걱정시키고 싶지 않아 태연한 표정을 지었다.

"왜 그렇게 봐?"

"모레 현장 학습, 어디로 갈지 정했어. 출발할 때 말해 줄게."

"아, 그렇네. 곧 금요일이구나."

한결이 그렇다는 듯이 미소를 지었다. 나는 빗물이 흐르는 머리카락을 수건으로 감싸면서 물었다.

"좋아. 어디 가는데?"

13

약속과는 달리 한결은 약을 올리며 현장 학습 장소를 알려 주지 않았다. 직접 보았을 때의 즐거움을 위해서 아껴 두고 싶다나. 아침부터 분주하게 채비를 하더니 빨리 나가자고 나를 재촉하면서도 장소에 대해서는 입을 꼭 다물었다.

"다 왔다."

"다 왔다고?"

빨간 벽돌집. 사람들이 바글바글한 공용 시설이리라고 짐작했는데. 여기는 현장 학습 장소라고 하기에는 지나치게 조용하고 단정했다.

"올라가 봐."

까만 금속으로 된 난간을 잡고 콘크리트 계단을 몇 칸 올라가자 유리창이 달린 현관이 보였다. 문고리 옆, 놋쇠 판에 주소가 적혀 있었다.

'126-02.'

한결이 열쇠를 손잡이에 넣자 문이 달칵 소리를 내면서 소박하게 열렸다. 나는 눈을 휘둥그레 뜨고 놋쇠 판을 만져 보았다. 여기는 한결의 집이었다.

"잠깐만, 불 켜 줄게."

한결이 벽을 더듬거리다가 스위치를 눌렀다. 벽도 딱히 버블 처리가 되어 있지 않은 모양이었다. 형광등 두 개가 잠시 깜빡이다가 켜졌다. 짧은 복도에는 방으로 통하는 문이 세 개 달려 있었다. 서재, 다용도실, 욕실. 복도가 끝나자 부엌에 연결된 거실이 나왔다.

"어때?"

"뭐가?"

"집. 마음에 들어?"

초대받은 집에서 어떻게 행동해야 하는지 배운 적은 없지만, 별로라는 말이 예의가 아니라는 건 알고 있었다.

"응. 예쁘다."

한결의 집은 실제로 아늑하고 말끔했다. 벽에는 빛바랜 흰색 벽지가 발렸고 옅은 색의 나무로 만들어진 가구들이 방의 곳곳에 무게감을 더하고 있었다. 부엌에는 깨끗한 식기들이 가지런하고, 식탁과 거실 탁자에는 흰 테이블보가 덮여 있다.

"잠깐만, 짐 좀 놓고 올게."

한결이 다용도실로 들어서며 말했다.

"어. 천천히 해."

나는 부엌을 돌아보며 대답하다가 문득 멈추어 섰다. 익숙한 라벨이 붙어 있는 봉투가 보였다. 중앙에서 사흘에 한 번씩 지급받는 쌀 봉투였다. 가끔 공급에 문제가 생기면 밀이나 가공식품으로 대체되기도 하지만, 대부분의 경우에는 쌀을 받았다.

한결도 중앙에서 쓰고 남은 쌀을 얻은 모양이었다. 나는 쌀 봉투를 들어 보았다. 익숙한 무게와 모양이 편안했다. 외곽에 들어온 이후 조리를 해 본 적이 없어 오랜만에 보는 생쌀이었다.

나는 묘한 그리움을 담아서 쌀을 만지작거리다가 내려놓았다. 쌀 봉투가 탁자에 닿자마자 탁자 아래에 놓인 상자가 시선을 잡아끌었다. 나는 눈을 의심하면서 상자를 들추어 보았다. 방금 들고 있던 쌀 봉투와 똑같이 생긴 봉투들이 하얀 상자에 켜켜이 쌓여 있었다.

95가 했던 말을 떠올렸다. 60이 쌀을 봉투에 담고 라벨을 부착하면, 95는 상자에 담긴 쌀을 운반한다. 발끝으로 상자를 살짝 돌려 보니 벽과 닿은 면에 중앙의 로고가 인쇄되어 있었다. 등을 타고 무언가가 기어오르는 듯한 느낌이 들었다. 의심이었다.

한결이 다용도실의 문을 닫는 소리가 천둥처럼 울렸다. 나는 상자를 탁 밀어 놓고 본능적으로 말을 뱉었다.

"현장 학습 장소가 여기야?"

"어? 그건 아니야."

한결이 눈을 동그랗게 떴다가 설명했다. 나는 고개를 젓고 상자를 시야에서 밀어냈다.

"잠깐 들렀어. 가려는 곳이 주변이라 짐도 가져다 둘 겸."

한결이 자기 가방을 들어 보였다. 한결은 집을 따로 두고 평가원에서 살고 있었으니 오가야 할 필요가 있겠구나. 새삼 한결이 나를 위해 많은 시간을 쓰고 있음이 느껴졌다. 지금까지 맡은 모든 사람들을 이렇게 대해 줬을까?

한결이 가방을 들고 다용도실에 들어간 틈을 타 집을 살짝 훑어보았다. 모든 공간이 중앙의 이층집에 비하면 터무니없이 작았다. 하지만 여기는 한결이 사는 공간이었다. 모든 사소한 곳에 한결의 손길이 닿아 있었다. 작고 낯선 공간이어도 편안했다. 나는 위화감을 지웠다.

"여기는 침실이야."

한결이 거실과 분리된 방의 문을 열었다. 구름 같은 이불이 덮인 침대와 책이 놓인 협탁이 보였지만 인상 깊은 부분은 그곳이 아니었다. 문이 열리자마자 활기가 느껴졌다. 맞은편에 시원하게 열린 창문으로 외곽의 시내가 전부 내려다보였기 때문이다.

"와!"

나는 곧장 창문틀에 매달렸다. 한결이 옆으로 다가와서 창문틀을 붙잡았다.

"네가 좋아할 줄 알았어. 평가원은 창문이 작아서 답답했지?"

"저거 평가원이야?"

커다란 흰색 건물을 향해 팔을 뻗으면서 물었다.

"맞아. 평가원."

"저기는?"

"가게. 이 주변은 다 상가야. 공공 기관들도 몇 개 있고."

"그럼 사람들은 어디에 살아?"

한결이 평가원에서 멀어지는 방향을 고갯짓하며 대답했다.

"더 바깥쪽에."

"아, 맞다. 제한 구역. 근데 넌 왜 여기 살아?"

"근무 기간 동안 평가자들은 평가원 근처에서 지내는 게 원칙
이라서."

나는 창문 아래로 좁은 길을 떠들썩하게 다니는 행렬을 구경하
면서 물었다.

"원래는 여기에 안 살고?"

"지급받은 다른 건물이 있긴 해. 그래도 여기가 우리 집이야."

"다른 데는 어디에 있어?"

"제한 구역에 있어. 평가 마치면 보여 줄게."

고개를 끄덕였다. 상업 구역이 코앞에 있다는 점이 새삼 놀라웠
다. 외곽도 중앙과 비슷한 기준으로 좋은 집을 고르지 않을까? 중

앙에서는 직장에 가까우면 좋은 집이었다. 외곽에서는 직접 물건을 받으러 다녀야 하니까, 상업 구역도 고려해야겠지.

"직장이랑 상업 구역이 다 가까우면 엄청 편한 거지?"

한결은 대답하려는 기색을 하다가 모르는 척 되물었다.

"잘 모르겠네. 나가서 직접 확인해 봐."

퉁기듯이 창문틀을 놓았다.

"지금?"

"지금."

한결이 침대의 맞은편에 놓인 붙박이장을 열더니 초록색 스웨터와 까만 바지를 꺼내 주었다.

"이걸로 갈아입을래?"

"왜? 이것도 괜찮아."

"평가원 복장이잖아."

한결의 말에 내 옷을 내려다보았다. 금색 마크가 수놓여 있다. 내가 예비 주민이라는 표식이다. 마크를 보자 주의 사항이 떠올랐다. 6층 데스크에 있는 직원에게 현장 학습 신청서를 제출하면서 전달받은 규칙이었다.

"근데 이 옷 벗으면 안 되잖아."

"누가 그래?"

"6층 데스크 직원분이. 밖에서 평가원 옷을 벗지 말라고 했어. 네가 내 위치를 한눈에 확인할 수 있게."

한결이 눈을 피하면서 손을 내저었다.

"원래대로면 안 되는데, 내 옷 입고 나가는 편이 더 재밌을 거야."

"왜?"

"평가원 옷을 입고 있으면 사람들이 너를 중앙 사람처럼 대하잖아. 네가 견학 나온 사람인 걸 모르면 너를 더 자연스럽게 대할 것 같아서."

뭐, 틀린 말은 아니었다. 한결은 내가 옷을 갈아입을 수 있도록 침실을 비워 주었다.

나는 평가원의 마크가 수놓인 무채색의 티셔츠를 벗고 한결의 스웨터에 머리를 밀어 넣으면서, 95와 나누었던 대화를 떠올렸다. 평가원 구역의 배치도를 이용한 공부를 마치고 식당으로 내려가서 저녁을 먹던 중이었다.

'있지, 너희 평가자들도 너희를 계속 따라다녀?'

같은 테이블에 앉은 60이 목소리를 죽여서 속삭였다. 95가 눈짓으로 자세한 이야기를 부탁했다.

'우리를 쫓아다니는 느낌이 들어.'

'그게 평가자들의 일이잖아.'

'아냐. 너희는 평가자가 너희들을 한 명씩만 담당하지만, 우리 평가자는 네 명을 관리하잖아. 우리가 흩어져 있으면 불안해하는 것 같아. 우리를 전부 눈에 보이는 곳에 모여 있게 하려는 느낌이 들어.'

'잃어버리면 큰일이니까 그러는 거겠지.'

나는 대수롭지 않게 대답했다. 한결은 내가 혼자 방에 앉아 있어도 간섭하지 않았다.

'아냐. 나도 비슷한 느낌을 받았어.'

95가 식탁을 톡톡 두드리다가 말했다. 나는 마음에 세워져 있던 벽이 살짝 기울어지는 것을 느꼈다. 95는 감각이 날카롭고 머리가 좋은 사람이었다. 모든 수업에서 우수하고, 외곽에 적응이 빨라서 가장 친구가 많았다. 95가 60을 거들고 나서자 그들의 주장에 무게가 실렸다.

'95가 틀렸던 것 같네.'

바지의 허리춤을 꽉 당겨 입으면서 생각했다. 나를 감시하는 것이 중요했다면 한결은 내가 평가원 복장에서 벗어나도록 허락하지 않았을 것이다.

한결은 나보다 키가 크고 팔다리가 길었다. 소매와 바짓단을 접어야 했다. 한결이 입었다면 부드럽게 어우러졌을 색깔이 나에게는 어정쩡했다. 집에서 혼자 거울을 볼 때는 전혀 거슬리지 않던 내 모습 곳곳이 눈에 띄었다.

어색하게 방을 나서니 식탁에 기대앉아서 손을 꼼지락거리던 한결이 몸을 바로 세웠다. 초조하게 한결의 반응을 기다렸지만, 한결은 옷 이야기를 꺼내는 대신 고갯짓으로 문을 가리켰다.

문을 열고 나오자마자 소음이 얼굴을 덮쳤다. 정신을 차리려고 눈을 크게 깜빡였다. 외곽에 와서 한결에게 옮은 버릇이다. 한결이 내 소매를 살짝 쥐고 끌었다.

"조금 멀리 갈 거야. 잘 따라와."

고개를 끄덕였다. 한결이 걸음을 서둘렀다. 평가원과 중앙에서부터 더 멀리 나가는 방향이었다. 다리가 긴 한결을 따라잡으려고 나는 반쯤 뛰어야 했다.

천천히 가. 숨이 차서 말이 되지 못한 문장이 입안에서 맴돌았다. 한결을 붙잡으려고 고개를 드니 정면에 노란 선이 보였다. 제한 구역을 표시하는 선이었다.

"그런데, 저기는 왜 넘어가면 안 돼?"

"저기서는 너를 배려해 주지 않을 수도 있으니까?"

한결은 되묻듯이 대답했다. 어렴풋하게 이해가 되었다. 지금까지 만나 본 외곽 사람들의 모습과, 평가원에서 배우는 일반인들의 모습 사이에는 간극이 있다.

평가원 주변에 거주하는 특수 구역 사람들은 미숙한 우리를 배려하고 있는 것 같다. 더 친절하게 설명하고, 우리가 무서워하는 것 같으면 물러나고, 이해하지 못하는 부분은 생략한다.

"졸업하면 저길 넘어가 볼 수 있겠지?"

"그럼. 오늘은 상업 구역부터 들어가 보자. 뭔지 알지? 이번 주에 배웠잖아."

"외곽은 크게 행정 구역, 주거 구역, 상업 구역."

"정확해. 열심히 들었네."

행정 구역과 주거 구역은 중앙과 다를 바가 없었다. 하지만 상업 구역은 달랐다. 중앙에서는 필요한 물자를 신청하면 물자 분배반이 각 버블로 전달해 주었다.

외곽은 중앙에서 소비하고 남은 물자를 사용한다고 배웠다. 물자 분배를 담당하는 직업군이 없어서, 개인이 직접 물자를 받으러 가야 했다. 모두가 같은 물자를 받는 것도 아니라고 했다. 물자가 모여 있는 상업 구역을 방문하면 상업 구역에서 일하는 직원들이 선택을 돕는다.

"다 왔다."

한결이 걸음을 멈추자 기대로 가슴이 부풀었다. 내 기대감을 눈치챈 한결이 마음껏 구경하라는 듯이 눈짓했다. 나는 용수철처럼 튀어 나가서 골목으로 들어섰다.

14

평가원 구역의 대부분이 완벽하게 각을 자랑하는 것과 딴판으로, 상업 구역은 가게들이 제멋대로 늘어서 있었다. 건물에서 튀어나온 가판이며 아무렇게나 확장한 2층의 바닥이 길거리를 침범하고 있어서 정신을 팔면 다리나 머리를 부딪히기 십상이다.

간판에 매달린 식기 모양 깃발에 얼굴을 한 번 스친 후, 복잡한 거리를 혼자 헤매지 않아도 되어서 다행이라는 결론에 도달했다.

"어때?"

한결이 그렇게 물으면서 쌩하니 지나가는 자전거를 피했다.

"별거 아니지?"

"사람 진짜 많다!"

주변의 소리를 뚫으려고 목소리를 한껏 높였다.

"앞으로는 너 혼자 나올 수도 있게 연습하자."

한결을 따라 복잡한 골목을 이리저리 돌아다녔다. 얼마나 걸었을까, 슬슬 발이 아파 왔다. 평가원에서 꽤 멀리 나온 듯했다.

"다 왔다!"

마침내 한결이 말했다. 흰 벽돌로 쌓인 낡은 건물의 모퉁이에 위치한 작은 가게였다. 익숙한 외관을 보니 주소가 궁금하지 않을 수 없었다. 149-08. 시뮬레이션실에서 찾아왔던 곳이다. 한결은 씩 웃으면서 가게의 문을 열어 주었다.

건물에 들어서자마자 색색의 옷가지들이 시야로 와르르 쏟아졌다. 색깔은 외곽에서 가장 마음에 드는 구석 중 하나였다. 세상이 다양한 색들로 칠해지는 건 생각보다 기분 좋은 감각이었다. 모든 색이 각각 독특한 느낌을 주었다.

"옷을 받으러 온 거야?"

"곧 평가원 복장을 반납할 거잖아. 네 옷이 하나는 있어야지."

나는 어색하게 가게를 돌아보았다. 처음 보는 유형의 공간이었다. 수업 시간에 가게라는 개념을 배우기는 했지만 모호했다. 어차피 한 종류밖에 되지 않는 보급품을 굳이 진열할 필요가 있나, 하는 의문이 들었었다.

직접 보니 확실히 알겠다. 외곽이 쓰는 물건들은 종류가 다양했다. 중앙에서 금지하는 품목들을 이용할 수 있기 때문일까, 곳곳에서 사용하고 남은 물자들이 모두 외곽으로 모였기 때문일까? 뭔가 어긋나는 느낌이 들었다. 95와 60의 이야기를 들은 이후로 마음 한구석에서 의구심이 슬슬 자라났다.

한결은 바로 옆에 붙어 서서 진열장을 살펴보고 있었다. 그래, 외곽은 한결이 사는 곳이다. 내가 알아야 할 것이 있다면 한결이 말해 줬겠지.

"이거 어때?"

한결이 스웨터 하나를 만지작대며 물었다. 한결의 옷장에서 본 옷들과 비슷한데도 심각한 표정이었다. 지금 입은 것과 뭐가 다르냐고 물으면 한결이 속상해할 거라는 생각이 들었다.

"잘 어울리네."

그냥 고개를 끄덕이며 웃어 버렸다. 잘 어울린다고 말했으니까 언어적 표현은 괜찮았다. 웃었으니까 비언어적 표현도 나쁘지 않았다. 하지만 억양이 이상했다. 문장의 끝이 올라가 버렸다.

그래도 셋 중에 둘은 맞았는데, 속았으려나? 한결은 단박에 섭섭한 표정을 지었다. 내가 어쩔 줄 모르자, 한결이 킥킥댔다. 일부러 섭섭한 척을 했구나. 너무 쉽게 속아서 약이 올랐다.

"이건 어때? 네 옷장에 이런 색은 없더라."

밤색 스웨터를 꺼내서 건넸다.

"내 머리 색이랑 똑같네."

"맞아. 잘 어울리지 않을까?"

"머리부터 발끝까지 다 머리카락처럼 보일 것 같은데."

"내가 골라 줬는데 마음에 안 드나 봐."

일부러 시무룩하게 말하자 한결이 당황해서 머뭇거렸다. 내가 표정을 풀자 비로소 한결도 웃음을 터뜨렸다. 농담을 분석한 책을 완독한 보람이 있었다. 한결은 어디에서 찾았는지 연회색 코트를 내밀었다.

"어때?"

"모양이 예쁘다. 왜 고른 거야?"

"그 옷."

한결이 내가 입은 스웨터를 가리켰다.

"그렇게 색이 강하면 안 좋아하는 것 같아서. 네가 고르는 필기구나 생필품을 보면 다 색이 옅거나 없더라고."

맞는 말이었다. 채도가 너무 높은 색을 입으면 기운이 빠졌다. 알록달록한 건 예뻤지만 내가 아직은 중앙에 뿌리를 내리고 있어서 수수한 색이 더 마음에 들었다.

한결이 나를 세심하게 지켜보고 있었구나. 코트를 만지작거리자니 어깨가 간질간질했다. 한결이 속삭여 물었다.

"마음에 들어?"

"응."

"그럼 가서 물자 신청해 볼래? 내 이름 대야 해."

직원이 나를 바라보면서 기다리고 있었다. 바로 어제 연습한 대화였다. 다양한 상황을 가정해서 대본을 쓰고 95와 역할극도 해 보았다. 긴장하지 말자. 직원에게 다가가서 우선 웃었다.

"안녕하세요."

"안녕하세요. 무엇을 도와드릴까요?"

"물건을 배급받으려고 합니다."

'물건'이라는 단어 대신 받으려고 하는 물건의 이름을 대었어야 하는데. 대본만 되뇌다가 실수했다. 임시방편으로, 들고 온 옷을 직원에게 보여 주었다. 다행히 의미가 통한 모양이었다.

"직업 번호를 말씀해 주시겠어요?"

"네."

내가 대답을 짧게 마치자 직원이 당황한 기색을 띠었다.

아, 그렇지. '말씀해 주시겠어요?'는 정말 말을 하겠냐고 의향을 묻는 것이 아니라, 지금 말해 달라는 뜻이었다. 난 겉뜻, 속뜻이 정말 싫었다. 잽싸게 손을 내려다보며 시간을 끌었다. 방금 덧붙인 행동을 통해서 나의 '네.'는 어색한 단답이 아니라 '내가 잠깐 손을 내려다볼 동안 기다려 주세요.'라는 뜻의 추임새가 되었다. 한결에게 도망치고 싶었지만 발을 꾹 붙이고 제자리에서 버텼다.

"평가자 126입니다."

한결이 도와주러 오려고 몸을 기울이고 있다가 긴장을 푸는 모습이 보였다. 내가 잘 넘겼다는 뜻이었다.

"여기 있습니다. 좋은 하루 보내세요."

"감사합니다."

고개를 살짝 숙이고 돌아섰다. 한결이 발꿈치를 통통 들썩이며 기다리고 있었다.

"어땠어?"

"내가 너한테 물어봐야지. 나 잘한 거야?"

"잘하기야 당연히 잘했지. 재미있었어?"

새삼 놀랐다. 내가 외곽에 온 건 대화에 대해 배우고 싶어서가 아니었다.

"응. 재밌었어."

씨익 웃으면서 대답했다. 죄다 분석하고 공부하려 들었으니 외곽에 가졌던 기대가 점점 과제로 느껴졌는데, 한결이 내게 초심을 떠올리게 해 준 걸까? 의도는 모르지만 즐거운 만큼 고마움이 들었다. 한결은 좋은 평가자였다.

"다른 데도 가 볼까?"

나는 바로 고개를 끄덕였고, 세 시간쯤 후에 맹렬히 후회했다. 온갖 곳들을 한참이나 돌아다닌 후에야 가게 외벽에 기대어 설 수 있었다. 다리가 아파서 혼자라도 돌아가고 싶던 참이었다.

움직임을 멈추자 주변의 광경이 보였다. 그늘마다 밝게 켜 놓은 등과 가게 사이사이를 잇는 장식들, 따뜻한 음식 냄새, 출입문에서 경쾌하게 울리는 종소리, 건조하고 향긋한 공기, 식당에서 물이 쏟아지는 소리. 점심때라서 사람들이 거리를 가득 메웠다.

나는 행인의 손에 들린 가방을 무심코 응시했다. 행인은 갑작스레 꽂힌 시선이 부담스러운지 고개를 돌리고 걸음을 서둘렀다. 나는 잽싸게 이번 주에 배운 내용을 떠올렸다. 모르는 사람을, 특히 밖에서는, 용건 없이 쳐다보는 행동은 예의에 어긋난다.

"아, 잠깐."

한결이 무언가를 떠올렸다는 듯이 말했다.

"왜?"

"잠깐만 기다려 볼래? 금방 올게."

"그래."

고개를 끄덕이고 벽으로 더 붙어 섰다. 기다림이 지루해질 무렵, 발끝으로 땅을 톡톡 두드리다가 또렷한 색깔을 발견했다. 아까 먼 곳에서 보았던 평가원 구역을 표시하는 선이었다. 선의 너머는 버블로 가려졌는지 아무것도 보이지 않았다.

'가로 150번, 세로 10번.'

그 번호의 거리 너머로 두 개의 선들이 직각으로 만나면서 평가원 구역의 끝을 알렸다. 나는 선이 그어진 왼쪽을 한 번, 정면을 한 번 쳐다보았다. 왼쪽으로 가면 가로 150번을 넘어서고, 정면으로 가면 세로 10번을 넘어설 수 있었다.

정신없이 돌아다니는 사이에 제한 구역의 코앞까지 왔다. 거대한 방의 끝까지 걸어온 듯했다. 나는 머뭇거리다가 손을 들어서 버블을 살짝 눌러 보았다. 손가락이 버블을 지나서 반대편으로 불쑥 넘어갔다. 버블에 닿는 면에서 지잉, 하고 간지럼이 일었다.

'넘어갈 수 있나 봐.'

가슴이 빠르게 뛰었다. 외곽에 온 이후로 평가원에서 수업을 듣거나 평가만 받았다. 한결이 알고 있는 외곽의 맛은 오늘에서야 잠깐 보았다. 평생 살아갈 곳을 잘 알아 둬서 나쁠 건 없지 않을까.

'가 볼까?'

가벼운 충동이 들었다. 간지러운 손을 꼼지락거리다가 팔꿈치까지 쑥 밀어 넣었다. 팔이 제한 구역으로 무사히 넘어갔다. 한결이 사라진 방향을 슬쩍 돌아보았지만 돌아올 낌새는 보이지 않았다.

'잠깐만 가 보자.'

잽싸게 달리면 한결이 돌아오기 전에 선 밖으로 백 걸음은 밟을 수 있을 것 같았다.

나는 두 개의 선을 번갈아 보며 짧게 망설였다. 정면으로 갈지, 혹은 왼쪽으로 갈지. 두 선의 건너편에 무엇이 있는지도 모르면서 고민했다. 망설이는 시간이 길어질수록 나아갈 수 있는 발자국 수가 줄어들었다. 나는 뒤를 다시 한번 살피고, 선을 훌쩍 뛰어넘었다.

발이 선을 넘어가는 순간 발끝이 울렸다. 발에 이어서 선을 건넌 다리와 팔도 마찬가지였다. 눈을 질끈 감는 순간 진동이 얼굴을 훑고 지나갔다. 외곽에 도착한 이후로 끊임없이 귀청을 때리던 대화 소리가 순식간에 사라졌다. 이제 귓가에는 내 심장 박동만큼 규칙적인 기계음이 가득했다. 이곳은 150-11, 제한 구역이다.

나는 참고 있던 숨을 내뱉고, 살며시 눈을 떴다.

15

눈을 뜨자마자 거대한 건물이 눈에 들어왔다. 건물이라기보다는 구조물이라고 불러야 하는 덩치였다. 하나의 층으로 이루어진 직육면체의 구조물 안에서 컨베이어 벨트들이 부지런히 돌아갔다. 나는 숨을 죽이고 건물의 안을 들여다보았다. 사람은 없고 기계들만 가득했다.

'우와.'

중앙에서 남은 물자들은 외곽으로 온다. 이곳은 중앙에서 외곽으로 온 물자들이 거쳐 가는 관문이 분명했다. 나는 마침 다가오는 푸른 상자를 보았다. 중앙에서 쓰던 물자용 표준 상자다. 쌀 봉투로 가득했다.

집게발이 달린 차들이 돌아다니면서 쌀 봉투를 집어 한결의 집에서 보았던, 중앙의 로고가 박힌 반투명한 상자에 나누어 담았다. 쌀 봉투의 옆에는 채소와 가공식품, 설탕과 소금, 기름을 비롯한 식자재들 역시 차곡차곡 담겼다.

이동 준비를 마친 상자들은 푸릇한 벨트에 얹혀 다른 공간을 향해 흘러갔다. 상자가 올려질 때마다 벨트 옆의 버블에 숫자가 떠올랐다. 168-29, 232-45…… 모두 제한 구역의 숫자였다. 외곽 사람들의 거주지 주소인 모양이었다.

나는 쉴 새 없이 돌아가는 벨트와 차들을 구경하다가, 고개를 갸웃했다. 속도가 너무 빨랐다. 잠깐 사이에 벌써 수십 상자가 외곽으로 넘어갔다. 한 상자에 담긴 물자는 내가 일주일도 사용할 수 있는 양이었다.

'외곽은 한 집에 여러 명이 살아서 그런가?'

아니라는 답이 머릿속에서 번쩍였다. 한 가구에 네 명만 살더라도 중앙에서 한 사람이 쓰는 물자의 양보다 외곽의 한 사람이 쓰는 양이 훨씬 많다는 계산이 섰다.

'그건 말이 안 되는데.'

나는 입속말로 중얼거렸다. 중앙이 외곽을 돕는 입장이라고 했다. 당연히 외곽이 더 열악해야 했다. 방금 상업 구역을 돌아다니며 보았던 다양한 물건들과 평가원의 식당에서 지속적으로 주어지는 물건들을 떠올렸다. 중앙에서 지낼 때보다 눈에 띄게 넉넉했다.

의식적으로 묻어 놓았던 이미지들이 머릿속에서 살아나면서 의심이 쌓이기 시작했다. 완성된 의심의 무더기는 내가 지금까지 보아 온 외곽의 모든 것을 되짚어 보게 할 정도로 거대했다.

별안간 한결이 금방 돌아올지도 모른다는 사실이 떠올랐다. 나는 들어온 방향쪽 버블을 건드려 보았다. 버블이 쑥 밀려나면서 자리를 내어 주었다. 마지막으로 건물을 다시 한번 돌아보고, 크게 발을 떼었다. 귓가가 소음으로 끓어올랐다. 눈을 떠 보니 상업 구역에 돌아와 있었다.

나는 혼란스러운 마음을 정돈하면서 한결을 기다리던 자리로 돌아갔다. 마침 한결이 멀리서 돌아오고 있었다. 조금만 늦었더라도 들킬 뻔했다는 생각이 들자 심장이 세차게 뛰었다.

아무것도 모르는 표정으로 다가온 한결이 내게 종이 가방을 하나 건네주었다. 옷가지가 몇 벌 들어 있었다.

"선물."

나는 우선 진심을 가득 담아서 한결에게 감사를 표했다. 그리고 질문을 준비했다.

"사실대로 말할 테니까 화내지 마."

"뭔데?

"화 안 낸다고 약속하면 말할게."

한결이 픽 웃었다.

"그래. 화 안 낼게."

"나 아까 저기 넘어갔어. 뭔가를 봤는데, 뭔지 잘 모르겠어."

선을 가리키면서 조마조마한 기분으로 말했다. 한결의 눈썹이 획 올라갔다가, 일그러졌다가, 미묘하게 가라앉았다가, 제자리로 돌아갔다.

"그래서?"

더 말해 보라는 표정이었다. 침을 꿀꺽 삼키고 물었다.

"외곽은 어떤 곳이야?"

16

한결은 대답해 주지 않았다. 입을 몇 번 달싹이더니, 죄책감 가득한 표정으로 도망치려고 했다. 붙잡아서 캐물어도 소용이 없었다. 평가원으로 돌아와 항상 대화를 나누는 저녁 시간에 담판을 지으려고 했더니, 자기 집으로 돌아갔는지 흔적도 보이지 않았다. 나는 터덜터덜 걸어서 혼자 식당으로 향했다.

"07!"

95가 손을 번쩍 들었다. 그도 평가자 없이 식사를 하고 있었다. 자기 평가자와 함께 앉아 있던 60이 양해를 구하고 우리에게 다가왔다.

나는 95와 60의 대화를 들으면서 멍하니 저녁을 먹었다. 한결이 대답을 피할 줄은 몰랐다. 나는 익숙한 불안을 느꼈다. 눈을 뜰 수 없던 중앙에서 느껴지던, 익숙한 외로움이었다.

믿을 수 있을까?

외곽은 자유로운 곳이어야 했다. 모두가 서로의 얼굴에 드러나는 감정을 보고 서로를 믿을 수 있는 곳이어야 했다.

나는 이야기를 나누고 있는 95와 60을 흘끗 보았다. 이 사람들은 어떨까? 믿을 수 있나? 95는 한결 다음으로 나와 친한 사람이다. 물자 분배반에서 일했다니 물류 창고에 대해 알고 있을지도 몰랐다.

하지만 내가 제한 구역에 넘어갔다는 사실을 말하면 비밀을 지켜 줄까? 내 직감은 그가 믿을 만하다고 말했다. 하지만 불과 두 시간 전까지는 한결도 믿을 만해 보였다. 나는 결국 입을 꾹 닫고 말았다. 중앙으로 돌아온 기분이었다. 나는 버블에 숨듯이 어깨를 구겼다.

"정말? 너도 외곽에 와 본 적이 있어?"

60의 말이 내 주의를 끌었다. 95가 고개를 끄덕이고 있었다.

"무슨 얘기 하고 있어?"

"60도 외곽에서 살다가 중앙으로 들어갔대."

"그래? 그걸 어떻게 알았어?"

나는 가벼운 충격을 느끼며 물었다. 60이 어깨를 으쓱이며 대답했다.

"외곽이 희미하게 기억나. 내가 아주 어렸을 때 보호자가 나를 데리고 중앙으로 갔거든. 내가 왜 이사를 가냐고 물어봤더니, 승

진을 했다고 했어.”

“나도 외곽에서 살다가 어릴 때 넘어갔어. 보호자가 이주 신청을 했는데 운 좋게 합격했다고 들었어.”

나는 내 보호자가 해 준 말을 떠올렸다. 우리는 외곽에서 왔어. 하지만 이제는 중앙에서 살 거니까, 더 묻지 마. 두 사람이 들은 말에 비하면 짧은 설명이었지만 같은 뜻이었다. 우리는 모두 어릴 적에 보호자를 따라 중앙으로 ‘보내졌다가’ 외곽으로 ‘돌아온’ 사람들이었다.

“다른 사람들은? 다들 외곽에서 지내다가 중앙으로 보내졌었대?”

“내가 아는 애들은 그렇다던데. 다른 애들한테도 물어볼까?”

60이 말했다. 95가 재미있다는 표정으로 먼저 고개를 끄덕여서, 나는 위험하지 않겠냐는 질문을 참을 수 있었다. 60이 테이블을 옮겨 가며 무언가를 소곤거리더니 금세 돌아왔다.

“그렇다네? 다들 외곽에서 태어났나 봐.”

“별일이네.”

95가 신기하다는 듯이 웃었다. 나는 웃지 못했다. 외곽 평가원에게 선발되는 사람들의 기준에 ‘외곽 출생’이라는 조건이 포함된다는 뜻이었다. 우리는 외곽으로 ‘갈’ 기회를 잡은 것이 아니라, 외곽으로 ‘돌아올’ 허락을 얻은 사람들이었다.

만약 내 예상이 옳다면?

모두 같은 나이에, 우리를 지켜보던 누군가에 의해 제안을 받고서 이곳에 왔다면. 우리를 긴장하며 바라보는 평가자들과 출입을 금지하는 규칙들이 머릿속을 지나갔다.

당연한 의문이 떠올랐다.

'한결이가 나한테 거짓말을 할 리는 없는데.'

나는 고개를 홱 저었다. 한결은 항상 말했다. 믿고 싶다는 이유만으로 믿지 말라고. 내가 직접 확인하고 판단한 후에 믿으라고 했다. 나는 한결의 조언을 받아들여서 생각을 바꾸었다.

한결은 내게 거짓말을 하고 있을지도 모른다.

17

한결은 집으로 퇴근했는지 휴일 내내 숙소로 돌아오지 않았다. 지금까지 나와 함께 평가원에서 지낸 것이 그의 의무가 아니라 순전히 호의로 한 일이라는 뜻이기도 해서 그걸 알고 나니 속상해하기도 쉽지 않았다.

속상하든 아니든 강의는 들어야 했다. 나는 강의실 앞에서 반대쪽 복도를 힐끔 노려보았다. 이젠 평가원의 구조에 익숙해졌다. 강의실과 평가자 사무실은 같은 층에 있다. 불과 몇십 미터 옆에 한결의 사무실이 있을 텐데. 매일 출근길에 나를 강의실 앞까지 바래다줄 때는 언제고, 코앞에서도 찾아오지 않다니.

강의실의 문을 열다가 멈칫했다. 책상의 배치가 또 달라져 있었다. 오늘은 책상이 삼각형을 이루도록 놓았다. 삼각형의 각 변에 책상이 일곱 개씩. 커다란 삼각형 중앙에 강의대가 놓였다.

어느 쪽에 앉을지 고민하다가 손을 흔드는 95의 옆자리, 교탁을 마주 보는 변의 중간쯤에 앉았다.

"안녕. 현장 학습 잘 다녀왔어?"

"응. 너도?"

"재밌었어. 시청에 다녀왔거든. 넌 어디 다녀왔어?"

"상업 구역."

"우와."

95가 눈을 번뜩였다. 제한 구역에서 본 광경에 대해 95에게 말하고 싶었다. 하지만 내가 뭘 보았는지 확실하지도 않은 상태에서 주변에 알리는 건 현명한 판단이 아니겠지.

괜히 교재를 넘겨 보면서 마음을 정돈하려고 노력했다. 오늘 수업은 굉장히 중요한 내용이다. 졸업 시험과 가장 관련이 깊고, 이전에 배운 내용들을 전부 응용해야 한다고 했다.

내가 생각에 빠져서 말을 멈추자, 95는 내가 복습을 하느라 입을 다물었다고 생각하는지 말을 걸지 않았다. 침묵을 지켜 주는 95의 배려가 진심으로 고마웠다. 95 덕분에 슬며시 펴지려던 미간이 들어오는 강사를 보자마자 구겨졌다.

"안녕하세요. 4주 차 수업을 맡은 평가자 126입니다."

한결이 강단에 서서 허리를 꾸벅 숙였다. 95가 놀랐는지 나를 팔꿈치로 툭툭 쳤다.

"알았어?"

"아니, 전혀."

"멋지다. 4주 차 수업은 제일 뛰어난 평가자가 한다고 들었는데."

대단하네. 95에게 대답하는 목소리에 진심이 하나도 없었다.

"오늘 수업은 정말 중요한 내용입니다. 졸업 시험 성적이 달려 있다고 해도 과언이 아니에요. 하지만 졸업 시험 성적보다는 더 중요한 점을 생각하면서 들으셨으면 합니다."

모두의 호기심 어린 눈빛이 한결에게 꽂혔다. 한결은 관중이 무섭지도 않은지 단호한 목소리로 말했다.

"오늘 배우는 내용은 외곽 생활의 실전입니다. 지금까지는 소통을 위한 기본적인 사항을 배워 왔습니다. 하지만 사람들과 섞여 지내는 데는 더 발전된 기술들이 필요합니다."

경고에 가까운 그의 목소리에 95의 표정이 심각해졌다.

"오늘은 단순한 대화로 해결할 수 없는 상황의 예시를 경험해 보도록 하겠습니다."

한결은 의미심장하게 말했다. 강의실의 분위기가 가라앉았다. 한결은 순식간에 표정을 바꾸더니 싱긋 웃었다.

"너무 어려운 얘기부터 했죠? 이제 활동을 시작하겠습니다."

한결이 들고 온 플라스틱 바구니에서 천으로 만든 주머니를 꺼냈다. 안에서 잘각대는 소리가 났다.

"하나씩 뽑아 주세요."

모양이 다양한 플라스틱 조각들이었다. 종류는 세 가지. 어느 정도 감이 왔다. 한결은 책상 사이를 돌아다니다가 내 앞에서 머뭇거렸다.

"저희 뽑으면 되나요?"

95가 기대로 가득한 눈으로 물은 후 한결이 내민 주머니에서 네모난 조각을 꺼냈다. 나는 천천히 주머니에 손을 넣었다. 일부러 깊은 곳까지 손을 넣으면서 손에 걸리는 모양들을 만져 보았다. 팀 대항전이라면 무조건 95와 같은 조각을 뽑는 것이 점수를 잘 받는 길이었다.

한결은 내 수를 읽은 표정이었지만 오히려 주머니를 살짝 기울여서 네모난 조각이 많은 쪽을 대어 주었다. 내가 몰래 나가서 화가 난 줄 알았는데.

속을 알 수 없는 사람을 앞에 두었을 때 으레 차오르는 답답함이 느껴졌다. 외곽에 온 이후로는 처음 느끼는 기분이었다. 한결은 삼각형으로 놓인 책상에 모여 앉을 모양을 지정해 주었다.

"같은 모양끼리 앉으세요."

한결은 95를 졸졸 따라서 강의대의 반대편으로 가는 나를 못 본 척했다. 태연한 표정을 보자마자 열이 받아서 얼굴이 뜨거워졌다.

'왜 말 안 해 주는데? 솔직하고 싶다며?'

삐딱한 생각이 입을 톡톡 건드렸다. 물류 창고를 발견한 직후보다 한결이 나를 피하기 시작하고부터 의심이 더욱 커졌다. 그가 바로 변명했다면 의식적으로라도 믿어 줬겠지만, 이젠 늦었다.

95와 함께 자리에 앉자 건너편에 앉은 60이 우리에게 손을 흔들었다. 나는 어색한 웃음으로 대답을 보냈다.

"오늘 공부할 주제는 '갈등을 피하는 법'입니다."

한결이 그렇게 말하며 바구니에서 종이 뭉치를 꺼냈다. 이미 클립으로 열 장씩 구분되어 있었다.

우리 팀의 몫을 전해 받은 95가 내게 한 장을 건넨다. 눈에 익은 형식을 보고 깜짝 놀랐다. 이건 평가지다. 눈을 감고 평가를 진행해야 해서 직업교육원에서 통째로 외워야 했던 표준 평가지. 모두가 영문을 모르고 한결을 올려다보았다.

"외곽의 주민들에게 달마다 실시되는 표준 평가입니다. 돌아가면서 한 줄씩 읽어 보겠습니다."

한결은 무작위로 사람을 지목했다. 눈으로 따라 읽다 보니 여기에는 내가 쓰던 평가지보다 문항이 더 많다는 사실을 알 수 있었다.

"동료와의 대화를 통해 의견을 조율할 수 있나요?"

"불쾌한 대화 속에서 감정을 조절할 수 있나요?"

"정답이 없는 문제로 다투는 상황에 대처할 수 있나요?"

"여러 명이 함께 있는 자리에서 경청하는 태도를 취할 수 있나요?"

"정면의 평가자가 제시하는 주제에 대해서 자신의 의견을 담아

말해 보세요."

중앙의 평가지에는 확실히 없는 다섯 문장이었다.

"외곽에서는 상대방과 갈등하지 않고 교류할 수 있는 능력을 중요하게 생각합니다. 따라서 개인이 바깥세상과 소통하는 기술을 갖고 있는지, 적절히 활용하는지 평가합니다."

한결이 또박또박 설명했다.

"오늘은 토의를 통해서 이 문항들에 적합한 태도를 배우겠습니다. 지금까지 배운 대화 기술을 잘 이용하시면 큰 도움이 됩니다. 팀 내부 회의, 상대 팀과의 토의를 모두 평가합니다. 다섯 문항은 여러분에 대한 평가 기준으로 사용됩니다."

95와 같은 팀에 들어오기를 잘했다. 서로 이야기를 나눌 생각에 파랗게 질려 가는 다른 사람들과 달리, 95는 기대된다는 듯이 교재를 넘겨 보며 배운 내용을 떠올리고 있었다.

"주제를 제시하겠습니다."

한결이 강의대를 손가락으로 몇 번 두드렸다. 강의실의 정면에 설치된 버블이 반짝이며 문장을 띄웠다.

"이번 주의 단체 현장 학습 장소를 선택해 봅시다. 조별로 하나의 의견을 선택하세요."

한결은 문장을 읽어 준 후에 강의대에 손바닥을 올렸다. 주변의 버블이 활성화되더니 세 변의 책상 사이에 칸막이가 올라왔다. 시작하라는 신호였다.

내가 한결을 지그시 노려보는 동안, 95가 주변에 앉은 사람들과 인사를 시작했다. 나는 95의 도움을 받아서 어색한 인사를 나누고, 한결을 쳐다보지 않기 위해 노력했다.

"어떤 장소가 좋을까요?"

내 시선은 책상 중앙에 놓인 작은 깃발로 향했다. 3이라고 적혀 있었다. 우리가 3조라는 뜻이겠지. 같은 조가 된 사람들은 나와 95를 제외하고 다섯 명. 이제 어느 정도 얼굴이 기억났다. 그들도 95의 탁월함을 기억했는지 자연스럽게 95가 주도권을 쥐게 되었다.

"이번 수업과 맥락이 맞는 곳이어야겠죠?"

질문의 형식이지만 속뜻은 제안이다. 다행히 이제 우리는 '그런가요?'라고 되묻는 단계를 지나왔다. 모두가 제안을 이해하고 고개를 끄덕였다.

"이번 주에는 정확히 뭘 배우는 걸까요?"

조심스러운 의문이 제기되자 모두가 입을 닫았다. 오늘 수업이 시작된 지 얼마 되지도 않았다. 강의를 듣기도 전에 어떻게 실습 장소를 선택하지? 모순이었다. 교재를 살짝 들춰 보았지만 허사였다. 교재는 항상 활자로 가득했는데, 4주 차라는 제목 이외에는 모두 빈칸이었다.

'뭘 하라는 거지?'

빈 종이를 뚫어져라 쳐다보니 떠오르는 바가 있었다. 얼마 전에 한결에게 들은 단어였다.

"회의."

내가 중얼거리자 95가 내게 쏜살같이 시선을 돌렸다. 자연스럽게 모두의 시선이 쏠렸다. 당황해서 얼굴이 새빨갛게 달아올랐지만 95의 재촉하는 눈빛을 무시하지 못했다. 억지로 다시 입을 열었다.

"교재가 비어 있어요. 아마 여기다가 적어 가면서 의논하라는 뜻이겠죠."

나는 교재를 펼쳐서 앞으로 내밀었다.

"강의의 주제가 '갈등을 피하는 법'이라고 했잖아요. 평가 기준을 제시하기도 했고요. 아마…… 우리끼리 싸우지 않고 의논하는 게 이번 주의 핵심 아닐까요?"

95가 미간을 구기고 웃으면서 고개를 끄덕였다. 언뜻 보면 불쾌해 보이지만 아니었다. 저건 95가 한참 집중하다가 비로소 이해했을 때 짓는 표정이었다. 다른 사람들도 동의하는 모양인지 끄덕이는 움직임이 물결처럼 번졌다.

"좋아요. 그럼 갈등을 피하는 것과 관련된 장소를 떠올려야겠네요."

95가 들떠서 펜을 쥐었다.

"장소는 어떻게 고르죠?"

"일단 지금까지 가 봤던 장소들을 말해 보면 어떨까요?"

괜찮은 의견이었다. 우리는 돌아가면서 3주간 다녀온 장소들을 이야기하기 시작했다.

설명을 덧붙여야 하는 장소도 간혹 있었지만 대부분 비슷했다. 첫째 주에는 평가자와 마주 보고 이야기를 나누고, 둘째 주에는 사람들의 얼굴을 관찰하고, 셋째 주에는 실외에서 하염없이 돌아다녔다. 내가 다녀온 곳들과는 많이 달랐다.

"너는…… 07님은 어디를 다녀오셨어요?"

95가 얼른 말을 높였다. 공식적 말하기 상황에서는 사적인 사이더라도 말을 높이는 것이 예의였다. 나는 순서대로 이야기했다. 영화관, 도서관, 상업 구역. 모든 시설에 설명을 덧붙여야 했다. 내가 간 장소들은 일반적인 선택지가 아니었던 모양이다. 와아, 하는 탄성 뒤에 이야기가 와르르 몰렸다.

"독특한 곳을 많이 가셨네요."

"영화관이 있어요?"

"여기도 도서관이 있어요?"

"재밌었겠다. 어떤 평가자님 담당이세요?"

나는 망설이다가 마지막 질문에만 대답하기로 했다. 고개는 돌리지 않고 엄지손가락으로 뒤에 놓인 강의대를 가리켰다. 순식간에 부러워하는 눈빛이 몰려들었다.

달가운 반응은 아니었다. 지금 내게 한결은 남들의 부러움을 사는 평가자가 아니라 나를 피하는 친구였다. 95가 내 표정을 살피더니 펜을 딸깍 내려놓아서 조원들의 주의를 돌렸다.

"그럼 우리가 다녀온 대표적인 장소는 찻집, 평가원 사거리, 시청으로 정리할 수 있겠네요."

"이번 주에 갈 만한 장소로는 전부 적합하지 않은 것 같아요."

조원 하나가 아쉬운 듯이 한숨을 쉬자, 손을 들고 반박하는 사람이 있었다.

"찻집은 괜찮은 것 같아요. 이야기를 나누다 보면 갈등이 일어날 수 있잖아요? 자연스럽게 찻집에서도 갈등을 피하는 방법을 연습할 수 있는 거죠."

"아니죠. 찻집에서 누가 갈등까지 일으키겠어요? 다들 차분하게 이야기하던데요."

"다들 갈등을 피하는 법을 배웠으니까 그랬겠죠. 우리는 연습하는 사람들이니까, 충분히 실습할 만한 장소가 아니겠어요?"

"저는 그렇게 생각하지 않는데요."

중간에 끼어든 사람들까지 가세해서 말이 섞이기 시작했다. 몇몇이 목소리를 돋우자 그들의 의견을 받아 적던 95의 눈빛이 살짝 흔들렸다.

"그럼 본인은 어떻게 생각하세요?"

찻집을 제안했던 사람이 질문을 되돌려 주었다. 기분이 상한 기색이 역력했다. 반박을 하던 사람들이 각자의 의견을 늘어놓는 동안, 나는 자연스레 그들의 표정을 살피기 시작했다. 지금까지 입을 연 사람들은 모두 눈에 띄게 표정이 어두워졌다. 예감이 좋지 않았다.

재빨리 뒤를 돌아보니 한결이 우리를 주시하고 있었다. 정확히는 표정이 변한 사람들을. 형식적으로 웃고 있었지만 자세히 보면 가짜였다. 저건 내가 설명을 제대로 이해하지 못하고 헛소리를 늘어놓을 때 짓는 표정이다. 그가 무언가 적기 위해서 펜을 들어 올리는 순간, 나도 모르게 입이 열렸다.

"제 생각에는!"

한결의 손이 멈추었다. 다행히 내가 누군가의 말을 끊지는 않았는지 모두가 온화한 표정으로 나를 돌아봤다.

"정해진 답은 없는 것 같아요. 그냥 우리가 어떻게 생각하는지, 서로의 감정을 잘 살피면서 이야기를 나누기만 하면 되는 게 아닐까요?"

나는 그렇게 말하면서 한결의 방향을 눈짓하지 않으려고 애썼다. 이미 알고 있는 한결의 습관을 이용하는 건 반칙 같았다. 하지만 95는 내가 문장을 끝내자마자 한결 쪽을 쳐다보더니, 무언가를 쓰려는 자세로 멈춘 한결을 보고 벌떡 일어났다.

"그렇네요. 평가 기준을 잊을 뻔했어요. 앞으로 의견은 돌아가면서 말하면 어떨까요? 다른 사람들은 조용히 기다리거나, 동의만 해 주는 거예요."

95가 주변을 살피다가 책상 중앙에 놓인 깃발을 뽑아서 자기

오른쪽 사람에게 건넸다.

"자기 순서에는 이걸 들고 있도록 하죠. 그럼 말싸움이 일어나지 않을 거예요."

95가 바로 제안하자 표정이 나빠졌던 사람들이 납득하는 기색을 띠었다. 95의 오른쪽 사람이 깃발을 어깨까지 들어 올리고 말을 시작하자, 모두가 조용히 이야기를 들었다. 못마땅해 보이는 사람도 있었지만 결국 입을 열지는 않았다.

한결은 펜을 든 손으로 괜히 입가를 문질렀다. 미소를 가리려는 듯이. 순간 밀려온 애틋한 기분은 도망친 한결을 떠올리자 금세 사라졌다. 서러움과 오기가 동시에 머릿속에 밀려들었다.

'그래. 마음대로 해.'

나도 내 마음대로 할 테니까.

한결이 설명해 주지 않는다면 직접 알아낼 것이다. 가장 좋은 방법은 제한 구역에 다시 가 보는 것이겠지. 창고에서 상자들이 빠져나가던 모습을 기억한다. 상자가 도착하는 곳을 확인한다면 상황이 더 명료해질 것이다. 다시 제한 구역에 들어갈 방법이 필요했다.

마침 상황도 나쁘지 않다. 현장 학습 장소를 정할 기회를 주다니, 한결이 실수한 셈이다. 가장 좋은 방법은 당연히 현장 학습을 갔다가 몰래 빠져나가는 방향일 테니까. 최대한 제한 구역에 가까운 곳으로 결정되면 훨씬 수월할 것이다.

'내가 이 그룹과 스무 명 모두를 설득해야겠지만.'

물론 잘만 하면, 설득하지 않아도 될지 모른다. 비겁하지만 효과적인 아이디어가 떠올랐다. 가장 중요한 사람만 납득시키면 되지 않나?

"정말 좋은 생각이네요."

95가 방금 발언한 사람을 향해서 환하게 웃었다. 95는 한결이 다녀간 후로부터 줄곧 동의하는 말을 반복했다. 완벽한 비언어적, 언어적, 반언어적 표현으로 동의하는 얼굴을 만들었다. 절대로 싸우지 않겠다는 굳건한 의지가 느껴졌지만 전혀 진심 같지 않았다. 내게는 진심으로 동의하게 만들어야 한다.

"다음은 07님이 말씀해 보시겠어요?"

옆 사람이 공손하게 깃발을 건넸다. 나는 깃발을 양손으로 받고 숨을 후, 내쉬었다.

"저는 도서관에 가 봤으면 좋겠어요."

95의 눈이 반짝였다. 성공의 징조였다.

"첫째, 외곽의 도서관에는 논쟁 거리가 될 만한 도서가 많아요. 책을 선정해서 읽은 후에 책과 관련된 의논을 하면 갈등을 예방하는 법을 실습할 수 있을 거예요."

책을 읽는 척 나갔다 올 수도 있고 말이지. 다행히 95가 열성적으로 고개를 끄덕였다.

"둘째, 외곽의 도서관에는 이야기를 나눌 수 있는 공간이 있어요. 미리 예약을 부탁하면 우리 모두가 함께 들어갈 방을 빌릴 수 있을 거예요. 만약 갈등이 발생하더라도 주변 사람들에게 불편을 주지 않으니까 공동체에게 덜 위험하지 않을까요?"

물론 가장 중요한 이유는, 도서관이 평가자의 눈을 피하기 쉽고 제한 구역에 가까운 곳이기 때문입니다. 137-02정도면 나쁘지 않죠. 제한 구역까지 뛰어서 십 분이면 가니까요. 마지막 문장은 꿀꺽 삼켜 버렸다.

변명을 마치고 내 다음 사람, 95에게 발언권을 넘겼다. 95는 잠시 망설이더니 열심히 써 놓은 메모를 한쪽으로 밀어 버렸다.

"저도 도서관이 좋을 것 같아요."

나는 속으로 회심의 미소를 지었다. 현장 학습 장소가 정해지는 순간이었다. 95는 내가 급히 지어낸 변명 거리보다 훨씬 설득력 있는 근거를 들어서 부드럽게 제안했다. 홀린 듯이 고개를 끄덕이는 사람들의 모습을 보아하니 더 들을 필요도 없었다.

"제가 마지막이죠? 이제 결정할까요?"

95가 깃발을 테이블 중앙에 내려놓았다.

"지금까지 몇 개나 나왔죠?"

"사람이 많으니까 헷갈리네요."

"겹치는 의견들이 있었죠? 그건 하나의 의견으로 보아야 하나요?"

각자 자신의 교재를 들여다보면서 조원들이 웅성거렸다. 95는 한 순간도 빠지지 않고 받아 적고 있었지만, 본인의 의견을 준비하는 동안 몇 개를 듣지 못해서 헷갈리는 모양이었다.

내 메모를 95쪽으로 살짝 밀어 주니 95는 고맙다는 듯 진심 어린 미소를 지었고, 나는 죄책감을 느꼈다. 자연스럽게 거짓말을 했다는 생각이 뒤늦게 들었다.

95가 장소의 목록을 쭉 읽었다. 겹치는 장소를 제외하면 다섯 개다.

"그럼 골라 볼까요?"

"잘 안 보여요."

"제가 크게 적어서 가운데에 내려놓을게요."

"저도 적을게요."

대화가 흘러가는 모양새로 보아 지금까지 나온 장소들 중에서 선택을 할 모양이었다.

"이제 어떻게 정하면 좋을까요?"

"장소별로 원하는 사람의 수를 세어 볼까요?"

"많은 사람들이 원한다고 해서 적합한 장소인 건 아니죠."

"가기 싫어하는 장소는 당연히 부적합한 거잖아요."

"그렇게 단순하게 생각하면 안 될 것 같은데요."

슬슬 대화가 과열되려는 조짐이 보였다. 나도 말을 얹고 싶어졌다. 무조건 많은 사람이 선택한다고 해서 옳은 선택지라는 보장은 없다. 나야 95에게 얹혀 가는 형편이니 다수결이 유리하지만,

논리적으로는 옳지 않다.

반박하고 싶었지만 평가 기준이 떠올라서 입을 꾹 닫았다. 다른 사람의 의견을 경청할 수 있나요? 경청하려면 반박하면 안 되는 거겠지. 우리가 지금까지 배운 표현으로는 동의밖에 할 수 없다. 긍정적인 감정을 나타내거나, 읽거나, 동의하거나. 외곽은 항상 웃는 곳이다.

95가 양손을 들면서 중재했다.

"지금 상황에서는 수를 세는 게 가장 공평하지 않을까요?"

95에게 주어진 인상은 강력했다. 가장 뛰어난 사람. 다수결을 반대하려던 사람도 수긍하고 물러섰다.

"어떻게 세어 볼까요?"

"음, 모두 앉아 있다가 원하는 장소가 나오면 일어날까요?"

"자기가 원하는 장소에 동그라미를 그려도 좋겠어요."

"손을 드는 건 어때요?"

"손을 들면 편하겠네요."

싫은데. 나는 혼자 생각했다. 나는 의견을 제시해야 할 때와 한 결을 발견했을 때를 제외하고 한 마디도 하지 않았다. 목소리를 높이고 싶지 않았다. 사람들이 나를 보는 게 겁났고, 누군가 내 의견을 반박하거나 우습게 여길까 봐 무서웠다.

'다른 사람들은 어떻게 이렇게 잘 말하는 거지?'

은근슬쩍 조원들을 살피니 함께 둘러앉아 있지만 모두가 대화에 참여하지는 않는다는 사실이 보였다. 95를 포함한 세 명이 모든 대화를 주도하고, 나머지 네 명은 나와 똑같이 입을 닫고 있다.

배운 감정이 아니라서 잘은 모르지만 불만이 있는 것 같다. 나머지 네 사람은 나와 비슷하다는 거겠지. 나서는 행동과 의견 내세우기를 어려워한다는 뜻이다. 가만히 보니 아까 의견을 이야기할 때 유난히 목소리가 작았던 사람들이었다. 소극적인 사람들이 직접 의견을 나타내지 않고도 의논을 마무리할 수 있다면 마음이 편할 텐데.

'뭔가 방법이 없나?'

95가 장소를 부를 순서를 정하는 동안 내가 무엇을 찾는지도 모른 채 잽싸게 주변을 둘러보았다. 무언가가 내 시선을 붙잡아서 아이디어를 주면 좋을 텐데.

그리고 시선이 멈추었다. 한결이 강의대 아래로 내려놓은 제비 주머니에서. 한결은 아무런 갈등도 일으키지 않고 우리를 세 팀으로 나누었다. 중앙에서처럼, 보이지 않았기 때문에 가능한 일이었다.

"저기요."

비장하게 말했지만 목소리가 너무 작았다. 다행히 바로 옆에 앉은 95가 내 목소리를 들었다.

"할 말 있……으세요?"

95가 어색하게 존댓말을 하다가 제풀에 웃었다. 덕분에 용기를 얻었다.

"우리 거수를 하는 대신 글로 쓰면 어떨까요?"

95는 바로 알아들은 기색이었지만, 다른 사람들은 고개를 갸웃했다.

"이렇게 하는 거죠. 교재를 한 장 찢어서……."

내 교재를 한 장 뜯어냈다.

"여기다가 자기가 원하는 장소를 골라 적는 거예요."

펜을 들어서 쓰는 시늉을 했다.

"그리고 음…… 여기에 담는 거죠."

한결의 제비 주머니를 허락 없이 쓸 수는 없었다. 나는 95가 메고 다니는 가방을 가리켰다. 95는 내 의도를 이해하고 가방을 비우기 시작했다. 가방에서 책이 우수수 쏟아졌다.

"모두가 종이를 넣고 나면 한번에 열어서 모두 함께 확인하는 거예요."

동의하는 목소리는 들리지 않았다. 그 대신 마음이 가벼워 보이는 표정들이 눈에 띄었다. 조용했던 사람들도 마음에 들어 하는 것 같았다. 들려오는 목소리에는 의문이 더 많았다. 한 번에 여러 명이 이야기하는 바람에 정확히는 모르겠지만 대충 왜 그런 번거로움을 감수하냐는 뜻이었다.

'눈에 보이면 무서우니까요.'

나는 그렇게 대답하려다가 멈추었다. 외곽에 온 이유는 그 정반대가 아니었나? 나 스스로도 모순이 느껴지는 말이었다. 나 대신 가방을 책상에 올린 95가 대답했다.

"더욱 공정하지 않을까요? 서로의 눈치를 살피지 않아도 되니까요. 바로 옆 사람이 제안한 장소인데 손을 들지 않으면 마음에 걸릴 수도 있잖아요."

"그렇게는 생각해 보지 못했네요."

"뭐, 좋습니다. 거수와 크게 다르지도 않네요."

나는 몰래 안도의 한숨을 내쉬었다. 마음을 놓고 의자의 등받이에 기대다가 뒤통수를 부딪쳤다. 체온이 느껴지는 정장 재킷에. 언제 왔는지 한결이 바로 뒤에서 지켜보고 있었다.

나는 습관처럼 그의 눈을 마주 보려다가 시선을 바닥으로 내리꽂았다. 등 뒤에서 한결의 움직임이 느껴지나 싶더니 그가 95에게 주머니를 건넸다.

"제비 주머니입니다. 사용하세요. 익명 투표는 갈등을 피하기에 효과적이라고 입증된 방법이죠."

그가 돌아서자 조원들의 표정이 삽시간에 밝아졌다. 칭찬을 받았다. 우리가 공부를 잘해 나가고 있다는 뜻이었다. 투표를 진행하고 조원들이 들떠서 이야기를 나누는 사이에 주어진 시간이 끝났다.

"이제 각 조의 의견을 들어 보고, 어떻게 의견을 모았는지도 청취하겠습니다. 그리고 모두가 동의할 수 있는 장소를 선택할 겁니다."

한결은 우리에게 쉬는 시간을 주고 강의실을 빠져나갔다. 나는 아쉬운 건지 안심한 건지 모르겠는 기분이 되어서 책상에 엎드려 버렸다. 사방에서 신경을 긁는 느낌이었다. 머리가 아파지려고 했다. 95를 이용했다는 기분을 떨칠 수가 없었다.

"있잖아."

코앞에서 들린 목소리에 눈을 번쩍 떴다. 똑같은 자세로 엎드린 95가 보였다.

"왜?"

"왜 도서관으로 가자고 했어?"

물어봐 주어서 다행이었다. 마음이 무거워져서 화가 날 지경이던 참이다.

"사실 내가 가 보고 싶은 곳이 있거든."

"거길 가자고 하면 되잖아."

큰일 날 소리. 나는 어쩔 수 없다는 듯이 웃었다.

"근데 혼자 가고 싶었어. 그래서 내일 몰래 잠깐 갔다 올까 했지. 도서관이랑 가깝거든."

"아, 뭐야. 역시."

"역시?"

나는 뜨끔해서 되물었다. 95가 팔에 고개를 더 깊게 묻었다.

"너 다른 생각 하는 거 같았어. 도서관이 제일 낫다고 생각 안

했지?"

"거짓말해서 미안해. 네가 편을 들어줬으면 했어."

솔직하게 고개를 끄덕였다. 책상에 머리를 들이박는 듯한 모양새였지만, 95는 사과를 받아 주었다.

"이제 솔직히 말해 봐. 어디가 제일 적합할 거 같아?"

95가 속삭이며 얼굴을 가까이 했다. 주변에 들리지는 않겠지? 살짝 고개를 들어서 양 옆을 살피고 나도 속삭였다.

"여기."

"여기?"

95가 눈을 크게 떴다. 예상한 답변이 아닌 모양이었다.

"여긴 평가원이잖아. 우리가 여기를 교육원처럼 쓰고 있으니까 잊어버리기는 쉽지만, 이 분야의 전문 기관이고. 126이 괜히 여기서 쓰는 평가 기준을 읊어 준 건 아니라고 생각해. 힌트였던 것 같아."

95가 납득한 듯이 고개를 끄덕였다. 그의 이마가 책상에 작게 부딪혔다.

"그럼…… 여기서 어떤 공부를 하면 될 거 같아?"

"정기 평가를 받으면 되지. 일반 주민이 평가받는 걸 참관해도 좋고. 갈등 피하는 법을 배우기에는 여기가 최적인 거 같아."

95는 눈을 도록도록 굴리면서 내가 한 말을 곱씹었다.

"그렇네. 정말 좋은 생각이다."

95가 작게 웃으면서 말했다. 이번에는 진심이었다. 언젠가 외곽에 익숙해진 95가 감쪽같이 연기를 한다면 서운하겠다는 생각이 들었다. 나는 계속 궁금했던 것을 95에게 물었다.

"동의만 해야 하는 거, 거슬리지 않았어?"

95가 자세히 말해 보라는 듯이 눈썹을 들어 올렸다.

"사람들이랑 같이 이야기를 나누면 더 좋은 의견이 나올 줄 알았는데, 서로 눈치만 봐야 했잖아. 썩 좋은 의견도 못 얻고 다툼도 간신히 피한 거 같아."

"그래도 서로 동의해 주니까 안 싸웠잖아. 외곽 생활에는 이 정도면 충분하지 않아?"

"무조건 좋은 생각이라고 말하는 건 거짓말이야. 가끔은……."

망설이다가 내뱉었다.

"중앙이랑 다를 게 뭔가 싶어. 서로에 대해서 아무것도 모르는 건 똑같은 거 같아. 난 네 진짜 생각을 알고 싶어서 너랑 이야기하는 건데."

"숨기기만 하는 건 오히려 싫다는 말이지?"

"응."

95는 책상 밑에서 발을 톡톡 두드리며 고민했다.

"음, 난 사실을 몰라도 괜찮은 거 같아."

"괜찮다고?"

나는 충격을 숨기려고 애써 태연하게 상체를 일으켰다.

"너한테 불만이 있는데 말 안 하고 웃기만 해도 괜찮아?"

"글쎄. 내가 모른다면 상관없지 않을까?"

싸우지만 않으면 괜찮은 건가? 우리가 하는 말이 다 거짓말이고 짓는 표정이 다 연기가 되어도? 95가 갑자기 낯설었다.

자기가 모르면 상관없다니. 나는 우리가 모두 버블에서 나오고 싶어서 외곽으로 왔다고 생각했다. 95는 여전히 자기만의 버블 안에 숨어 있는 걸까? 아무도 진심으로 믿지는 않고, 믿는 척하는 관계만으로도 충분하다고 여기면서?

나는 말을 조심스레 골라서 다시 물었다.

"그럼 내가 너한테 엄청 중요한 일에 대해서 거짓말해도 괜찮아?"

"내가 큰 차이를 느끼지 않는다면 괜찮을지도 모르지."

참지 못하고 미간을 구겼다. 나는 모르겠다. 그건 정상이 아닌 것처럼 느껴진다. 나는 외곽에서도 다른 모양으로 존재할 뿐이던 중앙의 규칙들을 떠올렸다.

서로 대화를 나누지 말라는 중앙의 규칙은 서로가 동의할 만한 화제로만 대화를 나누라는 외곽의 규칙으로 탈바꿈했다. 밖에서는 눈을 감고 걸으라는 중앙의 규칙은 대화를 원하는 것이 아닌 이상 타인을 빤히 바라보지 말라는 외곽의 규칙이 되었다. 이게 다 무슨 소용일까?

우리는 여전히 자신만의 버블에 동그랗게 갇힌 채, 서로의 공간으로 들어갈 시도조차 할 수 없는 것이다.

나는 대체 무슨 자신감으로 한결을 믿기로 했을까. 실제로 그와 가까웠던 순간이 있기라도 했을까. 별안간 외곽 평가원에서 배워온 모든 것들에 거대한 회의감이 느껴졌다.

'나는 왜 외곽으로 왔지?'

조용히 되짚어 보았다. 나는 중앙과는 다른 삶을 바라고 외곽으로 왔다. 중앙과 외곽이 똑같은 곳이라면 외곽에 머물 이유가 없었다. 하지만 아직 떠날 수도 없었다. 숨겨진 진실을 알아내기 전에는, 도저히 발이 떨어지지 않았다.

'혼자 해낼 수 있을까?'

나는 눈썹을 구기면서 손바닥으로 이마를 짚었다. 도서관에서 제한 구역까지 달려가는 시간과, 제한 구역 안에서 허락된 시간을 가늠했다.

'위험해.'

도서관에서 제한 구역까지 가는 경로가 기억나지 않았다. 도서관에서 무사히 빠져나갈 방법도 필요했다. 내가 사라진 동안 누군가 내 부재를 알아차릴 위험이 너무 컸다. 혼자는 할 수 없었다.

누군가 나를 도와준다면 가능할지도 몰랐다. 하지만 한결은 나를 돕지 않을 것이다. 그럼 누가 날 도울 수 있지?

나는 천천히 얼굴에서 손을 떼고 자세를 바로잡았다. 95도 나를 따라서 바르게 앉았다. 그는 오묘하게 굳어진 내 표정이 무슨 의미인지 알아내려고 눈을 찡그리고 있었다. 나와 같은 거짓말에 속고 있는, 내 친구.

믿을 수 있을까?

짧은 망설임이 스쳐 지나갔다. 한결이 선사한 배신감의 기억은 95를 믿을 수 있겠냐고 소리쳤다. 하지만 외곽에 온 것은 내 선택이었다. 한결을 믿고 집을 떠났기 때문에 나는 비밀의 문턱에 발을 들인 것이다. 그건 분명히 옳은 선택이었다.

나는 한 번만 더 시도해 보기로 했다. 95를 믿어 보기로 했다.

*

강의실의 반대쪽 구석에서 웃음소리가 와르르 쏟아졌다. 동기들이 수업의 피로에서 회복하고 있었다. 시계를 보지 않아도 쉬는 시간이 끝나 간다는 것을 알 수 있었다.

"나, 너한테 말하고 싶은 게 있는데."

95가 기꺼운 듯이 허리를 세웠다. 나는 상처받고 싶지 않았다. 하지만 부딪히지 않으면 알아낼 수 없다.

"뭔데?"

"말하고 싶긴 한데, 비밀을 지켜 줘야 돼. 괜찮겠어?"

95는 머뭇거리지도 않고 알겠다고 대답했다.

'말해도 될 것 같아.'

책상에 엎드리며 95에게도 엎드리라고 손짓했다.

"무슨 얘기를 하려고 그래?"

나는 숨을 깊게 들이쉬고, 95를 향해 달려갈 준비를 끝냈다. 나를 보호하던 단단한 버블을 거두었다. 그에게 온몸으로 부딪힐 각오를 했다. 95는 나를 받아들여 줄까? 한결처럼 나를 튕겨 내서 바닥에 나동그라지고 다시금 상처 입게 만들까? 이제 망설임은 의미가 없었다. 나는 95의 진심을 알아야 했다.

나는 내 손바닥 밑으로 튀어나온 교재의 귀퉁이에 글씨를 쓰기 시작했다.

제한 구역에 들어가 봤어.

95는 무서울 정도로 눈을 번쩍였다. 간신히 질문을 참는 표정으로 내가 쓴 문장 밑에 글씨를 적었다.

뭐가 있었어?

펜을 한 번 꾹 잡았다.

아직 잘 모르겠어. 다시 가 보고 싶어.

물류 창고에서 본 광경들을 적자 95는 혼란스러운 표정이 되었다. 내가 휴일 내내 했던 생각들을 하고 있겠지. 나보다 훨씬 일찍 의심을 시작했으니, 나와 같은 결론에 훨씬 빠르고 정확하게 도달할 것이다.

나는 95가 정보를 흡수하기를 기다리면서 지나가는 사람을 피하려고 노트 위로 머리카락을 늘어뜨렸다. 생각을 정리한 95가 머리카락을 헤치고 작게 *끄*적거렸다.

근데 어떻게 가려고?

현장 학습일에 몰래 가 보려고.

95가 입을 딱 벌렸다. 새어 나온 숨이 내 손등에 닿았다.

길은 어떻게 찾으려고?

방법이 있어. 네가 도와주면 알아낼 수 있어.

교재의 빈 공간이 떨어졌다. 우리는 천천히 허리를 폈다. 95가 자기 교재로 내 교재를 가려 주는 동안 페이지를 찢어서 주머니에 쑤셔 넣었다. 숙소로 돌아가서 싱크대에 담가 버려야겠다.

"어떻게 생각해?"

95는 입이 생각을 따라가지 못하는지 입술만 몇 번 뻐끔거렸다. 걱정스러운 듯이 교재의 귀퉁이를 만지작거렸다. 그리고 마침내 말했다.

"좋아. 나한테 말해 줘서 고마워."

나는 온몸을 타고 오르는 안도감과 해방감에 어깨를 떨었다. 나는 그를 믿었다. 그는 나를 믿었다. 우리는 안전했다. 나는 그의 버블 속으로 무사히 들어섰다.

95가 교재의 다음 페이지를 펼쳤다. 펜이 닿는 곳을 손으로 가리더니, 내게만 보이도록 기울였다. 95가 말했다.

"신뢰의 증표야."

나는 95의 펜이 움직이는 모습을 뚫어져라 살펴보았다. 펜의 끝에서 세 글자가 튀어나왔다.

정선호.

95의 이름이었다. 나는 그의 이름이 마음속으로 가라앉을 때까지 기다렸다가 펜을 들었다.

이은영.

선호가 묘한 표정으로 웃음을 참았다. 나도 저 기분을 알았다. 뱃속이 간지럽고 어깨가 말리는 감정. 이제 한결은 내게 유일한 사람이 아니었다. 비로소 땅에 두 발을 붙이고 선 기분이었다. 이제 달려 나갈 준비가 되었다.

"이따가 저녁에 나랑 실습 약속이 있다고 해 줄 수 있어?"

나는 아까처럼 엄지손가락으로 강의대를 가리켰다. 선호가 눈을 가늘게 떴다.

"오늘 저녁? 뭘 하려고 그래?"

"사전 답사."

선호는 비장하게 고개를 끄덕였다. 선호의 표정에서 나는 동질감을 읽었다. 위험을 감수해서라도 비밀을 알아내야만 직성이 풀리는 사람의 얼굴이었다.

내 목적을 알게 된 선호는 우리 조를 대표해서 조별 논의에 나섰다. 다른 조에도 한결의 의도를 눈치챈 사람이 있었다. 옆 조가 평가원이 왜 적합한 현장 학습 장소인지 완벽한 논리로 주장했지만, 우리 조에게 제대로 반박하지는 못했다.

반면 선호는 평가원이 한결이 의도한 답이라는 걸 이미 알고 있었다. 그는 꽤 자세히 생각해 둔 반박을 청산유수로 내뱉었다. 도서관이 완벽한 장소라고 나까지 착각할 만큼 설득력 있는 주장을 했다. 한결도 절로 고개를 끄덕일 정도였다.

　도서관은 우리의 최종 결론이 되었다. 선호는 당당하게 어깨를 펴고 돌아왔다. 환호하는 조원들 틈에서 나는 그를 향해서 고개를 살짝 숙였다.

　'고마워.'

　선호는 같은 행동으로 응답했다.

　'별말씀을.'

18

한결은 수업이 끝나자마자 도망치듯이 사라졌다. 집으로 돌아갔거나 사무실에 틀어박혔을 것이다. 찾아가서 문을 두드릴 수도 있었지만, 내버려 두기로 했다. 말해 주지 않겠다는 태도가 너무 완고했다.

나는 손톱을 물어뜯으며 거실에서 통금 시간이 되기를 기다렸다. 생각이 꼬리에 꼬리를 물었다. 외곽은 평가원이 우리에게 알려 준 모습과 너무 다르다. 지나치게 말끔한 평가원, 제한 구역에 대해서 집착적으로 숨기려는 모습, 어마어마한 규모의 창고까지.

걸리는 부분이 이렇게 많은데 어떻게 지금까지 몰랐을까? 제한 구역은 숨겨진 외곽의 이면이다.

하지만 무턱대고 뛰쳐나갈 수는 없다. 섣불리 덤비면 바로 압박해 올 것이다. 로비에서 모든 직원의 시선이 내게 꽂히던 순간을 떠올리자 오싹했다. 의심을 피하려면 언제 도망치고 어디에 숨을지 계획해야 했다.

적어도 오늘의 계획은 완벽했다. 본인의 담당 평가자인 51을 통해 한결에게 거짓말을 전달한 선호 덕분이었다. 한결을 포함한 평가자들은 내가 숙소에서 선호와 시험 공부를 하는 중이라고 알고 있었다. 선호가 내 알리바이를 위해 숙소에 와 있는 건 사실이었다.

"일곱 시야."

선호가 초조하게 말했다. 항상 한결이 앉아 있던 소파에 선호가 앉으니 어색했다.

51은 평가자가 동반한다는 조건 하에 그가 밤새 여기에 머물러도 좋다고 허락했다. 한결은 고맙게도 상사에게조차 보고하지 않은 채 자기 버블 속으로 도망친 모양이었다. 이제 거리낄 것이 없었다. 마침내 행동할 시간이었다.

"좋아. 지금 가야겠다."

나는 숨을 가다듬었다. 시계가 일곱 시를 가리켰다. 평가자들이 집으로 돌아가고, 예비 주민들은 숙소로 돌아오고, 대부분의 직원들은 퇴근한 후 당직만 남는다.

현관에 서서 문에 귀를 대었다. 아무 소리도 나지 않았다. 데스크 직원들이 가방을 챙겨서 퇴근하는 발걸음 소리는 분명히 확인했다.

"잘 어울린다."

선호가 긴장한 표정으로 어렵사리 웃었다. 나는 혹시 모를 위험에 대비해서 한결이 놓고 간 정장을 입었다. 어깨와 품이 한참 남았지만, 언뜻 보면 정장 차림인 것과 지나가다가 보아도 평가원 차림인 것은 많이 달랐다.

'할 수 있어.'

나는 손가락을 넘어서는 정장 소매를 꽉 움켜쥐고 문고리를 돌렸다.

철컥.

당황해서 문고리를 두 손으로 쥐고 다시 돌렸다.

철컥, 철컥.

선호의 얼굴이 하얗게 질렸다. 문이 잠겨 있다. 통금 강화! 4주 차에는 통금이 강화된다고 했다. 설마 문이 잠길 줄은 몰랐는데…….너무 중요한 부분을 간과했다.

"어떻게 나가지?"

선호가 물었다. 어떻게 밖으로 나갈 수 있지? 나는 주먹을 움켜쥐고 기억을 되살렸다.

"어떻게 해?"

선호가 떨리는 손으로 문고리를 밀며 물었다.

"우선 문은 그만 흔드는 게 좋겠어. 아무 소용 없는 짓이야."

선호가 문고리에 손을 데기라도 한 듯이 황급히 놓았다.

'지금까지의 외출과 뭐가 다르지?'

나는 문고리를 한 번, 초조하게 손가락을 움직이는 선호를 한 번 쳐다보았다. 일행이 달라졌다.

한결과 함께 있을 때는 어느 문이든 자유롭게 오갔다. 통금은 있지만 실습이 길어져서 시간 외 외출로 뒤늦게 저녁을 먹으러 간 적도 있고, 물건을 꼼꼼히 챙기지 못하는 한결이 밤에 사무실을 오가는 모습도 보았다. 평가자들은 자유롭게 출입할 수 있는 것이 분명하다. 한결이 특정한 행동을 취하는 건 본 적이 없다.

'아마 한결이 들고 다니는 무언가……'

번뜩 기억이 났다. 로비에서 데스크 직원이 한결에게 출입증을 요구했을 때 한결이 뭘 넘겼더라? 나는 한결의 정장이 들어 있던 옷장을 벌컥 열었다.

"평가자들이 갖고 다니는 핀, 어떻게 생겼는지 기억나?"

"기억나."

선호가 내 옆에 잽싸게 주저앉아서 서랍을 뒤지기 시작했다. 피가 마르는 몇 분이 흐르고, 선호가 외쳤다.

"찾았다!"

선호가 내게 핀을 하나 넘겨주었다. 평가원 마크 모양으로 만들어진 라펠 핀. 126이라고 음각된 핀 몇 개가 다행히 남아 있었다. 직원이 분명히 이걸 출입증이라고 불렀다.

라펠 핀을 쥐고 문 앞에 섰다. 혼자 매달렸을 때와는 다르게, 손잡이가 부드럽게 돌아갔다.

"열렸다."

"열렸어."

우리는 동시에 속삭였다. 라펠 핀이 문과 가까이 있으면 열리는 장치인 것이 틀림없다. 반쯤 열린 문틈으로 빠져나가려는데 갑자기 발이 떨어지지 않았다.

난 굉장한 사고를 칠 계획이다. 공동체의 커다란 비밀을 알아낸 대가로 위협당할 수도 있었다. 어쩌면 한결이 도와주더라도 벗어날 수 없는 말썽일지도 모른다. 한결이 명시적으로 내게 숨기는 사실을 캐내는 셈이니, 아마 도와주지 않겠지.

그러니까 이건 나 혼자만의 일이 아니라 나와 한결의 관계를 비틀 선택의 기로였다. 하지만 멈추기에는 너무 늦었다. 눈을 질끈 감고 복도로 나섰다. 선호가 응원을 건네면서 문을 닫았다.

"불이⋯⋯."

나는 당황한 나머지 중얼거렸다. 눈이 아플 정도로 밝던 복도의 조명이 모두 꺼져 있었다. 당황이 잦아들자 묘하게 기분이 상했다. 이 정도로 우리를 막을 수 있다고 생각한 건가? 중앙의 통제에 익숙해진 사람들이어서?

어두운 복도를 성큼성큼 걸었다. 적당한 걸음 수를 채웠다고 판단될 즘에 옆으로 홱 돌았다. 계단으로 이어지는 문이다. 공기의 흐름이 좁아진 것이 느껴졌다. 마찬가지로 캄캄했지만 망설이지 않고 계단을 달려 내려갔다.

어둠은 나를 방해할 수 없었다. 신발의 전자석이 도와줬다지만 눈을 감고 대로를 걸어야 하는 중앙에서의 삶은 내게 가공할 균형 감각을 길러 주었다. 치안 요원이 몰려오지도, 경보음이 울리지도 않았다.

심장 박동이 끊임없이 피부를 두들겨 대었다. 들통나면 어떻게 되려나. 아직 일이 잘못될 경우는 생각해 보지 않았다. 평가원의 규칙을 어겼으니 중앙으로 돌려보내지려나. 졸업 시험에서 떨어진 것과 마찬가지겠지. 외곽의 규칙을 지키지 못한다는 건 외곽 공동체에서 살기에 부적합하다는 뜻이라고 해석할지도 모르겠다. 나는 상념을 밀어내고 고집스레 발을 떼었다.

목적지의 문은 잠겨 있지 않았다. 우리가 혼자서 여기까지 올 수 있을 리가 없다고 생각했겠지. 평가원의 오만함 덕분에 나는 계획에 가장 필수적인 요소를 손에 넣었다. 나는 라펠 핀을 꽉 쥔 채 목을 가다듬고 속삭였다.

"로드뷰 작동 시작, 평가자 126."

바닥이 희미한 기계음을 내며 서서히 살아났다. 사전 답사를 떠날 시간이었다.

19

아침 공기에서 텅 빈 냄새가 난다. 하얀 입김으로 뒤섞어 놓기가 미안할 정도였다.

'날이 맑겠네.'

그렇게 생각하면서 평가원 입구의 유리문을 열고 작은 앞마당으로 나섰다. 월요일에 한결이 공지한 현장 학습 출발 장소다. 아직 아무도 도착하지 않았다. 준비를 단단히 하느라고 밤을 새워 버린 사람이 아니고서야 한 시간이나 일찍 나올 이유가 없다.

깃발을 바로 옆에서 만져 보다가, 누구든 담당자가 도착한다면 깃발 주변에 설 것임을 깨달았다. 처음 도착한 사람이라는 인상을 주면 기억에 남을지도 모른다. 나는 적당히 떨어진 곳에 있는 턱에 걸터앉았다.

머릿속으로 계획을 되짚어 보았다. 로드뷰를 통해 본 장소와 시간이 머릿속에 빠르게 지나갔다. 한결이 평가원 입구에 나타나는 순간 복습이 끊겼다.

'집합 시간은 삼십 분이나 남았는데.'

한결은 평소와 다름없는 차림이지만 달라 보였다. 흰 셔츠, 재킷, 말끔한 구두, 까만 가방. 다른 점도 있다. 연회색 코트를 입고 같은 색의 넥타이를 맸다.

옷차림에 변화를 줄 이유야 많았다. 날씨가 추워져서, 공식적인 일로 평가원 밖에 나가게 되었으니 적합한 품위를 갖추려고, 평소처럼 나만 대하는 것이 아니라 동료들과 함께 일해야 할 테니 격식을 차리려고. 내가 아는 한결이라면 세 가지를 모두 고려했을 것이다.

눈이 마주치자 그는 걸음을 늦추었다. 인사를 하려는 모양이었다. 나는 도전적인 눈빛으로 그를 마주 보았다. 그는 시선을 떨어뜨리고 유리문 속으로 사라졌다.

한결은 일 분도 되지 않아서 돌아왔다. 평가지를 끼운 클립보드를 품에 안은 채였다. 우리는 침묵을 지키며 가만히 기다렸다. 한결이 눈앞에서 사라졌으면 좋겠다는 마음이 절반, 다가와서 사실대로 설명하기를 바라는 마음이 절반이었다.

하지만 다시 물어볼 수는 없다. 나는 이미 한결에게 사실대로 말할 기회를 줬고, 그는 기회를 걷어찼다. 이제는 우리 둘 다 결과를 감당할 시간이었다.

평가원의 앞마당은 곧 사람들로 가득 찼다. 예비 주민 스물한 명에 평가자 여덟 명. 공통 강의를 겸하는 평가자들은 학생을 한 명씩만 담당하고, 그렇지 않은 평가자들은 네 명씩 담당한다. 다섯 명을 담당하는 평가자도 한 명 보인다. 영화관에서 나오는 길에 한결에게 말을 걸었던 사람이다.

한결과 함께 다니던 평소보다 도망치기는 더 쉬워 보인다. 하지만 들킬 가능성도 높다. 한 명이라도 내가 사라졌다는 걸 눈치채면 들통날 것이다. 가슴이 꽉 죄어들었다.

"자, 출발할까요?"

한결이 싱긋 웃으면서 손짓한다. 비교적 앞에 서 있던 사람들이 온순하게 그를 따라서 걷기 시작한다. 직원들이 입구에 모여 서 있다가 손을 흔들어 주었다. 선호를 비롯한 몇몇 발 넓은 주민들이 마주 인사했다.

일반 직원들은 현장 학습일을 휴일의 연장선으로 여긴다. 당연한 일이다. 돌봐야 할 예비 주민들이 모두 자리를 비우니까. 금요일마다 로비와 식당의 분위기가 들뜨고, 조기 퇴근을 하는 직원들이 생긴다. 아마 내가 의심을 사더라도 대응이 늦어질 것이다. 늦은 대응은 내가 임기응변할 틈을 뜻한다. 좋은 변수였다.

평가원 골목을 벗어나 대로로 나서자 여러 사람들의 발걸음 소리가 서서히 겹치더니 합쳐졌다. 우리는 모두 자연스럽게 옆 사람의 걸음을 따라 하는 습관이 있었다.

"코트 예쁘다."

선호가 옆에서 걸으며 어깨를 붙여 온다.

"고마워."

"어디서 났어?"

한결과 상업 구역에 갔다가 그를 사칭해서 받아 왔다. 사실대로 말하자 선호가 킥킥 웃었다.

"좋겠네. 오늘 날씨도 춥잖아."

요 며칠 사이에 기온이 갑자기 떨어지는 바람에 평가원에서 감기가 돌기 시작했다. 평가원 재킷 차림이 더 많긴 하지만, 여분의 겉옷을 손에 넣은 사람들은 모두 챙겨 입고 나왔다. 도서관 입구에 걸어 둘 코트가 완벽한 알리바이가 될 수 있는 이유였다.

"조금만 떨어져서 걸을래?"

선호에게 귓속말로 제안했다. 내가 계속 선호와 붙어 있다는 인상을 주면 위험하다. 도서관에서 선호를 발견한 후에 자연스럽게 나를 찾으려고 할 수도 있었다.

"이것만 주고."

선호는 곧장 떨어지는 대신 내 주머니에 손을 밀어 넣었다. 손끝에 선호의 건조한 손바닥과 매끄러운 금속이 닿았다.

"이게 뭐야?"

"평가자 126 라펠 핀."

"이건 왜?"

"제한 구역에 간다며. 저번에 가져간 거 말고 혹시 해서 몇 개더 챙겼어. 나도 하나 가지고 있을까 하는데, 너희 평가자가 많이 화낼까?"

나는 눈을 꾹 감고 필사적으로 웃음을 참았다. 선호는 내게 고개를 돌리고 장난스레 웃었다.

"양심이 있으면 화는 안 내겠지. 고마워."

선호는 고개를 끄덕이고 내게서 멀어졌다. 나는 무리에서 조금 떨어진 곳에서 조용히 걸었다. 도서관에 도착하기까지는 오래 걸리지 않았다.

"지정된 책의 제목입니다."

도서관 입구에서 평가자 중 한 명이 말했다. 그는 학습지를 들고 온 한결에게 나누어 주라는 눈짓을 했다. 지금껏 인솔을 도맡은 한결에게서 주도권을 빼앗아 보려는 시도였다.

내 눈에도 읽힐 정도라면 상당히 치졸하고 급 낮은 행동이었을 것이다. 다른 평가자들도 미간을 구기는 모습이 보였다. 한결은 전혀 개의치 않는 표정으로 순순히 종이를 나누어 주었다.

한결은 자기 역할이 끝나자 구석에 가서 섰지만, 예비 주민 대부분이 한결의 설명을 기다렸다. 그는 선호와 비슷했다. 사람들이 자연스럽게 쳐다보게 되는 능력과 지도력을 증명한 사람이었다.

내게는 그다지 좋은 일이 아니었다. 그가 뛰어난 능력을 나를 속이는 데에 쓰고 있는 건 말할 것도 없고, 내 부재를 눈치채면 곧장 사람들을 동원할 수도 있었다.

분위기를 이기지 못한 한결이 짤막한 설명을 시작했다. 요약하자면 지정된 책은 사서가 미리 꺼내 두었으니 각자 독서를 마친 후에 위층에 있는 회의실로 모이라는 내용이었다.

주어진 시간은 한 시간. 생각보다 짧다. 서둘러야 했다. 잽싸게 코트를 벗어서 도서관 입구의 옷걸이에 두었다.

사서에게 책을 건네받은 사람들이 흩어지기 시작했다. 서가 틈새에 끼어 있는 1인용 좌석에 앉기도 하고, 한쪽에 마련된 소파나 푹신한 바닥에 엎드리기도 했다.

나는 책을 받자마자 서가의 가장 깊은 곳으로 들어갔다. 이전에 도서관에 왔을 때 본 의자. 서가에 파묻힌 작은 의자는 자료실의 뒷문에서 가장 가까웠고, 뒷문으로 나가면 복도 끝에 화장실이 이어진다.

선호가 서가의 반대쪽 끝으로 몸을 숨기는 모습이 보였다. 자신이 한결의 눈에 띄면 내게 관심이 연결될 거라고 짐작했을 것이다. 그의 소리 없는 응원이 끝나자마자 자리에서 일어났다.

평가자들은 우리를 지켜보지 않았다. 대부분 회의실에 올라가서 다음 활동을 준비하는 듯했다. 남아 있는 일부도 한가하게 책을 읽고 있었다.

'시장으로 현장 학습을 갔다면 눈에 불을 켜고 지켜봤겠지.'

하지만 도서관에는 치안 요원이 있다. 우리는 모두 한방에 앉아 있고, 제한 시간 내에 해야 할 과제가 있다. 마음을 편안하게 만드는 조명과 적당한 수준의 침묵이 있다. 아무리 철저한 평가자라도 방심할 만한 환경이었다. 나는 뒷문을 밀어 열고 복도로 빠져나갔다.

화장실의 가장 가까운 칸에 들어가서 윗옷부터 벗었다. 속에 받쳐 입은 티셔츠를 보자마자 죄책감과 분노가 동시에 차올랐다. 지난주 금요일에 한결이 선물이라며 내민 종이 가방에는 검은색 티셔츠 한 장과 옅은 색의 바지 하나가 들어 있었다. 두 가지 모두를 몰래 입고 나왔다.

내게 선물을 줄 정도의 애정과 그와 비슷한 정도의 비밀을 가진 한결을 향해 엇갈리는 감정이 들 수밖에 없었다.

평가원 복장까지 옷을 두 겹이나 입은 덕분에 걷는 내내 따뜻하다 못해 땀이 흐를 지경이었다. 금색 마크가 수놓인 평가원의 복장은 최대한 부피를 줄여서 개었다. 세면대 아래의 수도관에 바지를 얹고 재킷으로 휘감아서 묶으니 감쪽같았다.

최대한 자연스러운 걸음으로 복도를 지나서 도서관을 빠져나왔다. 이제 길은 복잡하지 않다. 평가원을 등지고 무조건 직진.

'140번.'

대로의 번호를 확인하면서 다음 계획을 떠올렸다. 버블 벽의 모든 곳이 출입구라는 보장은 없다. 저번에 들어갔던 정확한 위치를 찾는 것이 가장 안전했다.

149-08. 바로 이 골목이다. 빠르게 머리부터 발끝까지 더듬어 보면서 점검했다.

'옷 갈아입었고, 라펠 핀 챙겼고, 평가원 주민용 물건 가지고 온 거 없고.'

평가원에서 받은 어느 것도 눈에 띄어서는 안 된다. 바지 주머니를 뒤지다가 발가락을 움직여 보았다. 양말도 평가원에서 받았다. 양말을 벗으려고 벽에 기대어서 신발부터 벗다가 멈칫했다. 신발에도 평가원 마크가 박혀 있었다.

'이걸 신고 있으면 들킬 텐데.'

발목이야 바지에 가릴 테니 양말은 벗고 들어가면 된다. 하지만 제한 구역에서 평가원 지급 신발을 신고 돌아다니는 건 날 잡아가라고 소리치는 셈이다. 왜 여기까지 생각하지 못했지? 뭔가 대안을 생각해야 했다. 우선 평가원 신발을 도로 구겨 신었다.

망설일 시간이 없다. 눈을 똑바로 뜨고 주변을 돌아보았다. 여기는 상업 구역이다. 분명히 신발을 얻을 수 있는 곳이 있을 거다. 시선이 한 곳에서 멈추었다.

이전에 한결과 함께 방문했던 옷 가게였다. 내가 기억하기로는 구석에 신발도 걸려 있었다. 가게에 들어가야 한다는 생각과 반대로 발이 뒷걸음질쳤다. 눈을 꽉 감았다.

'시간이 없어.'

망설일 시간이 없다. 못할까 봐 겁낼 시간도 없었다. 나는 억지로 걸어서 가게의 문을 열었다.

*

"어서 오세요."

친절한 인사를 건넨 직원은 나를 힐끗 보더니 들고 있던 신발을 마저 진열하기 시작했다. 도움이 필요하지 않다고 생각하는구나. 한쪽 발을 들어서 바지를 슬쩍 끌어내렸다. 금색 실이 박힌 양말의 윗부분을 가리기 위해서였다.

나는 최대한 빠르게 신발을 찾아서 나가야 한다. 하지만 급한 기색을 보여서도 안 된다. 주변을 최대한 천천히 둘러보았다. 저번에 코트를 골랐던 곳은 옷을 두는 영역일 것이다.

반대쪽. 태연하게 고개를 돌린 곳에서 빼곡하게 늘어선 신발의 행렬을 발견했다. 가장 가까이에 있는 신발을 집어 들었다.

'자연스럽게.'

이를 꽉 깨물었다.

"안녕하세요. 배급 도와드릴까요?"

"네. 감사합니다."

도와주세요,라고 직접 대답하는 건 분위기에 어긋났겠지. 직접적인 도움과 도움을 제안하는 말하기에는 모두 '감사 인사'로 답하는 것이 자연스럽다고 배웠다. 다행히 이상하지 않았는지 직원이 신발을 받아 갔다.

"직업 번호 말씀해 주시겠어요?"

"평가자 126이요."

"확인했습니다. 등록된 사이즈로 드리면 되나요?"

"네."

등록된 사이즈. 한결의 발 사이즈가 나와 같을 리가 없다. 하지만 여기서 '제가 그 사이즈를 신었다가는 세 걸음 만에 엎어져서 코가 깨질 거 같은데요.'라고 대답할 수는 없다. 고개를 끄덕이면서 살짝 웃었다. 그냥 키에 비해 발이 지나치게 큰 이상한 사람이 되는 게 나았다.

"신고 가시겠어요?"

직원이 질문과 동시에 발꿈치를 살짝 들어 올렸다. 카운터 너머로 내가 신고 있는 신발을 보려는 것이다. 나는 반사적으로 직원에게 가까운 쪽 발을 반대쪽 발목 뒤로 숨겼다. 너무 놀라서 머리가 울렸다.

"괜찮습니다. 들고 갈게요."

간신히 웃으면서 대답했다. 의심이 가서 확인하려던 건 아닐 거다. 떨리는 손을 숨기려고 주머니에 찔러 넣었다. 직원은 다시 묻지 않았다.

나는 마침내 직원이 건네주는 종이 가방을 침착하게 받아 들었다. 인사를 건넬 차례였다. 가장 자연스러운 순간인 동시에, 내가 의심을 사기 쉬운 순간이기도 했다.

완벽한 인사말을 골라야 했다. 일상적인 인사. 특별한 관계가 없는 사람에게 건네는 말. 머릿속을 와르르 뒤엎어서 최적의 문장을 골라냈다.

"감사합니다."

"네, 안녕히 가세요."

직원은 내가 미처 문을 열기도 전에 진열장으로 돌아섰다. 다리에 힘이 잘 들어가지 않았다. 억지로 무릎에 힘을 주고 외진 벽에 기대어서 신발과 양말을 벗었다.

종이 가방을 숨길 공간은 없다. 들고 가는 수밖에. 새 신발에 발을 밀어 넣었다. 헐렁했다. 신었다기보다는 걸쳤다는 표현이 정확할 듯했다. 신발끈을 최대한 조인 후 걷기 시작했다.

나는 멋없게 발을 직직 끌면서 제한 구역 앞에 도착했다. 그리고 눈을 꽉 감은 채 곧장 버블에 뛰어들었다.

20

물류 창고 옆으로는 나무 기둥들의 사이로 건너편이 내다보이는 숲이었다. 방금 지나온 허공을 손끝으로 쓸어 보았다. 희미한 진동이 느껴졌다. 버블이었다. 제한 구역이 보이지 않도록, 선을 따라 버블 벽을 세워서 막아 놓았다.

하지만 왜? 외곽은 버블 밖의 세상이 아니었나?

아주 조심히 숲으로 들어섰다. 사람들이 많이 다니지 않는 곳인지 길이 험했다. 발을 거는 풀숲과 얼굴로 날아드는 나뭇가지들을 피하면서 힘껏 다리를 움직였다. 길지 않은 숲길이었지만 맞은편에 도착하자 숨이 턱까지 차올랐다. 나는 깊은 숨을 몰아쉬며 정면을 바라보았다.

짧은 순간, 커다란 조명을 보는 줄 알았다. 눈이 너무 부셔서 손으로 눈을 가려야 했다. 손가락 틈새로 정면을 꿋꿋이 쳐다봤다.

구름이 흘러 반사광이 줄어들자 반짝이는 형태들이 드러난다. 입이 저절로 벌어졌다.

넓은 들판 건너편으로 널찍한 길이 시작된다. 평가원 구역의 도로와는 너비가 너무 다르다. 자동차들이 눈으로 쫓아갈 수 없는 속도로 달리고 있다. 도로의 가장자리로는 건물들이 다닥다닥 늘어서서 벽을 이루었다. 그곳으로 예의 푸른 벨트들이 이어졌다.

건물의 모양이 중앙과도 다르고 평가원 구역과도 다르다. 단순한 형태에 흰색 페인트가 칠해진 중앙 건물보다 훨씬 높다. 평가원 구역의 낡고 알록달록한 벽돌 건물들보다도 훨씬 높다. 하늘의 표면을 긁을 수 있을 정도로 까마득하다.

건물들의 외벽이 하나같이 빛을 반사하는 재질이라서 하나의 조명처럼 보였음을 깨닫는다. 건물 곳곳에 씌워진 버블 화면 안에서는 사람들이 움직이거나 물건들이 빙글빙글 돌아가는 영상이 나온다.

몸을 뒤척이다 눈을 뜨면 뒤통수에서 베개가 느껴질 것처럼 비현실적이다.

이게 뭐지? 이걸 뭐라고 부르더라?

외곽 평가원에서는 이런 걸 배우지 않았다. 그 대신 중앙의 학교에서 배운 개념이 떠올랐다. 대도시. 과거의 주거 공간 중에 이렇게 생긴 유형을 대도시라고 불렀다. 반짝이는 건물들 사이로 교통수단이 돌아다니고, 밤에도 낮처럼 환한 장소.

하지만 왜?

평가원 구역이 외곽 중에서도 분리된 부분이라는 건 알았다. 우리의 미숙함을 이해해 줄 사람들만 이 주변에 산다고, 평가원의 보충 시간에 배웠다. 그렇다면 나머지 일반인들은 여기에 모여 산다는 뜻이었겠지.

하지만, 왜?

발이 저절로 앞으로 걸어갔다. 잔디가 빽빽하게 자란 들판을 밟자마자 흙이 느껴졌다. 평가원의 작은 정원에서 맡았던 냄새다. 이 넓은 공간 전체에 흙이 깔려 있고, 흙 위에 잔디를 기르는 것이다. 당황한 정신을 붙잡으려고 주먹을 꽉 쥐었다.

눈에 보이는 어떤 것도 이해가 되지 않았다. 내가 보면 안 되는 모습이 분명했다.

'가자.'

굳어 버린 다리에게 명령을 내려서 걸음을 서둘렀다. 숲을 건너서 들판을 가로지르려니 들판의 풍경이 눈에 들어왔다. 사람들이 들판을 둘러싸고 난 길을 걷거나 뛰고 있다. 들판에 천을 깔고 누워 있기도 하고, 근처의 벤치에 앉아서 이야기를 나누기도 한다. 여가 시설인 것 같다.

머지않아서 도심에 들어섰다. 내가 지금까지 알고 있던 것이 모두 거짓말이라고 증명하는 광경이다. 시커먼 도로에 발을 올릴 엄두가 나지 않아서 주변을 둘러보다가 하얀색 페인트가 띄엄띄엄 도로를 가로지르는 곳을 발견했다. 평가원 구역보다 훨씬 규모가 크지만 횡단보도다. 횡단보도 앞에 사람들이 모여서 신호등이 켜지기를 기다리고 있다.

이제야 행인들이 눈에 들어온다. 다들 눈이 시릴 정도로 밝은 색깔의 옷을 입었다. 사람들이 서로 손을 잡고 있거나, 작은 동물들에게 연결된 줄을 쥐고 있다. 중앙의 상식과 외곽의 강의를 전부 동원해도 이해하지 못하는 부분이 더 많았다.

신호등 색이 바뀌는 알림에 정신을 차렸다.

'푸른 벨트.'

나는 물류 창고에서 보았던 푸른 벨트를 찾아서 천천히 시선을 옮겼다. 눈이 닿는 곳에는 보이지 않았다. 나는 별안간 깨달음을 얻듯이 고개를 들었다.

도로와 평행한 방향으로 연결된 높은 기둥에 푸른 벨트를 감싼 투명 관이 얹혀 있었다. 관을 통해서 부지런히 옮겨지는 불투명한 상자들이 올려다보였다.

나는 마침 멀리서 다가오는 상자 하나에 시선을 고정했다. 물자로 가득 찬 큰 상자였다. 나는 상자를 따라 천천히 걷기 시작했다. 팔을 적당히 흔들고 있는지, 보폭이 잘 유지되고 있는지 모르겠다.

'내가 평소에 어떻게 걸었더라?'

주위를 살피면서 어정쩡하게 걸었다. 내게도 낯설지 않은 장소들이 속속 눈에 들어온다. 평가원 구역에서 보았던 다양한 종류의 가게들. 하지만 모두 규모가 크다. 건물 외벽에 훨씬 장식이 많고, 내부의 어딘가가 섬세한 조명으로 번쩍거리고, 다양한 종류의 물품으로 가득 차 있다.

처음 보는 옷을 입은 사람들이 많다. 윗옷과 바지와 겉옷으로 이루어진 내 옷의 세계는 한결이 선물해 준 코트 이후로 더 넓어지지 않을 줄 알았다. 뭐라고 이름을 붙여야 할지 모를 정도로 길이와 형태가 다양한 옷을 입은 사람들이 너무 많다. 직업 활동을 하기에는 극히 부적합한 복장들이다. 즐거움을 위해 입은 옷이 분명했다.

상자는 곧 커다란 건물로 들어갔다. 건물에 붙은 창문으로 미루어 보면, 3층에 배달된 모양이었다. 나는 침을 꿀꺽 삼키고 건물로 들어섰다.

나와 함께 건물로 들어서는 사람이 있었다. 새하얀 코트를 입고 괴상하게 머리카락을 쓸어 넘긴 사람이었다. 그는 작은 문 앞에 멈추어 섰다. 문은 방이 아니라 작은 공간으로 열렸다. 그가 어서 타라는 듯이 눈짓을 해서, 나는 어색하게 웃으며 발을 떼었다.

이 상자 속에서 어떻게 굴어야 하는지 짐작이 가지 않았다. 그가 먼저 행동해 주기를 바라는 수밖에 없었다. 그가 숫자 8을 눌렀다. 나는 그것이 층수일 거라고 생각했다. 내가 숫자 5를 누르자 따뜻한 금색으로 불이 들어왔다. 작은 문이 닫히고, 바닥이 덜

컹였다. 나는 속으로 비명을 누르고 뻣뻣하게 멈추어 섰다.

"5층 손님이세요?"

내 뒤에서 목소리가 들렸다. 다행히 숫자 5는 5층을 의미하는 것이 옳았던 모양이다. 벌써 숫자가 2를 가리키는 것을 보면, 곧 내가 나가야 할 때였다.

그렇다면 그가 시작한 대화의 목적은 간단한 안부 묻기라는 뜻이다. 나는 우선 몸을 반쯤 틀어서 그를 바라보며 예의 바르게 웃었다.

"네. 잠시 들르려고요."

"혹시, 밖에서 무슨 일 있으셨어요?"

그가 물었다. 나는 놀라지 않으려고 애쓰면서 눈짓으로 되물었다. 그가 웃으면서 내 발을 가리켰다.

"신발이요. 사이즈가 안 맞으시는 것 같아서요."

나는 빠르게 머리를 굴렸다. 뭐라고 둘러대야 할까? 어렵게 지어낼 필요는 없었다. 이미 그가 갖고 있는 생각이 있다면, 동조하면 될 일이었다.

"맞아요. 신고 나온 신발이 망가지는 바람에. 설명하자면 길어요."

내가 종이 가방을 들어 보이면서 고개를 절레절레 젓자, 그가 소리 내어 웃었다. 띵, 하고 알림음이 울렸다. 5층에 도착했다는 뜻이었다.

"좋은 하루 보내세요."

"네. 안녕히 가세요."

그의 목소리가 따라붙었다. 나는 도망치듯이 뒤를 돌아보지 않고 복도를 걸어갔다.

코앞에서 웃음소리가 벼락처럼 밀려왔다. 나는 바닥까지 곤두박질친 심장을 부여잡고 웃음소리를 피해서 비켜섰다. 유리창 속에 사람들이 옹기종기 모여 앉아 있다.

사람들이 이름을 알 수 없는 온갖 음식들을 먹고 있다. 부서질 것처럼 섬세한 모양이라서 정말 음식인지도 확신이 서지 않는다. 사람들이 입에 넣었으니 음식이 맞는 거겠지. 왜 이곳으로 식량 물자가 향했는지 알 것 같았다.

중앙에서는 음식에 많은 가공을 하지 않는다. 외곽 평가원에서도 마찬가지였다. 평가자들이 무슨 맛으로 평가원 음식을 먹냐며 한결을 놀리던 일이 기억난다. 시비를 걸려면 무슨 말이든 못하겠느냐며 넘겼는데, 뼈가 있는 말이었던 모양이다. 외곽은 우리와 다른 음식을 먹는 것이다. 주어지는 식품을 단순하게 조리하는 것이 아니라, 각자가 원하는 방식으로 많은 가공을 거쳐서.

게다가 모든 사람들이 웃고 있다. 마치 이곳에서 이루어지는 모든 일이 즐겁다는 듯 말이다. 여기가 내가 아는 외곽이라면 저들은 중앙에서보다 힘들게 일을 하거나, 굶다가 쓰러지거나, 옆 사람을 붙잡아서 주먹을 날리고 있어야 한다.

이젠 절대 부정할 수 없었다. 외곽은 열악하지 않다. 중앙과 비교도 할 수 없을 정도로 부유하고 여유롭다. 내가 아는 모든 사람은 내게 거짓말을 하고 있었고 나는 완벽하게 속아 넘어갔다. 어지러웠다. 나는 무릎을 짚고 숨을 골라야 했다.

유리창의 안에서 나를 발견한 사람들이 시선을 던지기 시작했다. 나는 본능적으로 손을 한 번 내려다보고, 돌아서서 빠르게 걸었다. 돌아가야 했다.

"실례합니다."

뒤에서 누군가 나를 불렀다. 나는 최대한 자연스럽게 티셔츠에 달린 모자를 뒤집어썼다.

"네?"

대답하면서 뒤로 돌았다. 유리창 안에 앉아 있던 사람 한 명이 나를 따라오고 있었다. 시선이 내 신발에 꽂혀 있었다.

"실례지만 신원증을 볼 수 있을까요?"

나는 주먹을 꽉 쥐었다. 여기서 '신원증이 뭔데요?'라고 되묻는다면 끝장이다. 한결의 라펠 핀을 내밀면 대충 신원을 증명할 수 있을지도 모른다. 하지만 라펠 핀이 신원증이 아니라면 더 의심받지 않을까? 게다가 신발 가게에서도 이미 한결의 번호를 댔다. 라펠 핀을 썼다가 일이 잘못 풀리면 한결이 위험해질지 모른다. 이건 내 선택이었다. 한결이 피해를 나눠 받게 할 수는 없었다.

"저기요?"

아차. 뱃속이 뜨겁게 끓었다. 나는 침묵이 지나치게 길어졌다는 사실을 깨달았다. 바로 대답했어야 하는데. 나를 따라온 사람이 점점 수상하다는 표정을 지었다. 그가 눈을 가늘게 뜨더니, 신중하게 물었다.

"좋은 하루 보내고 계시나요?"

나는 당황하고 말았다. 갑자기 무슨 소리지? 평소처럼 대답해야 하나? 하지만 지금은 안부를 나눌 상황이 아니었다. 나는 의심받고 있었다. 내가 외곽 사람처럼 대답하지 못하면 의심이 짙어지는 걸까? 머리가 얼어붙고 말았다. 나는 둔해진 입으로 본능처럼 대답했다.

"네. 날씨가 좋네요."

그의 표정에 경악이 스쳐 지나갔다. 나는 내가 실수했음을 알았다. 뒤늦게 정답이 떠올랐다. '지금 제가 중앙 사람인지 확인하려는 거예요?'라고 말했어야 했다. 황당하고 기분이 나쁘다는 투로, 얼굴을 찡그리면서.

나는 모자를 깊이 눌러쓰고 달리기 시작했다. 마침 5층을 지나는 상자를 잡아타고 1층으로 내려갔다.

아직 나를 막는 사람은 보이지 않았다. 건물에서 나오자마자 걸음을 늦추었다. 자연스럽게 녹아들어야 했다. 나는 주변을 살피고, 가까운 곳에서 켜지는 신호를 따라서 길부터 건넜다.

뒤늦게 건물에서 몰려나온 사람들이 치안 요원을 찾아 헤매고 있었다. 나는 모자를 벗고 고개를 폭 숙였다. 횡단보도를 성큼성큼 건너고, 발을 질질 끌면서 들판을 가로질렀다. 다행히 따라오는 사람은 없었다. 예비 주민이 평가원 구역을 벗어났다는 것이 들키면 일어날 일들에 대한 뒷감당은, 우선 안전하게 도망간 후에 생각하기로 결정했다.

평가원 구역을 향해서 발을 내디딜 때마다 공포와 화가 동시에 치밀어 올랐다.

'왜? 왜 지금까지 숨긴 거지?'

외곽이 가진 막대한 부는 불공평하지만 크게 부럽지 않다. 중앙에서 영위한 삶을 후회하지도 않는다. 내가 화가 나는 건 숨겨져 있던 사실 때문이 아니다. 사실을 숨긴 사람 때문이다. 신경질적으로 종이 가방을 집어 던졌다.

뒤늦게 살펴본 주변에서는 사람을 찾아볼 수 없었다. 무턱대고 걷느라고 들판의 가장자리로 온 모양이다. 왼쪽으로 가야 했다. 화를 억누르면서 가방을 주워 드는데, 초록색 배경에 대조되는 색깔이 보였다. 빨간색 벽돌이었다.

여기는 들판의 연장선이 아니다. 들판으로 오해할 만큼 푸르고 넓은, 마당에 딸린 건물이다. 마당을 둘러서 야트막한 담이 세워져 있다. 상업 구역의 시린 은색과는 정반대로, 따뜻한 붉은색 벽돌로 쌓인 담이다. 다음으로는 마당에 몰려 있는 사람들이 눈에 들어온다. 각자 다른 옷을 입었지만 체구가 모두 유사하다. 연령

대가 동일하다는 뜻이다.

내가 겪은 형태와는 완전히 달랐지만 직감적으로 알아볼 수 있다.

'학교.'

발이 저절로 움직여서 담벼락으로 향했다. 가까운 나무 뒤에 몸을 숨긴다. 내 또래들이 두어 명씩 모여서 선생님을 따라 나오는 모습이 보인다. 하나같이 환하게 웃고 있다. 선생님은 무언가를 짧게 설명하더니 두어 명을 짚어서 질문을 받는다. 그들은 별안간 양쪽으로 쏴아 갈라진다. 손을 잡고 있던 몇 명이 아쉽게 손을 놓는다. 나는 그 행동의 양상을 이해한다. 스포츠다.

날카로운 호각 소리가 울린다. 동시에 깜짝 놀랄 만큼 큰 소리가 들리기 시작한다. 거의 환호처럼 들리는 아우성이다. 학생들이 제각각 목청껏 소리를 지르면서 힘껏 내달리고 있다. 동그란 공을 따라서 들판을 뛰는 동안 서로 몸을 부딪치지만 사과하지 않는다. 서로가 익숙해 보인다. 자유로워 보인다.

나는 알 수 없는 감정에 빠져서 나무에 몸을 기댔다. 지금까지 본 모습들은 내 어깨에 짐을 얹는 듯했다. 상상도 해 본 적 없는 부를 누리는 사람들. 그건 이해할 수 없는 상황들의 무게였다. 지금은 누군가 그 짐들을 갑자기 앗아 가고 내 뱃속에서도 무언가를 뜯어 간 느낌이 든다. 무언가를 빼앗긴 기분이다.

허탈함은 곧 서러움으로 바뀌었다. 내가 허탈함의 이유를 깨달왔기 때문이다. 이 광경은 내가 자라면서 바랐던 모든 것이었다. 나와 함께 목청껏 소리를 지르고 땅을 박찰 사람들이 필요했다. 내가 손을 내밀면 잡아 주는 사람을 원했다. 나는 누군가에게 밀쳐지기라도 한 듯이 물러서서 자리를 벗어났다.

*

나는 기계처럼 걸어서 평가원 구역으로 돌아왔다. 원래 신발로 갈아 신은 후 새로 지급받은 신발은 다시 종이 가방에 넣었다. 종이 가방은 126-02에 들러서 현관문에 걸어 놓았다.

내가 숨을 몰아쉬며 옷을 갈아입고 화장실에서 나오는 순간, 평가자들 중 한 명이 파랗게 질린 얼굴로 화장실을 향해 걸어왔다.

"07 맞죠?"

나는 상황을 빠르게 알아차렸다. 머릿수를 세었는데 부족했던 것이다. 지금 내가 얼마나 뻔뻔하게 행동하는지가 중요했다.

"죄송해요. 화장실…… 가도 된다고 들었는데요."

나는 눈을 동그랗게 뜨고 평가자를 마주보았다.

"왜 그러세요?"

평가자는 한숨을 내쉬고 고개를 젓더니, 안도한 표정으로 나를 이끌고 자료실로 돌아갔다. 선호가 다른 평가자에게 이끌려서 다른 층에서부터 올라오는 모습이 보였다. 그가 한쪽 눈을 찡긋 감았다. 평가자들이 머릿수를 세기 시작하자마자 숨어 준 것이리라. 나는 그에게 고마움을 담아서 눈짓을 돌려주었다.

하나도 집중하지 못한 토론이 대충 끝나고, 평가원으로 돌아오는 길에 한결이 본인의 집 대문에 걸린 가방을 발견하는 모습을 확인했다.

한결은 동료에게 인솔을 넘기고 현관으로 다가가서 가방을 살짝 들추었다. 그리고 나를 똑바로 쳐다보았다. 할 말이 있는 표정이었다. 그래서 한결이 자기 집 대신 내 숙소로 퇴근했을 때도 놀라지 않았다.

"제한 구역에 다녀왔어?"

한결이 문을 닫자마자 물었다.

"아니."

나는 무표정하게 대답했다.

"안 갔다고?"

"안 갔어."

저절로 거짓말을 했다. 당연히 들키겠지. 하지만 한결도 내게 거짓말을 하지 않았나? 이 거짓말은 한결도 내 기분을 느껴 보라는 복수다. 아니나 다를까 한결의 미간이 바로 구겨졌다.

"저번에 나한테 물어봤던 건? 뭔가를 봤었다며. 이번에도 봤어?"

죄책감이 뒷목을 달구었지만 다시 거짓말을 했다.

"아니. 거짓말이었어. 아무것도 못 봤어."

한결이 입을 꾹 닫고 한숨을 참았다. 실망한 표정. 슬퍼하는 표정. 복합적인 감정들이 느껴졌지만 긍정적인 것은 하나도 없다.

"아무것도 못 봤다고."

한결이 종이 가방을 바닥에 내려놓았다. 신발 한 켤레가 가방에서 쏟아졌다. 나는 그 차분한 행동이 한결이 억눌린 분노를 표하는 방식이라는 것을 깨달았다.

"그래. 알겠어."

한결이 담담하게 말한다. 내가 거짓말을 했다는 걸 나도 알고 한결도 안다. 그런데 이대로 대화를 끝내겠다고? 상황을 모면할 수 있게 된 건 좋은 일인데 화가 치밀었다. 대화를 피하려는 한결의 모습에 열이 받았다.

"그게 다야?"

의도했던 것보다 훨씬 강하게 쏘아붙였다. 한결도 열이 오르는 모양이다. 처음 보는 표정을 짓고 있었다. 나는 주먹을 움켜쥐고 말을 쏟아 냈다.

"그래. 거짓말했다. 네가 나한테 먼저 거짓말했잖아. 내가 무슨 말 하려는지 다 알면서, 왜 아직도 모르는 척해?"

한결은 표정을 풀지도, 대답을 하지도 않았다. 터져 나오려는 말을 참듯이 입가를 짧게 씰룩였을 뿐이다. 나는 주머니에 손을 찔러 넣었다. 귀퉁이가 닳아서 둥그렇게 무뎌진 종잇조각이 잡혔다. 나는 내가 한결에게 가지는 감정을 기록하고, 교본에서 찾아서 결론을 내렸다. 그날 이후로 항상 지니고 다녔다. 내가 지금껏 의심 앞에서 눈을 감고 외곽을 믿기로 결정했던 이유들 중에 가장 큰 조각이었다.

"어차피 거짓말이나 할 거였으면, 왜 친구라고 생각하게 만들었어? 왜……."

나는 말을 멈추었다. 한결에게 말해 주고 싶지 않았다. 적어도 이렇게는. 지는 기분이었다. 나는 반쯤 나왔던 말을 삼켜 버렸다.

그 대신, 주머니에서 꺼낸 종이를 책상에 탁 소리가 나도록 내려놓았다. 이제 내게는 한결을 믿을 이유가 없었다.

그가 지금 당장 내게 이유를 만들어 주지 않는 한.

"난 지금 너한테 사실대로 말할 기회를 주려는 거야. 아마 마지막 기회일 테니까, 잡아."

최대한 또박또박 말했다. 한결은 입술을 꽉 깨물었다. 말하지 않겠다는 뜻이었다. 나는 바닥에서 신발 가방을 낚아채서 그에게 던지듯이 안겨 주었다.

"신발 빌려줘서 고맙다. 나가."

21

나는 한결을 내버려 두고 5층으로 내려왔다. 맨 끝 숙소의 문을 세차게 두드렸다. 선호가 서둘러 문을 열어 주었다.

선호에게 내가 본 광경을 알려 주고 싶어서 입이 근질거렸다. 선호는 내 조급함을 알아챘는지 재빨리 나를 안으로 들였다.

"뭘 봤는데 그래?"

내가 머릿속의 광경을 문장으로 바꾸어 입을 여는 순간 문을 두드리는 소리가 났다.

"직원인가 봐."

선호가 긴장한 표정을 지었다. 나는 벌떡 일어나서 가까운 방으로 들어갔다. 그는 방의 문을 닫으라는 듯이 손을 휙휙 내저었다. 내가 작은 틈만 남겨 두고 방에 숨자 선호가 문을 열었다. 문 앞에 서 있던 사람이 기다렸다는 듯이 말했다.

"95님 되십니까?"

낯선 목소리다. 평가원에서 일하는 서른 명 가량의 직원은 모두 익숙해졌는데, 평가원 사람이 아닌 걸까? 선호도 당황했는지 말투가 어색해졌다.

"됩니다."

"잠시 따라오시겠습니까?"

누가 선호를 부른 걸지 짐작이 되지 않았다. 선호는 여전히 당황한 상태였지만 순순히 그들을 따라나섰다.

나는 그들이 층을 떠날 때까지 기다렸다가 어색하게 방을 나와서 숙소로 돌아왔다. 문고리를 돌리자마자 한결이 달려 나왔다.

"깜짝이야."

"너…….'

한결이 말을 멈추고 나를 숙소 안으로 끌어당겼다.

"너 어디에 있었어?"

한결이 따지듯 물었다. 나는 머리끝까지 화가 치밀어서 한결의 팔을 떨쳐 냈다.

"네가 무슨 상관이야? 나가라고 했잖아."

"내 말 잘 들어."

한결이 심각한 표정으로 목소리를 낮춘다. 내가 영문을 몰라서 눈썹을 구기는 순간, 문고리가 돌아가는 소리가 철컥 울렸다. 나는 놀라서 눈을 부릅뜨고 문을 쳐다보았다.

"07님 계십니까?"

나는 제자리에 얼어붙었다. 아까 선호를 데리러 왔던 사람이다. 선호만이 아닌 모든 예비 주민들을 모으고 있는 것 같았다. 어느 정도 짐작이 가능했다.

'제한 구역에 들어갔던 사람을 찾고 있구나.'

뜨거운 두려움이 어깨에서부터 번졌다. 나는 잡아떼는 것밖에는 할 수 있는 일이 없었다. 한결이 내게 무언가 말하려고 했다. 나를 도우려고 했던 걸까? 한결은 나보다 상황을 더 잘 파악하고 있을 텐데. 그와 이야기를 나눌 틈이 절실했다.

"잠시 따라오시겠습니까?"

"왜, 왜요?"

저절로 말을 더듬었다. 동시에 둘 중에 한 명이 눈동자를 아래로 내리면서 입가를 늘어뜨리는 모습을 발견했다. 저건 지겨움이다. 내가 방금 한 행동을 겪는 것이 처음이 아니라는 뜻이다.

깨달음이 순식간에 머릿속으로 스쳐 지나갔다. 선호도 직원들이 찾아왔을 때 당황해서 망설였었다. 선호처럼 특출하지 않은 대부분의 동기들은 예상하지 못한 사건에 더 당황했을 것이다. 직원들을 따라나서기까지 시간이 더 필요했을 것이다. 예를 들면, 담당 평가자가 주민을 진정시킬 시간이라든가.

나는 직원의 눈을 피하고 숨을 크게 들이쉬면서 뒤로 물러섰다. 한결의 눈이 반짝였다. 그가 나의 의도를 바로 알아차린 것이다. 직원들이 한결에게 손짓을 했다. 기다려 줄 테니 진정시키라는 뜻이었다.

한결은 뒤로 돌아서서 내 어깨를 양손으로 감싸 잡으며 허리를 숙여 눈을 맞추었다. 자연스레 직원들에게서 우리의 얼굴이 가려졌다. 한결이 직원들이 들으라는 듯이 물었다.

"괜찮아? 무슨 일 있어?"

"무슨 일은 너한테 있지."

나는 입을 가리고 낮게 쏘아붙였다. 한결이 희미하게 웃으면서 속삭였다.

"너, 내 물건 갖고 있는 거 있어?"

나는 눈짓으로 주머니를 가리켰다. 주머니에 한결의 라펠 핀이 들어있다. 저번에 방에 갇혔던 이후로 쭉 가지고 다니는 중이었다. 내가 핀을 꺼내서 한결에게 건네면 직원들이 눈치챌 것이다.

한결이 알겠다는 듯이 고개를 끄덕였다. 뒤에서 보면 긴장해서 말이 나오지 않는 나를 안심시키는 동작이라고 착각할 정도로 자연스러웠다. 한결이 눈짓으로 숫자를 세었다.

'하나, 둘, 셋.'

나는 그의 눈짓을 바로 이해했다. 그가 뒤로 돌면서 내 손을 가리는 위치에 서는 순간 주머니에서 핀을 꺼냈다. 자연스레 손을 뒤로 돌리면서 내 등 뒤로 떨어뜨렸다. 이제 내가 시선을 끌 차례였다.

"어디로 가는 거예요?"

나는 성큼 나서면서 물었다. 직원들의 시선이 내게 바짝 따라붙었다. 한결이 자연스레 핀을 밟으면서 내 뒤에 섰다.

"아직 말씀드릴 수 없습니다. 가실까요?"

"저도 따라가도 되나요?"

한결이 불쑥 물었다. 나는 기겁했다. 한결이 발을 떼는 순간 들킬 것이다. 하지만 한결의 목소리에서 묘한 태도가 느껴졌다. 지나치게 따라오고 싶어 하는 것처럼 들렸다. 직원들도 그 차이를 느낀 것이 분명했다.

"아니요. 평가자들은 기다리셨다가 호출하면 내려오세요."

직원이 딱딱하게 명령했다. 한결은 어쩔 수 없다는 듯이 고개를 끄덕였다. 영리한 대처였다. 내가 직원들에게 끌려가는데 한결은 바보같이 서 있기만 했다면 의심을 샀을 것이다. 방을 나서면서 마지막으로 돌아본 문틈으로, 한결이 라펠 핀을 발끝으로 툭 차서 소파 밑으로 밀어 넣는 모습을 발견했다.

'어디에 뒀나 했는데, 거기 있었네요.'

그가 능청스레 둘러대는 표정이 보이는 듯했다.

*

"여기서 기다리세요."

직원이 나를 강의실로 안내했다. 한결의 4주 차 수업을 들었던,

가장 넓은 강의실이었다. 내가 마지막으로 도착한 모양이었다. 선호의 옆자리가 비어 있었다. 동기들이 심각한 표정으로 이야기를 나누고 있었다.

"그러니까, 왜 굳이 한 명씩 따로 데려왔는지를 모르겠다는 거야. 전처럼 평가자들에게 연락해서 한번에 모았으면 되잖아. 직원들이 한 명씩 따라온 이유가 있어."

60이 말했다. 나는 60이 옳다는 걸 알았다. 우리가 출입증을 지니고 있다가 소집에 지레 겁을 먹고 숨기지 않도록 감시한 것이다. 나는 소집 이유를 알고 있다는 걸 들키지 않도록 존재감을 죽이고 입을 다물었다. 곧 직원들이 돌아올 것이다.

아니나 다를까 나를 마지막으로 강의실의 문이 닫혔다. 우리를 데리러 다니던 낯선 직원 두 명과 대표 평가자 51이 먼저 들어왔다. 그들의 뒤로 평가자들이 모두 따라왔다. 하나같이 표정이 없었다. 한결도 차가운 무표정이었지만, 나와 눈이 마주치자 작은 눈짓을 건넸다.

눈짓은 어깨를 들썩이는 동작과 비슷하다. 비슷한 움직임이더라도 온갖 의미를 다 가진다. 안녕, 괜찮아, 긴장하지 마, 나도 여기에 같이 있을 거야.

한결과 눈을 마주치자마자 일말의 긴장마저 녹아 버렸다. 이유 없이 눈물이 날 것 같았다. 원망스러운 만큼 그가 애틋했다. 나는 눈에 힘을 주었다. 아직은 한결을 용서할 생각이 없었다.

"안녕하세요, 여러분."

51이 전에 없이 살벌한 목소리로 말했다. 따뜻한 인사말이 무섭게 들릴 수 있다는 걸 처음 알았다. 심상찮은 분위기에 곳곳에서 겁먹은 신음이 들렸다. 나는 그들만큼이나 무서워하는 표정을 지으려고 노력했다.

"평가원 밖으로 허락 없이 외출했던 주민이 있다는 신고를 받았습니다. 지금부터 여기, 두 분의 치안 요원이 여러분을 한 명씩 검사할 겁니다. 숙소도 마찬가지고요."

나는 한 번 더 마음을 놓았다. 내가 의심을 살 이유가 없다. 핀을 소지하고 있지 않은 지금은 더더욱.

"지금부터 이 기계를 사용할 거예요. 인체에 해로운 것이 아니니 안심하셔도 됩니다."

치안 요원들이 막대처럼 생긴 기계의 전원을 켜고, 우리에게 보여 주듯이 살짝 들어 올렸다. 나는 그 기계가 출입문에서 라펠 핀을 감지해 내던 기계와 비슷한 종류라는 걸 눈치챘다.

"모두 자리에서 일어나세요."

나는 최대한 태연하게 자리에서 일어났다. 방의 모두가 일어나자 하나의 커다란 움직임이 일었다. 내 옆자리에서만 움직임이 없었다. 나는 앉은 채로 굳어 버린 선호를 재촉하려다가, 깨달았다.

'제한 구역에 간다며. 저번에 가져간 거 말고 혹시 해서 몇 개 더 챙겼어. 나도 하나 가지고 있을까 하는데, 너희 평가자가 많이

화낼까?'

선호가 천천히 자리에서 일어났다. 얼굴이 새파랗게 질린 채였다. 나는 반사적으로 한결을 쳐다보았다. 내 시선이 선호와 한결 사이를 오가자, 상황을 파악한 한결의 입매가 굳어졌다.

나는 그에게 달려가서 도와달라고 빌고 싶은 심정이었지만, 한결은 제자리에서 움직이지 않았다. 내 눈 대신 방 한구석을 바라보면서 아주 작게 고개를 저었다.

'가만히 있어.'

모른 척하라는 뜻이었다. 방금까지만 해도 평온하던 손끝이 떨리기 시작했다. 나는 양손을 꾹 모아 쥐었다.

'나 때문인데.'

지금 선호에게 모두 뒤집어씌운다면 나는 중앙을 속이던 외곽 사람들과 다를 게 뭐지? 그들과 똑같이, 상대방의 선의를 악용하는 셈이다. 비밀을 숨기고 거짓말을 하는 셈이다. 치안 요원이 선호에게 기계를 가져다 대었다.

내가 넘어갔어요.

입술이 달싹였다. 한결이 이를 꽉 물고 고개를 저었다.

내가 넘어갔어요.

말이 금방이라도 쏟아져 나올 것 같았다.

내가 넘어갔어요.

선호는 칼날을 바라보듯이 기계를 내려다보았다.

삐 —

기계가 비명을 지르고, 강의실에 무덤 같은 침묵이 내려앉았다. 나는 입을 여는 대신 눈을 질끈 감아 버렸다.

22

선호는 치안 요원들과 함께 강의실 밖으로 사라졌다. 나는 결국 선호의 얼굴을 다시 쳐다보지 못했다.

평가자 51은 대표 평가자의 얼굴을 하고서 목을 가다듬었다. 충격을 받은 모양이었다. 잠시 후 마음을 정리한 평가자 51이 입을 열었다.

"내일, 95에 대한 면담이 이루어질 겁니다. 다른 궁금증을 풀기 위해 여러분도 한 명씩 제 사무실로 호출하겠습니다. 내일은 호출을 기다리며 최대한 외출을 삼가 주세요. 여러분이 아직 완전히 준비된 외곽의 주민은 아니지만, 최선을 다해서 참여해 주시기 바랍니다."

치안 요원들과 평가자들은 나를 공범이 아니라 친구가 잡혀가서 충격받은 사람으로 보았다. 51은 나와 한결의 어깨를 툭툭 두드려 주기까지 했다. 우리가 완전히 의심 선상에서 벗어나 있다는 증명이나 다름없었다.

우리는 각자의 평가자들과 함께 숙소로 돌아갔다. 사람들로 가득한 복도에 날카로운 침묵이 요란했다. 평가자들이 숙소의 문을 열면 우리는 호송되는 죄수처럼 고개를 숙이고 들어갔다.

나는 우리 숙소의 문을 닫자마자 물었다.

"나도 발각될 수 있어?"

"아니."

한결이 딱 잘라 말했다.

"넌 괜찮을 거야. 내가 따로 조치를 했어."

"선호가 잡혀갈 거라는 걸 너는 알고 있었어?"

"선호…… 통성명을 했어?"

한결이 혼란스럽게 흔들리는 눈빛으로 딴소리를 했다. 한결은 뒤늦게 정신을 차리고 대답했다.

"평가원으로 신고가 들어온 게 이십 분 전이야. 난 소식을 듣자마자 죄다 내팽개치고 너한테 갔어. 95, 아니, 선호가 내 출입증을 훔쳐 갔다는 걸 알았더라도 너 말고 다른 곳에 내가 신경을 쓸 겨를이 있었겠어?"

몰랐다는 뜻이었다. 한결이 거실 테이블의 의자에 털썩 주저앉아서 손바닥에 얼굴을 묻었다.

"선호는 어떻게 되는 거야?"

"중앙으로 추방되겠지, 운이 좋아서 고의성이 없다는 걸 증명한다면."

"증명한다면? 그럼 증명하지 못하면?"

한결이 갑자기 말을 멈추었다. 나는 멈춰 버린 말이 무슨 의미인지 알고 있었다. 하지 말았어야 하는 말을 했다는 뜻이었다. 내가 알면 안 되는 사실과 관련이 있다는 뜻이었다. 내가 알아낸 것은, 중앙이 외곽을 위해 일한다는 것. 그렇다면 외곽의 입장에서 중앙은 어떤 곳일까?

문득 내가 처음으로 외곽에 들어온 날이 기억났다. 나와 반대 방향으로 걸어가면서 인상을 험악하게 구기고 있던 사람. 치안요원 두 명에게 호송당하던 그 사람은, 선호와 비슷한 상황이었을까? 그럴싸한 가능성이 떠올랐다.

"증명하면, 중앙으로 돌려보내지는 처벌로 그칠 수도 있는 거야? 그 이상의 처벌은 뭔데?"

중앙으로 돌려보내지는 처벌. 중앙이 벌과도 같다는 사실을 소리를 내어서 말해 본 것은 처음이었다. 한결은 내게 반박해야 할지 잡아떼야 할지 망설이는 표정을 지었다.

나는 거실 테이블을 쾅 내리쳤다. 놀란 한결의 어깨가 살짝 튀어 올랐다.

"그만 좀 해. 일이 어떻게 돌아가는지는 나도 알아. 네 입으로는 절대 말 안 할 거야?"

이미 내 눈으로 확인한 후인데, 왜 한결을 재촉하고 있는지 모르겠다. 한결의 확언이 필요해서일까. 어쩌면 그가 변명하기를 바라는지도 모르겠다. 나를 위해서 한 거짓말이니까 이해해 달라고 말이다.

믿고 싶었다. 이 지경이 되어서도 한결을 믿고 싶었다. 하지만 한결은 더 말할 기미가 보이지 않았다. 나는 열이 올라서 주먹을 꽉 움켜쥐었다. 나는 누구보다 한결을 신뢰했는데. 뜨거운 배신감이 들었다.

"사실대로 말하기 싫으면, 손 놓고 내가 추방되는 꼴 보든가."

나는 한결을 뒤로하고 복도로 뛰쳐나왔다. 한결은 의자에서 벌떡 일어났지만 나를 따라오지 않았다. 내가 돌아올 때쯤에는 한결이 다시 도망친 뒤겠지. 한결도 마음이 복잡할 것이다.

사실 내 마음속의 아주 작은 부분은 선호가 한결과도 가깝게 지냈다는 것을 생각하고 있었다. 선호를 잃고 나처럼 속이 상할 한결을 위로하고 싶었다. 하지만 지금만큼은 위로처럼 다정한 감정에 한눈팔 겨를이 없었다. 뱃속에서 부글거리는 분노와 서러움이 시야를 새빨갛게 침범했다.

마음을 가라앉히려고 복도를 왕복했지만 점점 어지럽기만 했다. 선호가 어떻게 되었을지 걱정이 되어서 머리가 핑핑 돌았다.

복도에서 마주친 60이 나를 멈춰 세웠다. 우리는 눈이 마주치자마자 손을 마주 잡고 복도의 가장자리로 비켜서서 떨리는 숨을 내쉬었다.

"95 얘기 들었어?"

"95 어디에 있는지 알아?"

우리는 동시에 묻고, 동시에 슬픈 표정이 되었다. 감정을 정리한 60이 조심스레 물었다.

"돌아갈 생각 없어?"

"뭐?"

"중앙으로. 95가 중앙으로 돌려보내지는 게 아니라 공동체 밖으로 추방당할 수도 있대."

"공동체 밖으로?"

기겁한 목소리가 나왔다. 나는 잠시 충격에 멈춰 있었다. 공동체 바깥에는 아무것도 없다. 살 곳도, 먹을 것도. 죽도록 내버려두겠다는 뜻이나 다름없다. 60이 입에 손가락을 가져다 대면서 속삭였다.

"여전히 나머지 사람들한테서 의심을 거둔 것 같지도 않아. 괜히 의심 사서 쫓겨나느니, 중앙으로 그냥 돌아가는 게 어떠냐는 사람들이 많아."

"그걸 어떻게 알았어?"

"내 평가자는 네 명을 담당하잖아. 같은 평가자 아래에 있는 애들한테 건너건너 들었어. 사실 우리끼리 비밀로 하기로 했지만, 너한테는 말해 줘야 한다고 생각했어. 너는 혼자서 배우잖아. 그래서 똑같이 혼자서 배우는 95랑 친했던 거지?"

60이 망설이다가 덧붙였다.

"우리도 친구지?"

나는 60이 내게 무릎이라도 꿇은 것처럼 충격을 받았다. 물론 나도 60을 친구라고 생각했다. 선호처럼 완벽하게 신뢰하거나 한결처럼 떠올릴 때마다 마음이 아프지는 않지만, 60도 내게 소중한 사람이었다.

60의 눈빛에서 스쳐 지나간, 우리가 친구가 아닐지도 모른다는 눈빛 때문에 숨이 막혔다. 마치 거울을 보는 듯했다. 아무도 믿지 못하고 버블에 숨어 살던 중앙에서의 내 모습이었다.

"당연하지. 우리는 친구야."

나는 진심을 담아서 말하며 60의 손을 꼭 쥐었다. 60의 눈에 확신과 안정이 내려앉았다. 내 마음도 따뜻하게 달아올랐다. 나는 방금 60의 버블로 들어섰다는 것을 느꼈다.

"전에, 식당에서 먼저 말을 걸어 줘서 고마워."

60이 기습적으로 팔을 벌려서 나를 와락 끌어안았다. 나는 바보처럼 멈춰 있다가, 60이 불안해하기 전에 60을 세게 마주 안아 주었다.

"95는 괜찮을 거야. 괜찮을 거라고 생각하자. 어차피 우리가 지금 할 수 있는 일은 없으니까."

60이 다짐하듯이 내게 말했다. 내가 고개를 끄덕이자, 60은 아까보다는 가벼워진 표정을 하고서 복도의 끝으로 사라졌다.

짧은 순간, 나는 안전함을 느꼈다. 언뜻 보아서는 나를 구별해 낼 수 없을 정도로 동질적인, 또래로 이루어진 스물한 명의 무리. 그들 틈에 조용히 묻혀 있을 수만 있다면 나는 안전할 것이다.

하지만 그럴 수는 없었다. 60이 방금 내게 이유를 알려 주었다. 60은 내가 혼자라고 여겨서 나를 도왔다. 같은 평가자에게 배우는 동기들 없이 동떨어진 사람.

혼자인 것은 선호도 마찬가지다. 동시에 그는 내 가장 가까운 친구다. 내가 아니면 누가 선호를 돕지? 지금 여기에 선호의 편은 아무도 없다. 선호의 버블을 이해하는 사람이 없다. 그가 나를 도우려는 선의만으로 오해를 사서 추방당할 위기라는 것을 아는 사람이 없다.

잘은 모르지만, 선호의 평가자인 51이 한결처럼 규칙을 어겨 가면서까지 선호를 도울 것 같지는 않다. 평가원에서 지내며 얻어 들은 평판에 따르면 51은 요령이 없을 정도로 공명정대한 사람이다.

결론이 명백했다. 이대로 내버려 두면 선호는 아무의 도움도 얻지 못하고, 나를 도우려던 마음 때문에 추방될 것이다.

이번에는 내가 선호를 도와야 했다.

하지만 60의 말이 맞았다. 내가 할 수 있는 일이 없었다. 대체 내가 외곽 전체에 맞서서 무엇을 할 수 있지? 사실, 내가 할 수 있는 일은 하나밖에 없었다. 결심이 필요한 일이었다.

　나는 얼굴로 쏟아지는 머리카락을 이마 너머로 쓸어 넘기고, 터덜터덜 방으로 돌아갔다. 여전히 거실 테이블에 앉아 있던 한결과 눈이 마주쳤다. 입에서 지친 목소리가 쏟아졌다.

　"좀 나가. 나가라고 했잖아."

　최근 들어서는 드물게도, 내가 말을 맺자마자 한결이 대답을 하려고 입을 열었다. 하지만 내가 먼저였다.

　"그냥 아무 말도 하지 마. 너는 네 마음대로 해. 나는 내 마음대로 할 거니까."

　한결이 벌떡 일어났다.

　"마음대로 한다고? 그게 무슨 소리야?"

　"대표 평가자에게 내가 제한 구역에 갔던 거라고 말할 거야. 치안 요원들이 여기로 달려오지 않는 걸 보면 선호는 나 때문에 잡혀가 놓고도 내 이야기를 안 한 모양인데, 내가 가만히 있을 수는 없어. 선호는 내 친구란 말이야."

　나는 연회색 코트를 집어들면서 말했다. 평가자 사무실들이 늘어선 층은 강의가 없는 시간대면 복도가 서늘했다. 거실의 반도 가로지르지 못해서 한결이 나를 가로막았다.

　"온영아!"

　한결이 코트의 옷깃을 붙잡았다.

　"고작 한 달 전에 만난 사람이야. 선호가 네 친구인 건 알아. 하지만 지금 자백하면 공동체 밖으로 추방될 거라고. 다시 생각해 봐. 그냥 여기에 있어."

"그냥 여기에 있어?"

나는 한결에게 되물었다.

"한 달 전에 만난 사람이니까 배신해도 괜찮아? 나 때문에 손해를 보든 아무것도 모르고 살든 내버려 둘까? 외곽에서 몸만 편하면 그만이니까 평생 거짓말을 할까? 네가 나한테 한 것처럼?"

선호가 끌려갈 때부터 눈꺼풀까지 차올라 있던 눈물이 왈칵 쏟아졌다.

"너는 그렇게 살아. 난 그렇게 못 하겠으니까."

한결의 손에서 힘이 빠졌다. 그가 내 코트를 놓은 순간, 나는 한결이 또 도망치려고 하는 줄 알았다. 하지만 그는 주먹에 다시 힘을 주고 말했다.

"아니야. 나도 그렇게 안 할 테니까, 가지 마. 가지 말고 내 이야기를 들어 줘."

한결이 내게 따라오라고 손짓했다. 한결은 자기 침실에 딸려 있는 화장실로 들어갔다. 나는 그를 의심하며 바라보았다.

"뭐 하는 거야?"

한결이 경계심 가득한 눈으로 화장실 안을 보며 무언가를 찾았다. 그는 마침내 설명할 준비가 된 표정을 지었다.

"혹시 몰라서 들어왔어. 지켜보는 눈이 너무 많아서."

바로 이해되지는 않았지만 한결이 걱정하는 이유를 짐작할 수 있었다.

"누가 지켜보는데?"

"버블이. 평가원 내부는 녹화되고 있어."

"녹화된다고?"

나는 눈을 치켜떴다. 한결은 내가 무슨 이야기를 할지 안다는 듯이 고개를 저었다.

"네가 방에서 나갔던 날이 걱정되어서 그렇지? 내 라펠 핀으로 통금을 어겼던 날. 그날의 파일은 내가 전부 삭제했어."

"……고마워."

나는 목이 메이는 소리로 말했다. 한결은 세면대에 기대어서 섰다. 마음의 준비를 하는 기색이었다. 그가 무슨 이야기를 할지 대충은 알고 있으니, 조금은 기다려 줄 수 있었다. 한결이 천천히 이야기를 시작했다.

"너도 알아냈겠지만, 네가 있던 중앙은 외곽을 위해 일하는 곳이야. 최소한의 자원만 쓸 수 있는 노동자들이 거주하는 구역이지. 일의 효율을 높이고 중앙의 정체를 알아낼 수 없게 예방하기 위해서 강하게 통제하는 거야. 미접촉 원칙, 개인의 격리, 대인 관계의 통제…….."

"공동체 규칙 말하는 거야?"

나도 모르게 한결의 말을 끊었다.

"갈등을 예방하기 위해서 소통을 제한한다는 거? 그게 거짓말이라고?"

나는 혼란에 빠져서 눈동자를 굴리다가 물었다.

"왜?"

"외곽 평가원에서 너희끼리 친하게 지내는 걸 보고 걱정하던 거랑 같은 원리야. 너희가 따로따로 존재할 때는 서로 이야기를 하지 않았잖아. 서로 정보를 공유하기 시작하자마자 의심이 생겼지? 처음으로 중앙의 전체적인 모습이 머릿속에 그려졌을 거야. 급기야 직접 행동해서 진실을 알아낸 사람도 생겼고."

한결이 나를 슬쩍 가리켰다. 나는 평가자들이 우리를 흩어 놓고 외곽이 중앙을 고립시킨 이유를 알 것 같았다.

"우리끼리 모여서 진실을 알아낼까 봐 경계한 거구나."

내가 말하자 한결이 고개를 끄덕였다. 그들은 우리의 연대를 두려워한 것이다. 눈을 뜨는 것도, 서로 이야기를 나누는 것도 더없이 정상적인 행동이었다는 뜻이었다.

내가 중앙에서 지내는 내내 답답했던 건 당연했다. 갇혀 있었으니까. 남들은 잘 적응한다고, 공동체가 말해 주는 대로 믿어 버렸다. 사실 다른 사람들도 답답해하면서 버티고 있던 거였을까?

'내가 정상이었던 건가?'

나는 평생 내가 비정상이라고 생각하면서 규칙에 나를 욱여넣었다. 발을 딛고 있던 바닥이 사라져 버린 감각이 아찔했다. 나와 똑같은 사람들로 가득 찬 도시를 떠올리자 소름이 끼쳤다.

"너는 일을 하지 않아도 되는 거잖아."

나는 한결을 가리키면서 말했다.

"맞아."

"그럼 평가원은 뭐야? 전부 직업이 있잖아."

"평가자들은 자원봉사야. 우리 나름대로 각자가 생각하는 옳은 일을 하려고 해. 외곽 사람들이 전부 괴물인 건 아니야. 중앙을 착취한다는 사실 때문에 심심찮게 시위도 하고, 중앙의 존재에 대해서 계속 마찰하고 있어. 그래서 공동체가 평가원을 만든 거야."

"그래서 외곽 출신의 열여덟 살만 데려오는구나? 보호자 때문에 중앙으로 보내졌지만 여전히 외곽에 권리가 있는 사람이라고 여기는 거지? 우리를 통해서 양심의 가책을 덜어 보려는 거야?"

"당장의 불만을 잠재우기 위해 공동체가 선택한 방법이고, 효과가 있었어. 차별에 괴로워하던 평가자들이 얻어 낸 최소한의 것이야. 물론 오랜 시간 일하며 이 일에 매몰돼 버린 사람도 있지. 본래의 목표를 잊고 평가원 규칙에 더 집중하게 된 거야. 네가 그렇게 생각한대도 할 말은 없어. 따지자면 맞는 말이니까."

내가 한참 동안 아무 말도 하지 못하자 한결이 또 나섰다.

"내가 다시 제대로 설명을……."

"그러면."

나는 한결의 말을 막았다. 충격은 잠시였다. 나는 충격에 뒤따르는 깨달음을 되짚기 시작했다. 평생 속아 왔다는 사실보다 더 중요한 사실이었다.

"가까워져도 되는 거구나?"

한결이 무언가 고갯짓을 한 것 같았지만, 쳐다보지 않았다. 지금까지 내가 알아 온 모든 것이 뒤집히는 순간이었다.

"난 싸우지 않으려면 가까워지지 말아야 한다고 배웠어. 자기만의 버블에 숨어서, 다른 사람의 버블 속은 궁금해하지도 말아야 한다고 말이야. 각자의 버블. 그게 원칙이잖아."

나는 양 손바닥을 펼치면서 말했다.

"하지만 그건 사실이 아니야. 우리는 가까워져도 싸우지 않고 잘 지낼 수 있어. 마치 서로의 버블에 초대받아 들어가는 것처럼, 내가 선호와 60과 싸우지 않고 지냈던 것처럼. 갈등을 해결하는 방법을 배우면 되는 거지."

나는 고개를 번쩍 들고 한결을 쳐다보았다.

"물론 싸울 수도 있어. 하지만 싸웠더라도 여전히 가까운 사이일 수 있지. 너랑 내가 싸운 것처럼. 충분히 대화하고 이해하면, 오히려 싸우지도 않은 사람들보다 더 가까워지는 거야."

나는 손바닥을 짝 마주쳤다. 깜짝 놀랄 만큼 큰 소리가 울리고, 틈 없이 붙은 살갗 사이가 따뜻해졌다.

"맞지?"

내가 다그치자 한결이 입을 살짝 벌리고 눈을 깜빡였다. 내가 말을 끝낸 줄도 모르는 기색이었다. 내가 다시금 대답을 재촉하듯이 눈을 크게 뜨자 그가 뒤늦게 고개를 끄덕였다.

"맞아. 정확해."

"좋아. 그럼 내가 할 수 있는 일이 있어. 너도 해 줄 일이 있어."

한결이 이해하지 못한 표정으로 작게 고개를 저었다. 나는 작동을 멈추어 버린 한결을 와락 끌어안고, 화장실에서 달려 나갔다.

아래층으로 내려가자마자 복도의 반대쪽 끝을 서성이던 60을 발견했다. 60은 나와 눈이 마주치자 희미하게 밝아진 표정으로 손을 흔들었다.

나는 60이 당황하다 못해 영문을 몰라서 내게 다가오려고 할 정도로 오랫동안 60을 쳐다보았다. 나와 같은 옷, 선호와 같은 옷을 입은 조그만 사람. 내가 아는 선호를 모른다면, 60은 선호를 돕지 않을 것이다. 적어도 지금은.

60이 선호처럼 비밀을 알게 된다면 어떨까? 나를 도우려고 했던 선호의 의도를 이해한다면?

도와줄 사람은 많을수록 좋았다. 60에게 고정되었던 시야가 넓어졌다. 우리와 똑같은 옷을 입은 사람들이 복도 한복판에 멈추어 선 내게 다가오고 있었다.

'한 번만 더 부딪혀 보자.'

나는 주먹을 움켜쥐면서 생각했다. 맨몸으로 남의 버블에 뛰어

드는 모험에 익숙해졌는지도 모르겠다. 나는 이제 나를 걱정스레 바라보는 60을 믿고 말할 수 있었다.

"안녕. 내 이름은 이온영이야. 부탁하고 싶은 일이 있어."

23

"믿을 수가 없어."

한결이 중얼거렸다.

"믿을 수가 없다고."

벌써 스무 번 넘게 하는 말이었다. 나는 드디어 찾아온 참을성의 한계에 거실 테이블을 탕 내리쳤다.

"믿어, 좀. 이미 일어난 일이야. 우리는 거짓말을 하기로 했어."

나는 60, 아니, 채원에게 지난 며칠간의 일을 모두 털어놓았다. 채원은 충격을 받아서 한동안 말을 잇지 못했지만, 선호를 도울 의향이 있냐고 묻자 망설이지 않고 돕겠다고 약속했다.

채원은 가깝게 지내는 세 명의 친구가 있었다. 같은 평가자에게 배우면서 가까운 숙소를 사용하는 사이였다. 채원이 그들을 숙소로 불러들여서 이야기를 전했다. 그들은 그들과 친한 사람들에게 말을 옮겼다.

한 시간도 되지 않아서 스무 명의 동기들이 외곽의 진실을 알게 되었다. 분노에서부터 패닉까지 다양한 반응을 보였던 그들은, 선호를 돕겠냐는 제안에도 다양하게 반응했다.

채원을 포함해 선호와 가까이 지냈던 다섯 명이 조사를 받을 확률이 높았다.

채원과 6층의 내 방에 모여서 예상 질문을 준비했다. 선호가 잡혀간 뒤로 예비 주민들이 모여 불안을 공유하는 풍경이 흔해졌기 때문에 큰 의심을 사지 않을 수 있었다. 치안 요원들이 우리를 각자 면담하는 때가 우리의 기회였다.

그들에게 해야 할 말은 정해져 있었다. 아니요, 95가 언젠가는 제한 구역을 꼭 넘어가 보고 싶다고 말한 적 없어요. 아니요, 95는 평가원의 직원들이 우리를 지켜보는 것 같다고 말한 적 없어요. 아니요, 95는 우리에게 중앙에서 물자가 움직이는 방식에 대해서 설명해 준 적 없어요. 95는 평범하고 친절한 보통 사람입니다.

선호가 평가원 밖으로 나갔다는 직접적인 증거는 없었다. 그와 가까이 지내던 사람들이 선호가 그럴 사람이 아니라고 증언한다면 치안 요원들로서는 선호를 추방할 수는 없으리라는 것이 우리의 생각이었다. 중앙의 인권을 염려하는 사람이 모인 외곽 평가원이라면 더더욱.

"너는 어떻게 생각하냐니까?"

나는 한결에게 다시 물었다. 한결은 비로소 진지하게 고민해 볼 준비가 된 모양이었다.

치안 요원들을 속이기는 쉽지 않을 것이 뻔했다. 우리는 아직 졸업 시험조차 통과하지 못한 사람들이었다. 대부분의 외곽 사람들은 아직도 우리를 종잇장 보듯이 꿰뚫어 볼 것이다. 믿을 만한 사람의 도움이 필요했다.

우리가 아는 외곽 사람이라고는 평가원의 사람들뿐이었다. 직원들과는 아무도 친하지 않았고, 51이 선호를 대하는 냉정한 모습을 본 후로는 아무도 본인의 평가자를 신뢰하지 않았다.

나만 제외하고.

이 경위로, 나와 채원이 기다리는 내 숙소로 한결이 초대받게 된 것이다. 한결은 우리를 보자마자 불길하다는 표정을 짓더니 설명을 듣고 이마를 짚었다.

"너 이게 얼마나 위험한지 알고 있지?"

"알고 있어. 한 명이라도 들키거나, 거짓말을 하지 않기로 결정하거나, 거짓말을 하기로 한 사람들의 목록을 치안 요원들에게 고발하면 전부 끝장이지."

"그걸 알면서도 스무 명한테 사실대로 말하고 도와 달라고 했어? 누가 봐도 네가 주동자가 분명할 정도로 적극적으로?"

"그래. 선호는 내 친구야. 그리고 나는 친구들을 믿어. 전부 선호와 친한 사람들이었고, 진실을 알 자격이 있어. 너는 외곽의 사람들을 알지만 나는 중앙의 사람들을 알아. 우리는 모두 누군가를 믿고 사랑해 보고 싶은 마음이 있어. 그래서 다들 외곽으로 온 거야. 평생 그런 마음이 잘못이라고 배우고 살다가 이제야 아니라는 걸 알았잖아."

한결의 눈동자가 흔들렸다. 나는 몸을 기울여서 한결의 눈을 들여다보았다.

"너도 마찬가지라고 했지? 그럼 너도 날 믿어."

한결은 무언가를 재 보는 표정이 되었다. 아직도 당황하면 말을 더듬는 중앙 사람들 여섯 명과 함께 평가원을 속일 생각을 하니 막막한 모양이었다. 하지만 나는 한결의 진심과 능력을 믿었다.

한결이 마침내 눈을 질끈 감았다. 나는 한결의 행동의 의미를 알았다. 그가 계산과 생각을 멈추고 신념대로 행동하기로 했다는 뜻이었다.

"좋아. 이렇게 하자."

한결은 거실 테이블로 걸어가더니 허리를 펴고 앉았다. 전에 없이 진지한 표정이었다. 우리는 그를 따라 테이블에 앉았다. 긴장한 채로 한결을 응시했다.

"예상 질문을 만들었다고 했지?"

한결이 마침내 물었다.

"네. 여기요."

채원이 그에게 질문지를 건넸다.

"그냥…… 말 놓자. 어차피 동갑이잖아."

한결이 어색하게 웃으면서 말했다. 채원이 픽 따라 웃었다. 한결은 질문지를 클립보드에 끼우고, 아래쪽에 몇 가지를 추가해서 적더니, 갑작스레 채원에게 물었다.

"95가 제한 구역에 관심을 보인 적 있나요?"

"아니요, 없습니다."

채원이 당황한 기색을 숨기지 못하고 비명처럼 대답했다. 뒤늦게 어색하게 웃었지만, 역효과라는 걸 나도 느낄 수 있었다.

"어떻게 생각해?"

한결이 우리 모두에게 물었다. 내가 먼저 입을 열었다.

"외곽 사람처럼 말하려고 할 필요는 없을 것 같아. 치안 요원은 네가 중앙 사람인 걸 알고 있으니까. 오히려 너무 완벽하면 의심할 것 같아."

"질문이 무슨 뜻이냐고 되묻거나, 다시 설명해 달라고 부탁하면 어떨까? 네가 거짓말을 할 수 없는 사람이라고 생각하게 만들 거야."

한결이 덧붙였다. 채원이 책상에 놓인 다른 종이에 받아 적으면서 연신 고개를 끄덕였다. 한결은 내게 다음 질문을 던졌다.

"95가 평가원의 운영 방식이나 외곽 생활에 의문을 가진 적 있나요?"

"외곽 생활이요?"

나는 몸에서 힘을 풀고 되물었다. '외곽 생활'이 무엇을 의미하는지 모르겠다는 듯이 눈썹을 들썩였다. 한결이 잘했다는 듯이 씩 웃었다.

"외곽에 대해서 07님께 특별히 이야기한 내용이 없나요?"

"아니요, 없습니다."

한결이 내 표정을 찬찬히 뜯어보았다. 그가 손끝으로 내 눈가를 살짝 눌렀다. 따뜻한 손가락이 닿자 얼굴에 열이 올랐다. 한결도 뒤늦게 당황해서 불에 덴 듯이 손을 떼며 말했다.

"미안. 너 너무 긴장했어. 얼굴에서 힘을 풀어 봐. 얼굴을 의식하지 말고, 손끝이나 발끝처럼 안 보이는 곳에 힘을 준다고 생각해 봐."

나는 발끝에 힘을 주어서 바닥을 밀었다. 얼굴이 편안해지는 것이 느껴졌다. 한결이 질문지에 펜을 대면서 덧붙였다.

"이건 사람마다 다르게 대답하는 게 좋겠다. 외곽 평가원에서 사는 사람이 외곽에 대해 이야기를 안 했다는 건 오히려 이상하지 않아?"

"그렇네. 선호랑 제일 친한 사람은 우리야. 선호가 친밀한 사람에게만 했을 만한 이야기를 해 보자."

한결이 고개를 끄덕이고 다시 물었다.

"95가 외곽에 대해서 특별히 이야기한 내용이 있나요?"

"음, 어렸을 때 보호자와 함께 외곽에서 살았다고 한 적은 있어요. 사실 그래서 95와 친해졌거든요. 저도 어렸을 때 외곽에서 살았는데, 흔하지 않은 경우잖아요? 친밀감이 느껴졌어요."

"좋아. 너희가 평가원에 오는 사람들의 조건을 모른다고 암시하면 도움이 되겠네."

한결이 인상적이라는 듯이 어깨를 펴면서 말했다. 채원이 그의 다음 질문에 대비해서 표정을 풀고 숨을 가다듬었다. 채원의 발가락이 말려드는 모습이 희미하게 보였다.

"95가 중앙에서의 본인의 삶에 대해서 여러분에게 이야기했나요?"

"다른 사람들은 모른다고 대답해야겠지? 지금은 내가 어떻게 대답할지만 말해 볼게."

한결이 클립보드에 펜을 대면서 말해 보라는 눈빛을 보냈다.

"중앙에서의 삶이라는 말이 무슨 뜻인가요?"

"중앙에서 95 본인이 어떻게 살았는지 이야기한 적 있나요? 중앙에서 무슨 역할을 했는지에 대해서요."

한결이 말했다. 우리는 몸을 기울여서 채원을 유심히 살폈다.

"95는 물자를 분배하는 일을 했어요. 자세히는 못 들었지만, 자동차를 모는 일이라고는 말해 줬어요."

이건 채원과 나만 아는 이야기였다. 진단 평가에서 선호가 말해 주었다. 선호가 무슨 일을 했는지 이미 알고 있는 사람의 입장에서, 채원의 말은 수상하지 않았다.

"난 괜찮았어."

내가 먼저 말했다. 한결도 이상하지 않았다고 동의했다.

짧은 침묵이 흘렀다. 지금부터 해야 할 일이 무엇인지 알 것 같았다. 모두가 어색하지 않게 대답할 수 있도록 서로를 살펴야 했다. 여태 외곽 평가원에서 배워 온 지식을 전부 쏟아부어야 할 일이었다. 한 명이라도 마음이 흔들리지 말아야 할 일이었다.

채원은 불안한 눈빛으로 나를 바라보았다. 별안간 우리가 모두에게 나눠 준 신뢰가 두려워졌다는 표정이었다. 나는 수십 번은 해 본 일처럼 채원을 향해 팔을 벌렸다. 우리를 힘껏 서로를 끌어안았다. 따뜻한 용기가 물을 준 식물처럼 자라났다.

"우리 다녀온다."

나는 한결에게 말했다. 한결이 응원처럼 고개를 끄덕였다. 우리는 비장하게 방을 나섰다. 방문해야 할 사람들이 많았다.

24

나는 손을 뒤로 뻗어서 문을 닫았다. 따뜻하고 익숙한 향기가 나는 내 숙소였다. 순식간에 긴장이 풀리고 다리에서 감각이 사라졌다. 나는 현관에 주저앉아서 바보처럼 웃었다.

"온영아."

거실에서 내 면담이 끝나기를 기다리던 한결이 황급히 나를 일으켰다.

"왜 그래? 무슨 일 있었어?"

"무슨 일은 너한테 있지."

나는 픽 웃으면서 말했다. 온몸이 바닥으로 흘러내렸다. 우리는 강의실에서 직원들의 감시를 받으며 대기하다가 순서대로 들어가서 면담을 받았다.

거짓말을 하기로 약속한 사람이 일어날 때마다 방이 팽팽하게 긴장했다. 돌아온 사람이 불안한 표정으로도 미소를 지어 보이면 긴장이 풀어졌다. 긴장과 안심의 연속이었다. 다섯 번을 반복하고 나니, 마지막으로 내가 들어가야 할 순간이 왔을 때는 걱정조차 되지 않았다.

어쩌다 보니 나는 평가원에서 가장 거짓말을 잘하는 사람이 되었다. 긴급 구출을 받았으니 실력이 형편없을 거라고 말하던 51에 게 보란 듯이 자랑을 하고 싶을 정도였다.

나는 치안 요원에게 물었다. '95는 괜찮나요? 졸업 시험을 보러 올 수 있을까요?' 그는 스물한 명을 조사하느라고 피곤한 기색이 역력했다. 치안 요원은 뒷목을 긁적이더니 클립보드를 내려놓으면서 말했다.

글쎄요. 외곽에서 지내지는 못할 것 같아요. 아쉽지만 친구분은 중앙으로 돌아가야겠네요.

나는 혼신의 힘을 다해서 고개를 푹 숙였다. 웃음을 참기 위해서였다. 나는 치안 요원이 내 어깨를 두드려 주고 먼저 방을 나선 후, 손바닥에 얼굴을 묻고 소리 없는 환호성을 질렀다.

중앙에서 치안 요원은 공포의 대상이었다. 남들처럼 눈을 잘 감지 못하는 아이는 그들이 두려울 수밖에 없었다. 하지만 지금 나는 그들을 속여 넘길 수 있었다. 내게 소중한 사람들을 위해서라면 규칙을 어기는 일도 감수할 수 있었다.

우리는 어제 밤이 새도록 치열하게 거짓말을 연습했다. 한결의 걱정과는 달리, 단 한 명도 배신하지 않았다. 어색한 거짓말이 탄로 나지도 않았다. 내 판단이 틀리지 않아서 다행이었다. 우리에게는 서로를 믿을 기회가 필요했다.

나는 외곽 식당의 5층을 떠올렸다. 주머니의 라펠 핀을 만지작대기만 하고 내밀지 못했던 이유를 알고 있었다. 한결이 내게 소중한 사람이기 때문이었다.

그는 내게 진실을 숨겼고 나는 그를 곤경에 처하게 했지만, 의심의 여지없이 한결이 내게 소중했다. 더 좋은 점은, 내가 그에게 소중하다는 사실을 더는 의심할 필요가 없다는 점이었다.

나는 한결의 눈을 들여다보면서 비로소 깨달았다. 외곽으로 와서 얻은 것이 없지만은 않았다.

나는 버블을 깨는 방법을 배웠다. 외곽에 사는 사람들조차 알지 못하는 비밀이었다. 내 표정을 살피던 한결의 표정이 서서히 녹아내렸다.

"내가 마지막 순서였어."

"어떻게 됐어?"

한결이 초조하게 물었다. 나는 깊은 숨을 내쉬면서 대답했다.

"선호는 중앙으로 돌려보내질 거야."

한결이 떨리는 웃음소리를 내뱉었다.

자초지종을 들은 한결은 안도의 한숨을 내쉬면서 내 어깨를 쥐었다. 선호는 안전하다. 우리도 안전하다. 이제 내가 알아내고 싶었던 것들은 모두 알아냈다.

하지만 중요한 질문은 이제 시작이었다. 한결만이 해결해 줄 수 있는 의문들이 있었다. 나는 현관 매트 위에 웅크리고 앉았다. 한결이 내 맞은편에 풀썩 앉은 채 전과는 다른 표정으로 나를 바라보았다. 우리는 마침내 이야기를 나눌 준비가 되었다.

"나는 네가 외로운 사람이라고 생각했어."

"맞아. 외로웠지."

나는 인정했다. 중앙은 외로웠다. 혼자가 싫었다. 동시에, 공동체에게 배운 대로 사람을 무서워했다. 어디로도 나아가지 못하는 기분이었다.

"네 옆에 사람을 가져다 놓기만 하면, 네가 행복해질 줄 알았지. 그래서 널 외곽으로 데려왔어."

"하지만 그건 내가 진짜 원하는 게 아니었어."

"맞아. 아니었지."

한결이 수긍했다.

"너와 같이 지내는 동안 알았어. 너는 사람을 믿고 싶어 하는 사람이야. 확신을 가질 수 있는 진짜 관계를 원하지. 나는 그 관계를 내가 줄 수 있다고 생각했어. 그건 나도 원하는 관계였거든."

"하지만 그럴 수가 없었어."

"맞아. 우리가 서로의 버블 속으로 들어갈 수 있다면 둘 다 완벽하게 행복해질 거라고 생각했어. 나는 너에게 숨겨야 하는 외곽의 비밀을 간과했어. 항상 너한테 거짓말을 하면서, 어떻게 너한테 믿음을 사려고 했는지 모르겠어."

한결이 단호하게 말했다. 사실을 제대로 전달하려고 일부러 단호한 말투를 쓰고 있는 것 같았다. 언어는 단호하게 들리지만 표정이나 말투는 확실히 누그러져 있었다. 사과하는 사람의 모습이었다.

"진작 말해 주지 못해서 미안해. 스스로 알아내느라고 선호도 너도 위험해졌다는 거 알아. 용기를 내지 못한 내 잘못이야."

나는 한결을 천천히 뜯어보았다. 사과를 받았으니 용서할지 결정해야 했다. 어려운 결정은 아니었다.

"괜찮아. 사과해 줘서 고마워. 나도 너를 곤란하게 만들어서 미안해. 나를 외곽에 데려와 주고 다른 사람을 믿어도 괜찮다는 걸 알려 줘서 고마워. 그동안 나를 도와주고 지켜 줘서 고마웠어."

"고마…… 웠다고?"

한결이 반신반의하는 목소리로 물었다. 나는 평온하게 그에게 대답할 수 있었다.

"나는 중앙으로 돌아갈 거야."

입 밖으로 뱉자마자 마음이 한층 더 편안해졌다. 한결은 내가 그를 힘껏 후려치기라도 한 듯한 표정이 되었다. 한결이 다시 물었다.

"나 때문이야?"

"뭐? 아니야. 나만 돌아가는 것도 아니야. 여섯 명이서 함께 결정했어. 이번 일로 우리가 외곽에 대해 아무것도 모른다고 증명했으니까 어려운 일은 아닐 거야."

면담이 끝나자마자 내가 향한 곳은 내 숙소가 아니었다. 한결이 초조하게 기다리고 있다는 걸 알지만, 친구들을 먼저 만나야 했다. 선호가 중앙으로 돌아간다는 결과가 전해지자 우리는 모두 중앙으로 돌아가기로 결정했다.

"하지만 외곽에 대해서 모르지 않잖아. 그런데 왜 돌아가려는 거야?"

"알기 때문에 돌아가려는 거야. 나는 이미 중앙에서 살아 봤잖아. 중앙의 사람들이 얼마나 정직하게 일하고 최선을 다하는 삶을 사는지 알아. 그런 물자를 누리면서 외곽에서 살 수는 없어. 숨이 막혀 버릴 거야."

"중앙으로 돌아가면 다시 갇혀서 살아야 하잖아. 그래도 괜찮아?"

"외곽으로 거주지를 옮긴다고 해서 버블이 사라지는 것은 아니야. 내 발걸음을 막는 진짜 버블보다는, 보이지 않는 버블이 더 위험해. 내 마음 먹기에 따라서는 버블로 가득한 중앙에도 버블이 존재하지 않을 수 있는 거지. 게다가……."

나는 말을 멈추고 눈을 도르륵 굴렸다.

"나는 이제 버블을 깨는 방법을 알고 있잖아. 나는 당연히 중앙으로 돌아가야 해. 중앙에는 방법을 아는 사람이 필요해."

"그럼 나는?"

한결이 떨리는 목소리로 말했다. 나는 낯선 사람을 보듯이 그를 마주 보았다.

"네가 나를 필요로 했던 만큼 나도 네가 필요했어. 네가 여기로 오고부터 드디어 외곽이 가짜 같지 않았어. 네가 없으면 난 여기서 어떻게 살아?"

나를 돕거나, 내게 거짓말하거나. 항상 나보다 단단한 사람처럼만 보였던 한결이 달리 보였다. 무너지고 있었다. 한결이 마지막까지 숨겨 놓았던 그의 약한 모습이었다. 나는 이제야 한결의 모든 면을 들여다보았음을 알았다. 나는 마음을 놓고 그를 끌어안았다.

한결이 나를 마주 안던 손을 멈추고 몸을 움찔했다. 방금 자기가 무슨 말을 했는지 깨닫지 못한 모양이었다. 하지만 나는 똑똑히 들었다.

만약 그가 내게 갖는 자신의 감정이 무엇인지 좀체 모르겠다면, 남의 일이라고 생각해 보면 쉬울 것이다. 나는 그가 어질러진 책상에서 펜을 쥐고 거침없이 써본 후에 감정 교본을 들여다보았으면 했다. 감정의 이름을 적어 놓은 종잇조각이 귀퉁이가 닳을 때까지 지니고 다니면서 나를 생각했으면 했다.

오래 걸리는 일은 아니었다. 내가 아는 모든 감정에 이름을 붙여 준 한결이라면 곧 답을 알아낼 수 있을 것이다.

나는 자리에서 일어났다. 한결의 팔을 잡아당겨서 그도 일으켰다. 짐을 챙길 시간이었다. 나는 준비해 둔 작별 인사를 꺼냈다.

"내 버블에 들어와 줘서 고마워. 네가 아니었다면 나는 여전히 그곳에 갇혀 있었을 거야."

한결의 손을 꼭 마주잡았다. 그는 혼자 남겨질 생각에 겁에 질린 표정이었다. 하지만 이건 내가 도와줄 수 없었다. 한결이 혼자서 결정해야 하는 일이었다.

"네가 버블에서 나올 준비가 되면, 이번에는 내가 밖에서 너를 기다리고 있을게."

나는 한결의 눈을 들여다보며 그의 손을 놓았다.

25

거리에서는 서로 2미터씩 떨어져서 걷는다. 공동체의 규칙이다. 발걸음 소리마저도 충격을 흡수하는 바닥에 스며들어 거리가고요하다.

완벽한 정적. 우리는 타인에게 말을 걸지 않는다. 아무와도 가까워지지 않는다. 완벽한 도시는 나를 외롭게 하곤 했다.

나는 이 도시로 돌아왔다.

외곽 평가원 졸업 시험을 통과하면, 추가 2주 동안 표백된 진실을 받아들이는 기간을 가진다. 대부분의 예비 주민은 앞으로 편하게 살 수 있는 외곽에서의 삶을 선택하고, 일부 그렇지 못한 사람들은 제한 구역에서 완전한 진실을 깨우치기 전에 중앙으로 돌려보내진다. 물론, 평가 기간 중 패닉에 가까울 정도로 겁을 먹는사람도 돌려보낸다. 다시는 돌아올 수 없다는 말은 거짓이었다.

평가원에서의 일자리를 돌려받았다. 여전히 주민들이 서로를 두려워하고 있는지 확인하는 일을 한다. 하지만 이곳에서 일하는 이유는 달라졌다. 평가원이 공동체를 감시하는 역할을 한다면, 공동체의 눈을 피할 수 있는 방법도 평가원에 있었다.

퇴근하는 길에 우편함에서 우편물을 꺼내고 현관문으로 들어섰다. 중앙으로 돌아오기 전, 한결이 감시를 피해 버블의 작동을 중지하는 법을 가르쳐 주었다. 이제 내 집의 버블은 나를 지켜볼 수 없었다. 발에 보급품 상자가 걸렸다. 나는 상자를 들고 온 사람을 찾아서 눈을 떴다.

"왔어?"

선호가 소파에서 일어나며 말했다. 식탁 의자에 걸터앉아 있던 채원이 반색을 하며 다가왔다. 채원은 퇴근 후에 방문했다. 선호는 마지막 배달 주소를 내 버블로 맞춰 두고 들어왔다.

내가 평가자로 일하는 데에는 또 하나의 이점이 있었다. 안쪽에 사는 주민일수록 감시를 덜 받는다는 점이었다. 선호와 채원이 사는 구역에는 거리마다 치안 요원들이 있었다. 하지만 우리 집을 지켜보는 치안 요원들은 많지 않았다. 살짝 주위를 살피고 용감하게 뛰어들기만 하면 내 버블에 들어올 수 있었다. 제2인류 공동체 규칙을 너무나 잘 지키며 오랜 시간 살아왔기 때문일까, 안쪽의 경계는 허술했다.

"잘 지냈어?"

채원이 활짝 웃으면서 나를 끌어안았다.

"당연하지. 너는? 다른 사람들은?"

중앙으로 돌려보내진 선호와 평가원에서 함께 돌아온 우리는 서로를 놓지 않았다. 중앙은 우리가 평가원에 다녀온, 특수한 경우라는 것을 알고 있었다. 졸업 시험을 치르기도 전에 돌아온 우리가 여전히 중앙을 더 좋은 곳으로 여긴다고 생각했다.

우리는 은밀하게 눈을 떴다. 중앙의 눈치를 살펴 가며 접촉을 이어 갔다. 몰래 내 버블을 중심으로 모임을 가졌다. 뜸한 즐거움이었지만 우리에게는 충분했다.

집으로 배달을 오는 선호의 차에 가끔 반가운 얼굴이 함께 타 있었다. 상자에 담겨 온 쌀 봉투에 채원의 편지가 쓰여 있기도 했다. 평가자인 나는 정기 평가에서 관계가 들통나지 않는 방법을 알려 주었다. 공동체의 눈을 피해 만날 수 있는 장소들이 입에서 입으로 전달되었다.

중앙은 변하지 않았다. 하지만 나는 변했다. 나와 함께 돌아온 사람들도 변했다. 적어도 내 입장에서의 중앙은 완전히 다른 곳이었다. 내가 완전히 다른 사람이듯이 말이다. 나는 이제 중앙을 이해할 수 있었다.

중앙을 이해한다는 건 내게 생각보다 중요한 일이었다. 납득할 수 없었던 규칙들의 이유를 알고 나니 중앙의 진면목이 보였다. 터무니없는 규칙을 지키면서 나를 키우던 보호자의 마음까지. 발견해 버린 이상 이야기를 나누어야만 했다.

어제는 보호자를 방문하기에 앞서서 디스턴서로 허락을 구했다. 보호자는 허락해 주었다. 오랜만에 돌아간 어린 시절의 집에서 나와 보호자는 눈을 뜬 채 이야기를 시작했다.

보호자가 나를 중앙에 걸맞게 키우고 있는지 감시가 따라붙었다는 것, 내가 언젠가 외곽으로 돌아갈 수 있음을 알고 있었다는 것. 내가 중앙에 미련을 두지 말고 성큼성큼 걸어 나가기를 바랐던 마음이 행간에서 느껴졌다.

나는 외곽으로 떠나기 위해 준비하던 일주일 동안 그랬듯이 마음속에 합리적인 이유들을 차곡차곡 모았다. 툭하면 불안이 스며 나오던 가슴속의 빈 공간을 채워 나갔다. 보호자의 이야기가 끝나자 딱딱한 문장들로 얼기설기 채워진 공간이 느껴졌다.

보호자가 대답을 기다리고 있었다. 나는 마침내 고개를 숙이면서 말했다.

"그랬구나."

보호자의 초조해하는 표정이 보였다. 내가 학교에서 사고를 치거나 거리에서 눈을 번쩍 뜰 때마다 짓던 표정이었다. 내가 좀 더 크면서는 서로 눈을 뜨고 마주하던 시간이 점점 줄어 잘 볼 수 없던 표정이었다. 나는 그 표정이 이전보다 훨씬 진심처럼 보인다고 느꼈다.

"이제 알겠어요."

보호자의 눈썹이 들리더니 입술이 살짝 벌어졌다. 나는 그 표정이 안도 내지는 기대를 뜻한다는 걸 알고 있었다. 외곽에 다녀오기 전의 나였다면 똑같이 딱딱한 표정이라고만 생각했을 것이다.

나는 외곽에서 배운 대로 보호자를 향해 씩 웃었다. 보호자가 마주 웃는 순간, 나는 우리가 이전과는 다른 관계를 지닐 수 있을 거라는 확신을 느꼈다.

문장들이 엉성하게 쌓여 있던 빈 공간에 따뜻한 액체 같은 애정이 가득 차올랐다. 비어 있던 가슴속이 터질 듯이 부풀어 오르자 어깨가 가라앉았다. 발끝이 가벼웠다.

나는 보호자에게 인사를 건네고 어린 시절의 버블을 빠져나왔다. 성큼성큼 걸어서, 친구들이 방문할 내 집으로 돌아왔다.

이제 나는 중앙이 외롭지 않았다. 감옥이라는 걸 알지만 무작정 두렵지도 않았다. 나는 내가 할 수 있는 일을 알았다. 기꺼이 나를 도와줄 사람들을 알았다.

"저녁부터 먹을래?"

채원이 자연스레 내 부엌을 뒤지면서 물었다. 나는 어제 있던 일에 푹 빠졌던 머릿속을 탁탁 털어 내고 눈앞의 친구들에게 집중했다. 흔치 않은 기회였다. 최선을 다해서 좋은 시간을 보내고 싶었다.

"나 이제 영화 틀려고 했는데."

선호가 아쉽게 대답했다. 내 단출한 네 개의 비디오 가운데 선호가 가장 좋아하는 영화가 이미 시작하고 있었다. 나는 타협하기로 했다.

"저녁 차려 놓고 같이 보자. 편하고 좋겠네."

선호가 납득했는지 채원에게서 쌀을 받아 들었다.

"너희 자고 갈 거지? 나 위층 침실 치워 둔다?"

아래층을 향해서 외치자 두 사람이 뭔가를 소리쳐서 대답했다. 알겠다는 뜻으로 이해했다.

방을 정돈하고 내려오니 부엌에서 음식 냄새가 나기 시작했다. 중앙의 한정된 물자로도 이렇게 다양한 조리법이 가능한 줄은 몰랐다. 나는 세 개의 컵에 물을 따르기 시작했다.

나름 평온한 저녁 시간을 버블의 진동이 방해했다. 방문객의 소리였다.

"누가 왔나 본데."

채원이 고개를 빼면서 말했다. 이미 손에 칼을 들고 있었다. 선호도 냉장고에서 식자재를 잔뜩 꺼내던 참이었다. 나는 얼른 손을 들어서 두 사람을 막았다.

"내가 나갈게."

집에 선호와 채원의 물건이 늘고 있었다. 두 사람은 직접 들고 오기 힘든 물건들을 물자 분배반을 통해서 보내기도 하는데, 그것들 중 하나인 듯했다.

나는 눈을 감고 버블을 열었다. 걸어 들어오는 발소리가 들렸다.

"누구세요?"

대답이 돌아오지 않았다.

"두고 가셔도 됩니다."

다시 말했다. 버블 앞에서 누군가 멈춰서 망설이는 기색이 느껴졌다. 눈을 감고 있으려니 나와 마주 본 사람의 표정을 알 수가 없었다. 나는 작은 불안을 느끼면서 물었다.

"제가 서명해야 하나요?"

방문객 대신 버블이 대답했다.

[눈을 감아 주세요.]

나는 이미 눈을 감고 있었다. 눈을 뜨고 있는 사람은 내 방문객이었다. 내 버블로 찾아와서 눈부터 뜰 사람이 몇 명이나 있을까? 그들 중 두 명은 이미 집 안에 앉아 있었다. 나는 마지막 한 명을 기다리고 있었다.

나는 천천히 눈꺼풀을 들어 올렸다. 그와 눈이 마주쳤다.

"안녕."

한결이 한 손을 내밀었다. 가벼운 표정이었다.

"나도 나왔어."

한결이 씩 웃으면서 대답했다. 나는 덩달아 웃으면서 오랜만에 마주하는 한결을 훑어보았다. 평가자의 복장 대신 중앙의 칙칙한 단체복을 입고 있었지만 행복하게만 보였다.

"이제 어떻게 할까?"

한결이 물었다. 나는 짧게 고민했다. 우선 집에 들어가서, 한결이 중앙에서 어떻게 자리를 잡았는지 물어야 했다. 우리끼리 연락을 주고받던 방법을 가르쳐 주어야 했다. 비밀을 아는 사람들 여덟 명이 중앙을 휘저어 놓을 내 계획을 이야기할 수도 있었다. 하지만 한결을 만나자마자 하고 싶던 말은 그런 것들이 아니라는 걸 알고 있었다.

"인사를 하자."

나는 한결을 향해 한 손을 내밀었다. 한결의 말에 따르면, 처음 만난 사람을 뭐라고 불러야 할지 알아내기 위해 가장 먼저 해야 할 일이었다. 한결이 기꺼이 손을 마주 잡았다. 손가락이 스치듯 조심스러운 움직임이었다.

우리는 앞으로 함께 사고를 치면서 감당하게 될 위험을 알고 있었다. 하지만 놀라울 만큼 마음이 가벼웠다.

이 사람은 한결이다. 나는 그를 알았다.

나는 손에 힘을 꽉 주었다. 한결이 웃음을 터뜨리더니 덩달아 손에 힘을 주었다. 빈틈없이 맞붙은 손바닥이 따뜻해졌다.

"안녕. 난 박한결이야."

한결이 활짝 웃으며 말했다. 나는 떨리는 웃음을 터뜨렸다. 한결의 손을 위아래로 한 번 흔들었다.

"안녕. 나는 이온영. 앞으로도 잘 부탁해."

마지막 페이지까지 함께해 주셔서 감사합니다. 제 마음에 가장 가까이 닿아 있는 이야기를 2019년에 구상해서 2020년에 완성하고, 2024년이 되어 여러분께 보냅니다.

사람과의 관계는 우리가 의식하는 것보다 많은 노력을 요하지만, 결국에는 노력을 쏟을 가치가 있다고 생각합니다. 따뜻한 편물처럼 조심스럽게 엮여 가는 관계의 모습을 『버블』에 담았습니다. 외롭고 편안한 자기만의 공간보다 갈등을 감수하고 얻는 관계를 소중하게 여기는 세상이 되었으면 좋겠습니다.

『버블』은 제가 독자님들께 드리는 첫 인사입니다. 누군가의 눈에 띄고, 출간으로 향하는 여행을 제안받고, 덜덜 떨며 새로운 세상을 배우기까지. 원고 속에서 돌돌 굴려지는 온영이를 볼 때마다 동병상련을 느꼈습니다. 제게 한결같은 존재가 되어 주신 분들 덕분에 무사히 작가의 말을 쓰고 있습니다.

중앙에 파묻힌 저를 찾아와 주신 교보문고 권정은 PD님, 외곽으로 떠날 수 있도록 단단히 채비해 주신 이종산 작가님, 중앙 밖 외곽을 가르쳐 주신 창비 청소년출판부와 구본슬 편집자님께 감사의 말씀을 드립니다.

제목도 모르는 책을 응원해 준 친구들과 아직 저의 모험을 알지 못하는 제 보호자들께도 감사합니다. 제가 갑자기 방문하더라도 사랑하는 마음으로 문을 열어 주실 것을 알고 있습니다. 용기를 내어서 곧 찾아가겠습니다.

마지막으로 독자님들께 다시 한번 감사합니다.

2024년 봄,

조은오

창비청소년문학 126

버블

초판 1쇄 발행 | 2024년 5월 17일

지은이 | 조은오
펴낸이 | 염종선
책임편집 | 구본슬
조판 | 박아경
펴낸곳 | (주)창비
등록 | 1986년 8월 5일 제85호
주소 | 10881 경기도 파주시 회동길 184
전화 | 031-955-3333
팩스 | 영업 031-955-3399 편집 031-955-3400
홈페이지 | www.changbi.com
전자우편 | ya@changbi.com

ⓒ 조은오 2024
ISBN 978-89-364-5726-6 43810